Editora Charme

DUQUE ATREVIDO

ANNABELLE ANDERS

Copyright © 2020. Cocky Duke by Annabelle Anders & Cocky Hero Club, Inc.
Direitos autorais de tradução © 2020 Editora Charme.

Todos os direitos reservados.
Nenhuma parte desta publicação pode ser reproduzida, distribuída ou transmitida sob qualquer forma ou por qualquer meio, incluindo fotocópias, gravação ou outros métodos mecânicos ou eletrônicos, sem a permissão prévia por escrito da editora, exceto no caso de breves citações consubstanciadas em resenhas críticas e outros usos não comerciais permitido pela lei de direitos autorais.

Este livro é um trabalho de ficção.
Todos os nomes, personagens, locais e incidentes são produtos da imaginação da autora. Qualquer semelhança com pessoas reais, coisas, vivas ou mortas, locais ou eventos é mera coincidência.

1ª Impressão 2022

Produção Editorial - Editora Charme
Adaptação da capa e Produção Gráfica - Verônica Góes
Tradução - Wélida Muniz
Preparação - Lilian Centurion / Monique D'Orazio
Revisão - Equipe Charme

Esta obra foi negociada por Brower Literary & Management.

FICHA CATALOGRÁFICA ELABORADA POR
Bibliotecária: Priscila Gomes Cruz CRB-8/8207

A544d   Anders, Annabelle

Duque Atrevido / Annabelle Anders; Tradução: Wélida Muniz; Adaptação da capa e produção gráfica: Verônica Góes; Preparação: Lilian Centurion; Monique D'Orazio; Revisão: Equipe Charme – Campinas, SP: Editora Charme, 2022.
[Projeto: Cocky Hero Club, Inc.].
256 p. il.

ISBN: 978-65-5933-060-7

Título original Cocky Duke.

1. Ficção norte-americana. 2. Romance Estrangeiro.
I. Anders, Annabelle. II. Muniz, Wélida. III. Góes, Veronica.
IV. Centurion, Lilian. V. D'Orazio, Monique. VI Editora Charme. VII. Título.

CDD - 813

www.editoracharme.com.br

Editora **Charme**

DUQUE
ATREVIDO

TRADUÇÃO - WÉLIDA MUNIZ

ANNABELLE ANDERS

Duque Atrevido é uma história independente inspirada no romance *Cretino abusado*, de Vi Keeland e Penelope Ward. Faz parte do universo de Cocky Hero Club, uma série de romances originais escritos por várias autoras e inspirados na série de *bestsellers* do *New York Times* de Vi Keeland e Penelope Ward.

PARTE UM

CAPÍTULO 1
Aubrey

Sra. Ambrosia (Aubrey) Bloomington
Uma pousada no interior do sudoeste da Inglaterra, 1823

A sra. Ambrosia Bloomington se inclinou para a frente, mas conteve um suspiro de apreciação ao captar, com o canto do olho, a criatura parada do lado de fora da janela. Esguia, musculosa... e, de costas, parecia ter bastante... vigor.

O animal magnífico virou a cabeça, permitindo um vislumbre do perfil esculpido. Naquele momento, ela desejou, com todo fervor, que tivesse aprendido a montar. Talvez, depois que chegasse a Londres, se as condições permitissem, ela pudesse adquirir um cavalo e pagar a alguém para lhe dar aulas. Compraria um muito menor do que o animal espetacular que estava ali fora.

Não que fosse cavalgar pelas ruas da capital. Deveria ser angustiante conduzir um cavalo por todo aquele tráfego, mas talvez pudesse montar no parque. Ponderou... Era uma coisa dentre muitas que teria de aprender sobre viver na cidade onde estava seu futuro.

Apoiou a xícara no pires e, com um suspiro, descansou o queixo na mão.

Estava deixando tudo o que conhecia para trás e, em questão de dias, daria início a uma nova vida.

Sentiria saudade do já conhecido interior de Rockford Beach, dos penhascos e do mar, e da confortável, e entediante, rotina. Aos vinte e seis anos, Aubrey Bloomington estava saindo de casa.

Não sentiria falta da maioria das pessoas que a haviam rodeado no ano anterior.

A movimentação do lado de fora da janela voltou a chamar sua atenção.

Um homem saiu de trás do cavalo gigantesco e Aubrey empertigou a coluna. Ele estava escovando o pelo, esfregando as mãos de aspecto habilidoso pelo lombo e pelos flancos do animal. Deveria ser ele quem montava o cavalo.

Mais alto do que a média, o corpo masculino esguio parecia tão definido e atlético quanto o da montaria. Aubrey lambeu os lábios. Ele tinha cabelo castanho-acobreado, que mal era longo o suficiente para ficar preso na altura da nuca, e havia uma mecha errante pendurada ao longo de sua face. Ela o percorreu com o olhar, estudando as feições fortes e resolutas. O homem estava um pouco mal-arrumado, como se não se barbeasse há dias, e sorria ao falar com o cavalo. Era um sorriso que agitava algo desconhecido dentro dela.

Uma criatura *esplêndida*, sem dúvida.

Um casaco verde-pinheiro e uma cartola preta estavam jogados no chão, e Aubrey se perguntou se eram do cavaleiro. Ele não usava nada por cima do colete desabotoado e, embora as mangas da camisa de linho tivessem algumas manchas de sujeira, a peça em si estava muito bem enfiada dentro da calça justa.

As botas hessianas pretas pareciam gastas, mas bem-cuidadas.

Incapaz de afastar os olhos dele, Ambrosia não pôde deixar de compará-lo ao animal que admirava.

Ambos exalavam força bruta.

Podia muito bem imaginar os dois em uma batalha, com a cota de malha protegendo o cavalo, o cavaleiro usando armadura, os brilhantes olhos cor de cobalto espiando por debaixo do elmo de aço.

Embora fosse uma terrível ameaça para os inimigos, ele seria encantador com todas as outras pessoas, mas não encantador demais, e seria honrado.

Um cavaleiro de armadura brilhante deveria ser sempre honrado.

Seu coração se derreteu ainda mais quando o cavaleiro beijou o cavalo gigantesco bem acima do focinho.

Ela soltou um suspiro profundo.

Um destruidor de corações, deveras.

Aubrey inclinou a cabeça, pensando que um homem como aquele não seria capturado por nada que não fosse o amor verdadeiro.

Ele não seria domado com facilidade.

O queixo sombreado pela barba por fazer e o rebelde, e muito brilhoso, cabelo castanho lhe davam uma aparência selvagem e feroz, parecida com a do animal que, nervoso, empinava sempre que um estranho se aproximava demais. Embora gastos, o casaco e a calça pareciam ter sido bem-feitos. Ele devia ser um homem que os usava por praticidade, não para impressionar.

Quando ela percebeu que seus olhos estavam fixos no traseiro firme e musculoso do homem, ralhou consigo mesma e se forçou a olhar para cima para estudar os ombros largos.

Talvez ele fosse o segundo filho de algum aristocrata, ou talvez um homem de negócios. Estava óbvio que aquele cavalo esplêndido era valioso, e o cavalheiro se movia com confiança, como se fosse dono do chão em que pisava.

— Mais chá, senhora?

A mulher, que se apresentou como sra. Neskers, quase fez Aubrey derrubar a xícara. Ser flagrada encarando — não, não encarando, *comendo* — um cavalheiro com os olhos enquanto ele cuidava do cavalo... e nada menos do que inventando histórias sobre ele... não era nada apropriado. Ela, obviamente, tinha passado tempo demais sem qualquer companhia senão a própria. O cansaço da viagem a estava dominando.

— Sim, por favor — ela disse, erguendo a xícara.

— Leite? Açúcar?

A sra. Neskers devia ser esposa do estalajadeiro. Logo que Aubrey chegou, a mulher lhe disse que não demoraria muito para aprontar o quarto, mas que seria necessário esperar, pois os ocupantes ainda não tinham saído. A senhora conduziu Aubrey, uma dama viajando sozinha, pela área comum até uma das salas privativas, onde ela poderia tomar o chá sem se preocupar com qualquer assédio.

— Tem certeza de que não quer experimentar um doce de massa folhada?

— Tenho, obrigada.

O corpo de Aubrey tinha um formato próximo ao de uma ampulheta, o que poderia, se ela não tomasse cuidado, mudar. A mãe incutira nela a importância de permanecer elegante e bem-cuidada para o marido...

... que agora estava morto.

O corpo pálido, frio e inerte caído no salão lhe veio à mente.

Aubrey bateu no queixo, percebendo, pela primeira vez na vida, que não teria mais de agradar a ninguém senão a si mesma.

— Pensando melhor... Sim, por favor, traga alguns doces também, se não for muito incômodo.

A mulher, levemente rechonchuda e com cabelos grisalhos, abriu um sorriso animado ao adicionar açúcar à xícara de Aubrey, seguido por uma generosa quantidade de leite.

— Volto logo, senhora.

Aubrey sorriu. Uma nova aventura se apresentou a ela como uma segunda chance na vida.

Soltou um suspiro tranquilo e olhou para fora, para o cavaleiro bonito, quer dizer, para o belo cavalo, mais uma vez, bem a tempo de ver um cavalariço se aproximar deles. O cavalheiro sacudiu a cabeça com gentileza, falou com o homem mais velho por mais alguns minutos, tirou a sela do cavalo e a entregou, antes de dar um tapinha nas costas do cavalariço, que o levou embora. Ao que parecia, seu cavaleiro gostava de cuidar do próprio cavalo.

O movimento suave, mas firme, do homem chamou a atenção de Aubrey para as mãos resolutas, que estavam segurando uma escova. Ele dobrou as mangas da camisa e ela se refastelou secretamente com a visão de antebraços esguios, pulsos finos e dedos elegantes. Mais elegantes do que esperava, o que excluía qualquer ideia que pudesse ter sobre ele trabalhar para viver.

Seguindo a direção da crina do cavalo, ele removeu, com carinho, a sujeira e a lama que espirraram no poderoso animal durante a viagem.

Como deveria ser a sensação?, ela se perguntou. A de ser cuidada com tanto amor... Ela quase bufou quando percebeu que estava se comparando ao animal. Desejando ser acariciada e penteada. Que desatino!

Ah, mas ele amava aquele cavalo.

E, se estivesse certa, ele conversava murmurando com o animal.

Ela inclinou a cabeça para mais perto da janela, mas não conseguiu discernir de imediato o que ele estava dizendo.

Prendendo a respiração, ela se inclinou para ainda mais perto do vidro.

Ele estava falando com o cavalo em francês!

— *Tu me sers toujours bien, magnifique créature.*

Você serve bem a mim, criatura magnífica.

Aubrey sorriu.

— *Tu mérites un bon repas et une bonne nuit de repos, ma douce.*

Você merece uma boa refeição e uma boa noite de sono... meu doce.

Ela aproximou ainda mais a orelha, e agora ela estava quase tocando o vidro.

— *Peut-être coucher avec un beau cheval mâle hein??*

Ergueu as sobrancelhas ao ouvir isso. Ele estava mesmo sugerindo que o animal deveria se deitar ao lado de um belo macho da mesma espécie?

Voltou a dar uma espiadela, mas não pôde deixar de ouvir com mais atenção quando a conversa entre homem e égua prosseguiu:

— *Peut-être que la belle princesse à la fenêtre voudrait un baiser de l'étranger qu'elle es ten train d'observé, non?*

Ela se empertigou imediatamente e, dessa vez, quando voltou a espiar pela janela, foi surpreendida pelos olhos cor de safira mais brilhantes que já tinha visto na vida. Seu cavaleiro imaginário de armadura brilhante tinha não só se aproximado para poder testemunhar sua humilhação, mas também sorria abertamente.

Sabendo que deveria estar da cor de uma beterraba, ela fechou a cortina às pressas. O coração batia com selvageria. Ao mesmo tempo, a porta se abriu e a sra. Neskers entrou carregando uma bandeja apetitosa, cheia de biscoitos e tortinhas.

A mulher olhou para a cortina recém-fechada, deu de ombros e colocou a bandeja sobre a mesa.

Olhando para baixo e desejando poder abanar as bochechas em chamas, Aubrey escolheu um de cada.

— Não vou precisar de mais nada. — Sorriu, tentando esconder a vergonha que aquele... aquele... patife traiçoeiro tinha causado. Não queria ficar sentada ali com uma bandeja cheia de gostosuras pecaminosas para tentá-la, pois era provável que devorasse todas elas. — A senhora pode levar o resto embora.

Mal conseguiu respirar até a mulher sair e voltar a fechar a porta.

Aubrey tocou as bochechas e fechou os olhos com força.

Ele soubera, o tempo todo, que ela o estava observando.

E dizer o que ele disse! Terrivelmente horrendo! Completamente repreensível!

O arrepio de perversidade que ele fez espiralar por todo o corpo dela deveria ter transformado Aubrey em uma pilha fumegante de vergonha. Fazer tal sugestão a uma dama! Ela podia estar tendo pensamentos impróprios, mas aquilo não significava que ele deveria expressá-los em voz alta!

Era... inconcebível!

As palavras ecoavam tentadoras enquanto as relembrava.

Talvez a bela princesa na janela queira um beijo do estranho que está observando, não?

Ela mal tinha mordiscado a tortinha quando desistiu dos doces e se levantou para ir até o balcão da recepção. Seus aposentos deviam estar prontos àquela altura. Por ser uma dama viajando sozinha, era melhor não ficar muito tempo ali embaixo. Os sujeitos na taverna já pareciam estar um pouco ruidosos.

— O senhor deve ter algo disponível.

Aubrey ficou alerta ao escutar a mesma voz profunda e o mesmo sotaque que ouvira na janela, e que agora vinham da recepção.

— Não preciso de muito. Só de um quartinho com um catre. Não sou exigente.

O sotaque francês, embora mínimo, dava um tom sedutor a cada palavra que ele dizia.

E gostou bastante de saber que aquele cavalheiro presunçoso dormiria em um catre. Era o que ele merecia depois da piada que tinha feito com ela.

Aubrey se posicionou atrás dele e riu alto o suficiente para que ele se virasse e olhasse ao redor. Pelo olhar dele, o homem não conseguia ver graça nenhuma naquela situação.

— Fico feliz pela senhora estar se divertindo à minha custa.

Dessa vez, ele se dirigiu a ela e, então, voltou a falar com o homem atrás do balcão. *Diverrrtindo.* Um arrepio de... alguma coisa dançou por sua espinha ao ouvir aquele sotaque. Não tentaria identificar o que aquela *alguma coisa* era. Ele era um completo estranho, pelo amor de Deus.

— Sinto muito, sr. Bateman. — O estalajadeiro encolheu os ombros, pedindo desculpas. — Com tão poucas pousadas ao longo da estrada, nós logo ficamos sem vagas. Há outra, alguns quilômetros adiante. Talvez tenham uma cama para o senhor lá.

O homem... O sr. Bateman expirou alto e passou a mão pelo rosto. Aubrey não pôde deixar de notar que mais madeixas escaparam do laço.

Ela se perguntou se os cabelos seriam tão macios quanto pareciam.

Afastando esses pensamentos impróprios, ela colocou os ombros para trás e se aproximou do balcão.

— Creio que meu quarto já deva estar pronto. — Ela sorriu para o estalajadeiro sem reconhecer a presença daquele homem perturbador ao seu lado. — Sra. Ambrosia Bloomington — apresentou-se. — A sra. Neskers disse que ele estava sendo preparado.

O estalajadeiro não parecia conseguir olhá-la nos olhos.

— Sinto informar, sra. Bloomington. — Pensativo, o homem esfregou o queixo. — O quarto não estará disponível, no final das contas.

Uma profunda risada masculina soou ao seu lado.

Aubrey franziu os lábios.

— Mas a sra. Neskers...

— ... não estava ciente de que os atuais ocupantes decidiram ficar mais uma noite — ele a interrompeu.

— O que vou fazer? O senhor deve ter algo.

O cavaleiro, com a armadura um tanto manchada agora, não, o sr. Bateman, deu outra risadinha, mas, quando ela o olhou feio, o homem não foi tão discreto ao transformá-la em uma tosse seca.

Por que até mesmo a risada dele soava ridiculamente... sensual? Ela o fitou com altivez.

— Isto não é *diverrrtido* — repreendeu-o. E, então, dirigiu-se ao estalajadeiro. — Eu não teria desperdiçado tanta luz do dia se soubesse. Vai escurecer logo. Insisto que o senhor disponibilize uma acomodação para mim esta noite.

— Sinto muito, sra. Bloomington. Não há nada que eu possa fazer. Há alguns estabelecimentos a leste daqui nos quais a senhora talvez consiga um quarto, mas eu não me demoraria se fosse a senhora. Suponho que eles tenham apenas um ou dois disponíveis, se muito.

A voz dele pôs fim à discussão, e Aubrey não era o tipo de pessoa que gostava de confrontos. Ela supôs, também, que ele estava tentando ser útil. Só esperava que seu condutor não tivesse se acomodado para passar a noite.

A risada do cavaleiro francês a seguiu até lá fora enquanto ela ia procurar o cocheiro, o sr. Daniels, o mais rápido possível. Ainda furiosa por causa da provocação do sr. Bateman, marchou pelo jardim enlameado, passou por alguns jovens deitados por ali mastigando longos pedaços de palha, e se virou para olhar dentro da estrebaria.

— Sr. Daniels!

O condutor estava espalhado em um fardo de feno, com os olhos vidrados e segurava uma garrafa vazia na mão. Gin!

— Saudações, ic... Sra. Bloo... Sra. Blooming... ton.

Aquela noite, ao que parecia, estava desandando de vez.

— Está bêbado, sr. Daniels? — Era uma pergunta retórica. — Precisa ficar sóbrio logo, senhor, pois não há mais quartos. Precisamos voltar à estrada o mais rápido possível se quisermos encontrar alguma acomodação no estabelecimento mais próximo.

Não gostava nada da perspectiva de viajar no escuro.

— Não iremos a lugar nenhum hoje à noite, senhora. — O condutor apontou para a carruagem, que só naquele momento ela percebeu estar tombada de lado. — A roda se soltou quando a trouxe para cá.

Aquilo não podia estar acontecendo. Aubrey engoliu a frustração que ameaçou explodir com aquelas palavras.

— O senhor vai ter de consertá-la — disse, fazendo o melhor para injetar autoridade na voz.

O sr. Daniels se limitou a desconsiderar seu pedido, do mesmo jeito que as pessoas tinham feito na maior parte da vida dela. Quando os olhos dele pareceram focar em algo atrás dela, percebeu que a muito imponente figura do sr. Bateman havia entrado a passo lento.

E, é claro, o sr. Bateman deu uma olhada no seu condutor, na carruagem tombada, e compreendeu a situação de imediato.

— Isso é forma de manter seu veículo, sr...

— Daniels — Aubrey completou, provendo-o com o nome.

O sr. Bateman fez um gesto de agradecimento com a cabeça para ela antes de voltar os olhos semicerrados para o condutor beberrão.

— É, sr. Daniels?

O condutor teve a elegância de parecer um pouco envergonhado.

— Não podia fazer muito hoje à noite... Não sozinho, quero dizer.

O cocheiro fez um esforço para se recompor pelo menos o suficiente para ficar de pé, mas não ficou muito firme.

O sr. Bateman encolheu os ombros e deu uma piscadinha.

— Eu o ajudaria, *princesse*, se pudesse dispor do tempo. Mas o sr. Neskers foi taxativo em seu conselho de não esperar demais, e não tenho o desejo de perder o último quarto disponível mais adiante se essa for realmente a circunstância.

Aubrey respirou fundo, tentando controlar o mau gênio.

Mas, é claro, ele estava a cavalo e chegaria muito mais rápido do que ela, mesmo se seu condutor conseguisse fazer o reparo. Aubrey olhou rapidamente para fora e estremeceu. O que se podia fazer sob tais circunstâncias? Quando decidiu se mudar para Londres, sabia que teria de encarar novos desafios e se sentiu revigorada pela perspectiva. Era difícil se lembrar desse entusiasmo quando estava à beira das lágrimas.

A possibilidade de dormir ao relento era uma para a qual não tinha se preparado.

O sr. Bateman passou por ela e caminhou mais para dentro do estábulo. Ele iria selar aquela égua magnífica e cavalgar feliz em direção ao quarto que deveria ser dela por direito.

Ela teria chegado lá primeiro.

— Onde diabos ela está? — Ele veio feito um furacão lá de dentro, com os olhos em chamas. — A égua que deixei aqui há menos de meia hora. Onde ela está?

O sr. Daniels franziu a testa.

— Um dos hóspedes saiu com ela. Presumi...

— Para que lado eles foram?

O sr. Daniels ergueu ambas as mãos, impotente, o que fez o sr. Bateman sair como um raio do estábulo.

Quando voltou, as palavras que cuspia quase fizeram suas orelhas pegarem fogo.

Aubrey não aprovava o roubo de cavalos. Era um crime passível da forca por uma boa razão. E, ainda assim, uma partezinha dela ficou satisfeita porque ele não seria a pessoa que ficaria com seu quarto.

O sr. Bateman socou uma das baias e depois fitou Aubrey com o que ela conseguiu considerar ser apenas uma expressão petulante.

— Suponho que esteja achando essa situação divertida também.

Diverrrtida.

Foi mordida pela culpa. O homem amava aquela égua. Aubrey se lembrou de como ele foi carinhoso ao escová-la, e que ele até mesmo beijou o animal.

Para ele, a égua tinha sido não apenas um meio de transporte, mas também uma amiga e uma companheira.

— Não acho. É possível que ela volte sozinha?

Tinha ouvido falar de cavalos que localizavam os donos depois de anos de separação, mas não tinha certeza se havia alguma verdade nisso.

O sr. Bateman fechou os olhos e inclinou a cabeça para trás.

— Não posso esperar. Preciso chegar a Margate antes que a semana acabe.

— Não há cavalos para alugar aqui. — O sr. Daniels escolheu aquele momento para ser de alguma ajuda. — Foi o que me disseram quando perguntei sobre outra carruagem.

Isso atraiu o olhar astuto do sr. Bateman de volta para a carruagem que o cunhado dela, junto com o sr. Daniels, tinha reservado para a viagem de Aubrey.

— Presumo que pretende ir a Londres naquela geringonça, certo? — perguntou-lhe, com uma sobrancelha erguida.

Aubrey mordeu o lábio.

— Não está à venda.

Ele riu, aquele som suave e zombeteiro, mas incrivelmente sedutor, que insistia em despertar nela sensações indesejadas; apesar de, até então, ele só ter usado o riso para debochar de suas dificuldades.

— Não é o que tenho em mente, *princesse*. Mas considere a possibilidade. Estou disposto a reparar sua roda em troca de transporte até Londres. Também posso conduzir, esta noite, já que seu criado não está em condições de fazê-lo em segurança.

O olhar de Aubrey desviou para a porta do estábulo, e ela ficou imaginando se conseguiria convencer qualquer um dos cavalariços que notou mais cedo a reparar a roda.

— Senão — disse ele, erguendo o canto da boca em algo parecido com um sorriso debochado —, duvido muito de que qualquer um de nós chegue a qualquer lugar. Talvez todos possamos dormir juntos em um fardo de feno.

— Não seja ridículo — reagiu Aubrey, ríspida.

Quem era aquele homem que pensava que podia dizer tais coisas à dama que acabara de conhecer? Ou a qualquer dama, verdade seja dita!

E, ainda assim, ele parecia ser sua melhor opção naquele momento. Estudou-o novamente; dessa vez, tentando superar aquela beleza estranhamente impressionante.

— O senhor não é um assassino, é?

Ele olhou ao redor, abrindo aquele mesmo sorriso tolo que havia oferecido a ela através da janela.

— Quem, eu? Pareço um?

Nem um pouco tranquilizador.

Aubrey voltou a olhar para a roda quebrada, quase como se pudesse reparálo-a em um passe de mágica. Ao mesmo tempo, um vento frio abria caminho pelas portas abertas, lembrando-a de que a primavera ainda não tinha chegado e de que a noite seria gelada.

— O que prefere, *princesse*?

— Oh, que amolação, terá que ser o senhor, suponho — cedeu. — Mas se vamos viajar sozinhos, insisto que pare de rir de mim. É indelicado.

Ele assentiu, concordando, e então fez uma mesura.

— Chance Bateman, a seu dispor, *princesse*. E a senhora é...?

— Sra. Ambrosia Bloomington.

— Não é uma *princesse*?

Ele lhe lançou um olhar de soslaio, que, por alguma razão desconhecida, ela sentiu do topo da cabeça até a ponta dos dedos dos pés.

— Não sou uma princesa — confirmou.

CAPÍTULO 2
Aubrey

Menos de uma hora depois, envolta em um casaco de lã e em um cachecol, Aubrey se sentou no alto da boleia, com o sr. Bateman ao seu lado brandindo as rédeas com facilidade ao dar a volta para sair do pátio enlameado. Ele havia trocado a roda sem qualquer ajuda, e Aubrey tinha se maravilhado — em segredo, claro — com a engenhoca inteligente que ele inventou para tal intento.

E com a forma como seus músculos se retesaram por baixo do colete e da camisa.

Se pudesse deixar esses pensamentos de lado, talvez não estivesse tão ciente da proximidade dele. Era quase como se um relâmpago a atravessasse sempre que o cotovelo dele roçava o seu, ou quando se via deslizar para mais perto das coxas dele quando a carruagem dava um solavanco.

As árvores ao longo do caminho lançavam sombras na estrada diante deles, e já podia ver algumas estrelas despontarem ao leste. Esperava que a pousada mais próxima não estivesse muito distante. Sua aventura estava se tornando muito mais perigosa do que esperava.

Quando o veículo foi consertado, o sr. Daniels estava completamente desmaiado. O sr. Bateman disse que eles poderiam ou deixá-lo na pousada, e, nesse caso, Aubrey ficaria sozinha com o belo desconhecido, ou colocá-lo dentro da carruagem. Aubrey, sem dúvida, não poderia deixar o condutor para trás. Que sugestão absurda! Além do mais, ela preferia ter uma testemunha no caso de o sr. Bateman acabar por ser, de fato, um assassino.

Após considerável deliberação, a inesperada companhia de Aubrey, de caráter duvidoso, ajudou o cocheiro a entrar na carruagem. Ela poderia ir lá dentro com o condutor inebriado ou na boleia com o sr. Bateman.

É claro, ele riu quando ela indicou preferir a última opção.

Ao menos, ponderou consigo mesma, lá fora, ela poderia ter certeza de que ele não a levaria para outro lugar. Seria típico da sua falta de sorte ter se deparado com um foragido ou um salteador e ele acabar levando-a ao seu covil na floresta para que pudesse saqueá-la. Estremeceu com o pensamento tão inesperado.

— Devo admitir — ele pôs fim ao silêncio, olhando-a de soslaio ao passar a mão pelo queixo não barbeado — que acho muito inusitado uma jovem estar viajando para Londres sozinha. O sr. Bloomington não está preocupado com seu bem-estar?

— O sr. Bloomington está a sete palmos do chão — declarou abertamente.

Não explicou mais nada, e ele ficou quieto por mais dois ou três minutos.

— A senhora não parece uma viúva enlutada. Se eu fosse dado às apostas, arriscaria dizer que inventou o sr. Bloomington para servir aos seus propósitos. Ouvi dizer que algumas damas fazem isso, sabe? Para se fazerem parecer mais respeitáveis.

Aubrey revirou os olhos.

— Acredite, se eu tivesse inventado um marido, teria imaginado alguém muito diferente de Harrison Bloomington.

Ele se pareceria com alguém como você, para começar...

— A senhora o matou, então? Sufocou-o com o travesseiro, ou o envenenou, talvez?

De alguma forma, o sr. Bateman conseguia soar como se estivesse rindo dela, mesmo não estando. Aubrey cerrou os dentes, e as coxas. A voz de nenhum homem jamais a afetara daquele jeito. Talvez fosse o leve sotaque francês.

— É claro que não — respondeu. — Não que nunca tenha ficado tentada... — murmurou para si mesma.

O sr. Bateman a olhou, abismado.

— Talvez seja eu que esteja viajando com uma assassina. Estou em segurança, *princesse*? — provocou-a.

O homem tirava graça de praticamente tudo o que ela dizia.

— Não sou uma assassina, sr. Bateman — esclareceu. — Por enquanto — disse, e desviou o olhar para a lateral da estrada.

Dessa vez, a risada dele ecoou pelas árvores que os rodeavam.

— É uma viagem longa, minha cara sra. Bloomington. A senhora pode muito bem me contar. Não está vestindo preto, então a tragédia não deve ser recente.

— Deixei o preto há três dias.

Mas tinha cumprido seu dever.

O sr. Bateman ergueu as sobrancelhas.

— Ah... Então deixou de usar o luto, juntou todos os pertences e... Deixeme adivinhar. Irá morar com uma tia distante pelo resto de seus dias. Será a acompanhante dela?

Aubrey se empertigou.

— Com certeza, *não* estou prestes a me tornar a parente dependente de ninguém. Sou uma mulher — anunciou com considerável orgulho — com recursos próprios.

— Ah, e beleza para usar. Não há dúvida de que fará sucesso no *ton*, tendo a boa aparência e o dinheiro a seu favor.

Mas Aubrey balançou uma das mãos no ar. Não tinha a ilusão de ser qualquer uma dessas coisas. Quando se olhava no espelho, via uma dama de aparência comum, com o cabelo louro avermelhado e olhos que talvez fossem um pouco grandes demais. De qualquer forma, presumia ter um corpo e uma aparência comuns.

— Não há necessidade de me bajular, sr. Bateman. Já concordei em permitir que viaje comigo.

E, ainda assim, o elogio a acalentou. Ninguém além da mãe havia dito que ela era bonita, e não podia acreditar quando um elogio desses provinha da mãe.

— No que diz respeito às finanças, não saberei de nada até me encontrar com o advogado na cidade. Não ouso esperar nada mais do que o suficiente para me sustentar.

Ali estava ela, discutindo as próprias finanças com um total estranho. Deveria estar desconfortável, mas... sentia-se perfeitamente tranquila falando do assunto.

Ele lançou um olhar severo em sua direção.

— Não sou do tipo de homem que distribui elogios injustificados, *princesse.* — Mas, então, ele deu de ombros ao sorrir. — Bem, talvez isso não seja totalmente verdade, mas não o fiz nesta ocasião em particular.

— Então, fingirei que acredito no senhor.

Sacudiu a cabeça, incrédula, mas sorrindo. Ele parecia sincero. Não estava errada quando imaginou que o cavalheiro seria encantador.

— Suponho que o bom e velho Harrison a mantinha sob rédea curta com mais facilidade ao permitir que acreditasse que é uma mulher sem graça. Ele não fez bem. Não é de se admirar a senhora não estar chorando e vestindo burel.

Aubrey queria discutir com ele. O sr. Bateman não sabia nada sobre Harrison e, ainda assim, não estava incorreto ao dizer que o homem com quem ela se casou não lhe dava nada além de críticas. Normalmente, era sobre seu caráter, verdade seja dita, mas mesmo assim...

— Obrigada?

Ela sabia que não era lá um antídoto e, embora o termo "beleza" pudesse ser um exagero, acreditaria no que o sr. Bateman disse.

— Não há de quê. — Ele riu. — Então, se não está indo morar com uma tia velha e solitária em algum lugar, onde pretende firmar residência em Londres?

— Mayfair — anunciou, orgulhosa. — O nome do local é Autumn House.

Ele assoviou baixinho, como se estivesse impressionado.

— Um nome apropriado para o lar que a aguarda.

— Por que diz isso?

— Seu cabelo. É da mesma cor das folhas no outono. *Autumn*, como chamamos o outono aqui.

Ah, mas o companheiro de viagem estava mesmo exagerando. Ela titubeou por um momento, mas, quando ia falar, ele a interrompeu.

— Acredito que a resposta apropriada seja "obrigada", sra. Bloomington.

Aubrey não pôde impedir que os lábios se esticassem em um sorriso por causa da audácia do cavalheiro. Nunca conhecera alguém que falasse de forma tão franca, exceto, talvez, uma vizinha excêntrica que deixara para trás em Rockford Beach, a sra. Tuttle.

— É um sorriso? Céus, é sim! E creio que seja genuíno — ele falou, como se tivesse visto um pássaro raro.

— O senhor é ultrajante, sabia?

Aubrey não permitiria que aquele comportamento passasse sem comentários de sua parte, embora o sorriso tenha se esticado ainda mais e não tivesse conseguido deter a risadinha que se seguiu.

Em vez de discutir sobre a avaliação que ela fizera dele, ou até mesmo proferir comentários, o homem levou a mão até o chão e lhe entregou um pacotinho.

— O que é isso?

Olhou a coisa com desconfiança, pondo fim ao humor de segundos atrás.

— Abra e veja.

Não deveria aceitar nada daquele homem. Nem sequer o conhecia, e ainda assim... Falhara miseravelmente na tentativa de resistir aos sorrisos dele.

Nunca tinha ganhado presentes de ninguém, em nenhuma ocasião, desde que foi embora da casa de sua mãe, sete anos atrás. Sufocando a culpa que deveria sentir por aceitar o presente de um cavalheiro desconhecido, firmou-se no assento e começou a desdobrar o papel devagar.

— Não se anime. Não é grande coisa — advertiu-a. — Mas como eu talvez tenha arruinado o seu chá, pensei...

— Doces!

Ele tinha comprado alguns dos doces que a sra. Neskers servira mais cedo.

— A sra. Neskers mencionou que a senhora não terminou de comer. — O cavalheiro deu de ombros, descartando qualquer hipótese de que tinha agido de forma muito afável. — Não sei por quanto tempo viajaremos esta noite.

Uma calidez surpreendente a preencheu. Ele poderia fazer todo o pouco caso que quisesse, mas o gesto tinha sido atencioso.

— Obrigada, sr. Bateman. — Baixou a cabeça. — Foi muita gentileza sua. Não precisava.

— Não foi tanta gentileza assim, *princesse*. Achei que eu também fosse ficar com fome... Dê-me um desses.

Agora foi a vez de Aubrey rir. Tirou um guardanapo da bolsinha em seu colo, enrolou-o em um dos doces confeitados e o estendeu para ele.

Só que o homem, é claro, não pegou a guloseima com a mão. Em vez disso, ele se inclinou, e, como um animal selvagem, arrancou um pedaço com a boca.

— Preciso manter as duas mãos nas rédeas, sra. Bloomington — falou, com a boca cheia.

Ele era diferente de qualquer pessoa que ela já havia conhecido. Aubrey o olhou com desconfiança.

Era realmente necessário que ela o alimentasse? Não sabia muito sobre conduzir. Já haviam passado por vários buracos ao longo do caminho, refletiu. Agora que o sol havia quase se posto, era mais difícil enxergar obstáculos que podiam existir à frente.

Por ora, daria a ele o benefício da dúvida. Ele só estava sendo cauteloso, e ficou grata por isso. E, então, quando ele se inclinou para frente, ela ofereceu uma segunda mordida, e assim foi até que ele deu a última, e os lábios e a ponta da língua roçaram sua luva nesse momento.

Abalada pela reação a ele e se sentindo mais do que um pouco ridícula, usou o lenço que estava na bolsa para limpar os lábios dele. Algumas migalhas caíram e se prenderam no bigode. Quando ele aparentou estar limpo novamente, ela dobrou o tecido com esmero e o guardou em segurança.

E, quando ela se acomodou, ele passou as rédeas para uma única mão, ergueu a outra e apontou para a escuridão à frente.

— Pousada adiante.

— O senhor...! Por que...!?

Ela não se deu o trabalho de procurar pela placa. Em vez disso, preferiu encará-lo com espantoso assombro. Não tinha certeza se queria bater na cabeça dele ou parabenizá-lo pela habilidade de obter vantagem dela.

— Não há dúvida de que o senhor é um cavalheiro presunçoso — disse, finalmente conseguindo pensar em algo coerente.

Ele não estava sorrindo. Nem sequer riu dessa vez. Mas um brilho espirituoso dançava no fundo de seus olhos azuis, e uma covinha que ela não notara antes apareceu no canto da boca dele.

— A senhora seria uma boa adição ao meu harém — ele declarou, e riu da própria piada.

Que audácia! Dessa vez, ela nem sequer conseguiu formular uma resposta.

Com o coração acelerado, levou a mão à bolsa e tirou uma torta de carne, esperando que estivesse preenchida com uma abundância de suculência. Então, com toda inocência, levou-a à boca do homem e, assim que ele abriu aqueles lábios sensuais, ela...

... atirou a torta no rosto dele.

Ele capturou com a boca tanto quanto foi possível, mas não foi capaz de impedir que a maior parte dos pedaços suculentos pingasse em seu colo.

A torta não estava tão suculenta quanto ela desejava, mas ficou muito satisfeita ao ver o recheio pegajoso escorrer pelo rosto dele.

— Ora, mas que mocinha briguenta! — Ele parou a carruagem para poder limpar o máximo possível do recheio grudento. — Suponho que pense estar com razão, sim?

O sotaque ficou mais forte do que antes. Ele não parecia bravo de verdade, mas não estava esfuziante.

— Pode usar o meu lenço, se desejar — ela disse, oferecendo o objeto com um sorriso meigo.

Toda a atenção dele estava focada nela. Agora que tinham parado, ele a fitou com um olhar ameaçador e, por um momento, Aubrey ponderou se tinha ido longe demais.

— A senhora pagará por isso, fique sabendo.

Um arrepio percorreu a espinha dela em uma combinação de anseio e alerta.

Muito deliberadamente, ele tirou um pouco de recheio dos lábios e então estendeu a mão até ela.

— O senhor não ousaria.

Mas a voz dela tremeu. Ele estava tão perto que ela podia ver cada um dos pelos que formavam a barba desalinhada.

— Não?

E então a covinha voltou a aparecer. Não tinha certeza se isso queria dizer que ele só a estava provocando ou se estava prestes a se vingar. Ela se preparou para o caso de ser a última opção.

E, quando as pontas dos dedos dele lhe cutucaram a boca, ela não teve escolha senão entreabrir os lábios e os dentes.

O couro das luvas dele se arrastou por sua língua enquanto ela provava a calda adocicada. Não poderia afastar os olhos dos dele nem se fosse para salvar a própria vida.

A decisão de viajar com ele tinha sido imprudente, e ela nunca deveria ter concordado com aquilo. Sabia muito bem. Havia permitido que ele ficasse íntimo demais — inconveniente, até. E, ainda assim, uma parte dela saltou à vida na companhia dele. Uma parte que acreditava não existir mais.

Ele era empolgante, charmoso e encantador.

E era, com certeza, delicioso.

Só uns poucos centímetros os separavam.

Baixou seu olhar dos olhos para a boca dele. Como deveria ser a sensação de ser beijada por este homem?

Aubrey não era o tipo de pessoa que esfregava comida no rosto de um completo estranho. Não sabia nada sobre ele a não ser que era da França e que precisava estar em Margate dali a poucos dias.

Ela se empertigou abruptamente e pigarreou.

— Espero que ainda tenham quartos.

Mas não sentia mais a mesma apreensão de quando o estalajadeiro da Cabra Desmaiada lhes negara hospedagem. Era provável, mas não muito prudente, que, na companhia do sr. Bateman, ela não fosse sentir tanto medo.

Podia imaginar que, se algum salteador se atrevesse a atacá-los, o sr. Chance Bateman sacaria uma arma da bota e daria conta do malfeitor com um único golpe mortal. E, depois disso, ele talvez voltasse a olhar dentro de seus olhos, dessa vez para se assegurar de seu bem-estar.

Arrebatado pela emoção, ele levaria os lábios aos dela, que não se afastaria. Ele inclinaria sua cabeça para trás...

— *Se houver apenas um quarto, a senhora o compartilhará comigo, sim?*

— Com certeza o senhor não está sugerindo...

— Se houver apenas um quarto, suportarei com alegria, sim? — ele disse, encarando-a com inocência.

Sem saber se o tinha ouvido bem da primeira vez, achou importante esclarecer a situação de uma vez por todas. Ela semicerrou os olhos.

— Não sou uma meretriz, sr. Bateman.

Teria de ser bastante clara nesse ponto. Claríssima. Só porque quebrou algumas de suas próprias regras...

— Nunca disse que o era. Mas, caso se lembre corretamente, era a senhora que estava me observando.

— Eu estava admirando *seu cavalo* — esclareceu.

Ignorou o enternecimento que sentiu com a reaparição da covinha.

— Mas é claro, senhora — ele fingiu concordar, parecendo forçar ainda mais o sotaque francês ao assentir, todo agradável.

Agradável demais.

— Ele era... ele é... um belo animal.

— *Ela* — corrigiu-a. — Ao que parece, não a admirou muito de perto. A senhora estava distraída, não? — ele perguntou, e aquele brilho voltou a espreitar.

Ignoraria aquela insinuação.

— Sinto muito por *ela* ter sido roubada do senhor.

Ele fechou o semblante com o lembrete. Aubrey tinha gostado muito de ir ao lado do homem enquanto ele conduzia. Ele era obrigado a olhar para a estrada, e ela poderia observá-lo o quanto quisesse.

— Só espero que o ladrão cuide bem dela até que eu a resgate.

— O senhor irá à sua procura, então? Espero que seja capaz de recuperá-la.

— Irei.

Mais uma vez, aquela atitude pretensiosa dele. No que dizia respeito a esse assunto, entretanto, Aubrey o estimou bastante por se comportar de tal forma.

Uma entrada com uma placa lascada apareceu, e o sr. Bateman os conduziu por uma estrada menos movimentada. O som de vozes e de cavalos estava acenando para eles, atraindo-os, a uma distância pequena, um indicativo de que a pousada estava cheia — esperava que não estivesse lotada.

É claro que o homem não esperava que ela fosse compartilhar o quarto com ele, não é? Ele, com certeza, só a estava provocando. É claro que era esse o caso.

Em questão de horas, aquele homem tinha conseguido se infiltrar em sua carruagem, e sob sua pele. E desapareceria tão rápido quanto apareceu.

Embora ele fosse encantador e bonito e... o completo oposto de quase todo homem que já tinha conhecido, Aubrey não podia se permitir ser pega desprevenida por aquela atração incomum dele.

Enquanto a carruagem desacelerava para parar, ela endireitou as costas e reforçou sua decisão de resistir ao sr. Bateman.

— Espere aqui. — Ele se levantou, resvalou nela ao passar e, então, sem qualquer esforço, saltou para o chão. — Se não houver quartos, não vamos querer nos demorar.

E se houvesse apenas um?

Aubrey apertou as mãos sobre o colo ao cogitar se deveria confiar que ele não se limitaria a reivindicar o quarto para si.

Nenhum cavalheiro faria uma coisa dessas... E, ainda assim, os atributos cavalheirescos dele eram, até aquele momento, discutíveis.

Antes que pudesse se afligir, ele reapareceu na porta com um sorriso tranquilizador.

— Estamos com sorte! Desde que esteja disposta a compartilhar o quarto comigo.

O maldito voltou a rir.

— Eu já lhe disse, sr. Bateman...

— Perdoe-me. — Ele parou de sorrir, moveu-se até estar abaixo dela e estendeu a mão. — Desça aqui e poderá combinar o pagamento com o estalajadeiro. — E, então, adicionou: — O quarto é seu.

Aubrey fez que sim e agarrou a bolsa com força.

— Cuidado.

A mão dele parecia quente e firme, mesmo através das luvas. Em um piscar de olhos, foi de estar exasperada com ele a se sentir grata. Não podia ser apenas em razão da presença imponente dele. Provavelmente as mudanças recentes pelas quais estava passando a deixaram... um pouco fora de si.

Tinha se considerado muito corajosa quando o sr. Daniels a direcionou à carruagem para Londres, para longe de Rockford Beach. Estivera animada — alegre, até. Bem, ao amanhecer, estaria se sentindo mais como ela mesma. Sim, era isso. Todo aquele excesso de lugares e pessoas novas a tinham deixado ansiosa.

Isso sem mencionar essa extraordinária situação com o sr. Bateman, que, embora fosse consideravelmente prestativo, conseguia provocá-la ao ponto de ela se comportar de forma pouco comum.

Em questão de dias, os dois seguiriam caminhos distintos.

Uma sensação de tranquilidade, mas também de decepção, assentara-se sobre ela, e antes que pudesse descer, em um único movimento fluido, encontrou-se jogada sobre o ombro do sr. Bateman, de cabeça para baixo, e segurando qualquer coisa que pudesse encontrar como se sua vida dependesse disso.

O que, no caso, foi o traseiro do sr. Bateman. Reservou um momento para examinar os músculos fortes que se moviam e flexionavam bem diante de seus olhos, e logo percebeu exatamente o que estava acontecendo.

— O que...? Sr. Bateman!

— Não queria que a senhora estragasse esses sapatinhos bonitos em toda essa lama — ele informou com calma, enquanto ela observava o chão passar a cada passo que o homem dava.

Estava *bastante* enlameado.

Era a mão dele em seu traseiro?

— Por favor. — A voz saiu rouca, já que a barriga estava suportando a maior parte de seu peso. — Isso realmente não é... — Ela tomou fôlego. — ... necessário.

— Não é nenhum incômodo, sra. Bloomington.

Ele tinha acabado de dar outro tapinha no seu traseiro? Ele o estava... afagando?

— Infelizmente, preciso insistir para que o senhor... — Vruuummm. Todo o sangue abandonou sua cabeça quando ele se inclinou e a colocou de pé — ... me ponha no chão — concluiu, desajeitada.

CAPÍTULO 3
Aubrey

Aubrey fechou a porta ao entrar, girou a tranca com cuidado e soltou um longo suspiro de alívio. Não havia muita coisa no quarto: cama, penteadeira e janela pequenas, e cadeira dura. Mas ele era dela, e só dela.

O sr. Bateman tinha lhe assegurado que ficaria com um catre em um dos quartos dos fundos, embora não tivesse parecido nada feliz com esse desfecho. Ainda assim, ela não sentiu a menor pontada de culpa.

Bem, talvez uma bem pequenininha. E iria ignorá-la.

Seu primeiro dia na estrada não tinha sido tão desafiador quanto aquele. Ela e o sr. Daniels tinham partido logo que o sol nascera, parado algumas vezes para os cavalos descansarem, e não haviam tido nenhuma dificuldade para conseguir hospedagem.

Tirou uma escova da valise e se olhou no espelho oval.

O dia anterior não tinha sido, nem de longe, tão... interessante quanto aquele.

O reflexo que a olhava de volta não era o da pessoa empolada e respeitável que partiu de Rockford Beach, o lugar que havia considerado seu lar por sete anos. Por ter ido na boleia da carruagem, o vento tinha soprado várias mechas do cabelo avermelhado para fora do coque, fazendo-o praticamente voar ao redor do seu rosto. Também tinha adicionado um inusitado tom rosado à pele pálida.

E, se ela não estivesse imaginando coisas, também tinha colocado um curioso brilho de entusiasmo em seus olhos.

Tirou os grampos do cabelo e se lançou ao trabalho de desembaraçar os nós que se formaram ali.

Winifred a desaprovaria com veemência se a visse agora. Durante os últimos dezoito meses, Aubrey tinha vivido sob o escrutínio do irmão do marido, Milton, e de sua esposa, que tinham se mudado, diziam, para dar apoio a Aubrey. Apoio! Bufou ao pensar na ideia. O formidável casal tinha imposto suas crenças religiosas opressivas a toda a casa e conseguido usurpar as decisões de Aubrey sempre que podiam.

Contudo, eles não haviam sido tão ruins quanto Harrison.

Por seis anos, Aubrey tinha vivido sob a mão de ferro do sr. Bloomington.

Ela se assustou com uma batida na porta.

— Só um minuto. — Alisou a saia antes de perguntar. — Quem é?

— Sou eu.

Ele não se deu o trabalho de dizer o próprio nome, tão certo que estava de que ela saberia, na mesma hora, quem seria o "eu".

— Há algo que eu possa fazer pelo senhor, sr. Bateman? — falou para a porta.

— A senhora pode abrir a porta, sra. Bloomington...

Ele iria persistir, estava certa, até ela ceder.

Atrapalhou-se com a tranca. Os dedos, de repente, ficaram menos ágeis, e abriu só uma fresta da porta, até ele a abrir totalmente para poder entrar. Uma vez lá dentro, optou por ignorar seu desgosto e, despreocupado, inspecionou a decoração como se o lugar precisasse de sua aprovação.

Até o olhar pousar nela.

— *Magnifique.* — Ele fitou o cabelo dela. — Faz brilhar mais o verde dos seus olhos.

Aubrey havia esquecido de que o tinha deixado solto e, surpresa, esticou os braços, quase como se pudesse cobri-lo.

Mas, então, ele pareceu lembrar-se da razão para estar ali.

— Quer se juntar a mim para o jantar? Talvez, por causa de minha cama pouco confortável, o estalajadeiro teve a bondade de providenciar uma sala privada para jantarmos esta noite.

Aubrey ergueu as sobrancelhas. Uma sala de jantar privada? Realmente? Ele deve ter usado seus encantos com o estalajadeiro, com certeza, para ter conseguido tal luxo. Na noite anterior, jantara no quarto. Não havia percebido o quanto uma dama desacompanhada se sentiria vulnerável em um lugar onde quase só havia homens.

Jantar sozinha com ele não seria uma situação excepcional. *Afinal, você é viúva, Ambrosia.*

— Eu... sim.

Levou a mão à nuca para fazer outro coque, o tempo todo sentindo os olhos dele sobre ela.

— É uma pena escondê-lo — ele disse, antes de suspirar, enquanto ela prendia os fios com alguns grampos.

Durante todo o tempo em que esteve casada, não tinha prendido ou soltado o cabelo na frente do marido uma única vez. Chamou-lhe a atenção a inesperada intimidade daquela situação. Deveria dispensar o sr. Bateman, mas ficou aliviada por não ter de atravessar a taverna sozinha.

Se iria ser uma mulher independente, teria de encontrar mais coragem dentro de si. Não era uma mocinha inexperiente, uma debutante. As regras delas não se aplicavam às viúvas.

Prendeu o último grampo e se virou para olhar para ele.

— Estou pronta. Obrigada.

— Acredito, sra. Bloomington, que a senhora ruboriza demais para uma mulher que já foi casada.

O comentário fez o rosto dela ficar ainda mais quente.

— O sr. Bloomington existiu, eu lhe asseguro.

Ela abriu a porta e esperou que ele a seguisse.

Só que o homem estava recostado na cama com uma postura despreocupada, sem nenhuma pressa de sair do quarto.

— A senhora também é jovem demais para ser viúva. Ele morreu na guerra?

— Podemos ir agora, sr. Bateman? — perguntou, ignorando a questão.

Com um balançar de cabeça, ele pareceu desistir dos seus questionamentos.

Por ora.

No início, os dois pareciam satisfeitos em deixar a conversa de lado enquanto estavam sentados na salinha reservada para jantares privados. Foi só depois que uma das criadas serviu uma xícara de chá para Aubrey e trouxe uma cerveja para o sr. Bateman que a dama cedeu à curiosidade.

— O senhor faz perguntas muitos impertinentes, sr. Bateman, para alguém que não contou praticamente nada sobre si mesmo. Que mal lhe pergunte, por que o senhor precisa estar em Margate neste fim de semana?

— Um compromisso. Quantos anos tem, sra. Bloomington?

A resposta dele não foi tão elucidativa quanto ela esperava, mas, por uma questão de justiça...

— Vinte e seis. E o senhor?

Ele riu em resposta.

— Velho. Ancião. Já perdi o viço da juventude. — E, então, respondeu para a carranca de Aubrey. — Completarei minha terceira década no sábado.

Aubrey o observou com atenção.

— Seu compromisso, então, tem algo a ver com o seu aniversário?

Ele sorriu e ergueu o copo como se fosse fazer um brinde.

— Há a expectativa de que eu vá a uma festa.

— Então o senhor tem família em Margate? — ela insistiu.

Ele pareceu refletir antes de responder.

— Suponho que possamos dizer que sim. A senhora tem família em Londres? Conhecidos?

— A casa onde vou morar foi legada a mim.

Harrison havia deixado o imóvel para ela por engano quando autorizara que todos os seus pertences mundanos que não tinham sido legados a outros fossem repassados a sua *amorosa e dedicada esposa*.

Por engano, pois, quando escreveu "amorosa e dedicada esposa", estava se referindo à sua primeira esposa. E, para agravar ainda mais a falha, a casa tinha sido, de alguma forma, omitida da lista de propriedades que iriam para Milton, junto com um fundo para cobrir as despesas com os criados e a manutenção do imóvel.

Quando o descuido veio à tona, o cunhado ficou terrivelmente roxo.

A parte do testamento de Harrison que tinha sido pensada especificamente para Aubrey incluíra uma ajuda de custo de cinquenta libras por ano e estipulara que ela não teria acesso à herança até completar um ano de luto.

Quando o advogado informou que ela ficaria com a casa de Londres, Aubrey só podia crer que, enfim, uma de suas preces havia sido atendida.

— Não exatamente uma *princesse*, mas uma herdeira, então?

Dispensou tal disparate com um gesto e explicou brevemente os erros do inventário. Ele fez algumas perguntas enquanto serviam a refeição e, por fim, acenou afirmativamente para ela com a cabeça, abrindo um sorrisinho de aprovação.

— Deve ter sido o destino, então.

— Foi um milagre.

Aubrey sorriu para o prato de sopa. Não havia falado sobre isso com ninguém além do sr. Moyers, o advogado. Vivera um ano inteiro com dois indivíduos que se ressentiam de sua existência. Quando se dignavam a lhe tratar com o mínimo de bondade, percebia que aquelas situações eram tentativas desajeitadas de persuadi-la a fazer a coisa certa: renunciar à herança em favor de Milton.

Havia sido um ano longo.

— O bom e velho Harrison era muito mais velho do que a senhora?

Aubrey assentiu levemente.

— Ele estava na sexta década de vida.

Jurara que nunca mais se casaria, manteria sua independência em Londres. Mas como teria sido se tivesse um marido mais jovem?

— Era um casamento de verdade?

Por um momento, ficou perplexa com a pergunta. Ele estava perguntando se tinha sido dentro da lei? E, então, a natureza da pergunta fez seu rosto ficar em chamas.

— É algo impróprio para se perguntar a uma dama.

Porque tinha sido. Infelizmente, no começo, tinha sido.

— Entenderei que a resposta é não — ele declarou, despreocupado, antes de cortar um pedaço do pão que havia sido posto na mesa para compartilharem.

— Então, o senhor estará errado.

Aubrey fechou a boca com força por revelar algo tão pessoal a ele.

Surpreendeu-o dessa vez, fazendo com que ele parasse e separasse alguns segundos para observá-la.

— Meu palpite teria sido de que a senhora nunca foi beijada.

— Perdão?

Ele falou tão baixinho que ela não teve certeza se tinha ouvido direito.

— Imagino que sua falta mal será notada. — Ao perceber sua expressão confusa, ele acrescentou: — Pelos parentes de seu marido.

— Oh, sim. E não, suponho. Winifred parecia contente por me ter por perto. Nem que fosse somente por saber que havia alguém para ouvir suas reclamações e também para testemunhar sua devoção.

Ah, mas Aubrey soava como a mais ingrata das mulheres que já tinha pisado na face da Terra. Provavelmente, ao terminarem o jantar, ele acreditaria que ela era cheia de amargura, quando, na realidade, tinha muitas esperanças para sua nova vida.

— Conte-me sobre sua família, sr. Bateman. O senhor foi criado na França?

Ele apoiou os talheres na mesa e se recostou.

— Até os sete anos. — O homem sorriu como se se lembrasse da infância com carinho. — Meu pai conheceu minha mãe quando ela estava visitando Paris. Moraram no interior da França, de início, mas minha mãe sentia muita saudade da família. Ela é inglesa. Meu pai só queria fazê-la feliz, e então nos mudamos.

— O senhor se considera inglês ou francês?

Ele deve ter ficado dividido entre os dois países, pois estavam em guerra um contra o outro.

— Minha cabeça é a de um inglês, mas meu coração, creio, é francês.

O que fazia perfeito sentido. Ele parecia um homem prático, e, ainda assim, havia demonstrado afeição pela égua abertamente. E logo outro pensamento lhe sobreveio.

— A guerra deve ter sido difícil para a sua família.

Ele fez que sim.

— Fiquei com os ingleses — revelou, voltando a prestar atenção na comida. — Meu avô, pai de minha mãe, comprou para mim uma patente militar quando terminei os estudos.

— Ir para a guerra não deve ter sido uma decisão fácil.

Ele tivera de lutar contra seus compatriotas, talvez até mesmo contra algum parente. A guerra tinha terminado há quase dez anos.

— Não existiu nenhuma decisão a se tomar. Como disse, só meu coração é francês.

Havia ocasiões em que o sr. Chance Bateman parecia aberto, despreocupado e tudo aquilo era um encanto. E então, havia outras em que ele se fechava. Esse foi um desses momentos.

Aubrey mal tinha entrado na adolescência quando a guerra foi deflagrada, mas se lembrava das famílias que perderam um filho, um marido, um pai...

Pessoas demais, apesar de tudo, apesar da vitória final.

— Tenho certeza de que sua família ficou grata pelo senhor ter voltado em segurança.

Ele assentiu mais uma vez.

Ela pegou o garfo e fingiu um repentino interesse na própria comida antes de perguntar, muito, muito casualmente:

— Encontrará sua esposa em Margate? Nessa sua festa de aniversário? — Fez o melhor que pôde para não parecer curiosa demais para ouvir a resposta.

Quando ele não respondeu de imediato, ela espiou por entre os cílios, e, por que não esperara por uma resposta dessas, ela não sabia. Mas ele estava rindo baixinho. E, depois, não tão baixinho.

Quando ficou sério, por fim, olhou nos olhos dela com coragem.

— Não sou casado, *princesse*. Se é o que queria saber.

Ele cruzou os braços sobre o peito largo, chamando a atenção de Aubrey para suas mãos. Ela as notara antes, enquanto ele escovava...

— Como se chama a sua égua?

Achava que ele não tinha dito.

— Guinevere. — E adicionou, com um estremecimento: — O nome foi escolha de minha irmã. Eu a teria chamado de algo muito mais original.

Ele tinha uma irmã. Isso o deixava mais... humano, de certa forma.

— E sua irmã? É mais velha? Mais nova?

— Mais nova. E é uma encrenqueira — revelou, ainda assim, as palavras continham afeto. — Tenho certeza de que vocês duas se dariam muito bem.

Isso, por um segundo, pareceu muito aprazível. O casamento a impediu de ter amigas íntimas.

— Se seu casamento com o bom e velho Harry foi de verdade, por que a senhora cora com tanta facilidade? É de se pensar que chegou à idade madura sem jamais ter sido beijada.

— Oh, mas nunca fui — respondeu. — Beijada, quero dizer.

O que era um pouco embaraçoso, supunha, e, então, concentrou-se em cortar ao meio um pedaço de cenoura cozida.

O sr. Bateman fez um som de engasgo.

— A senhora está fazendo gracejos.

Por que faria gracejos com algo assim? O assunto todo era terrivelmente inapropriado para ser discutido com ele, mas, ao longo do caminho, parecia que haviam cruzado uma linha, o que se encaixava no nível de amizade que tinham naquele momento.

— Não estou fazendo gracejos, sr. Bateman.

Ah, aquela risada de novo. Algum dia, iria estrangulá-lo por causa dela.

— Joga tortas no rosto somente daqueles que conseguem ter uma vantagem sobre a senhora?

— Aquilo não foi um gracejo, foi uma punição.

A risada do homem flutuou pela sala.

— *Touché*.

Aubrey levou o garfo à boca e examinou o pedacinho de carne espetado ali.

— Eu me pergunto se isto é carne ou alguma outra coisa.

— Vinte e seis anos, viúva e nunca foi beijada! Definitivamente, terei de corrigir esse triste estado em que as coisas se encontram.

— Não, sr. Bateman.

Mas era tentador.

Tentador demais.

— Não? — O riso ainda rondava os olhos dele. — Vamos, sra. Bloomington, admita que deseja ser beijada por mim desde que me observou pela janela.

Ah, aquilo era embaraçoso demais para ser colocado na forma de palavras.

— Não! Quero dizer, talvez. Mas o senhor não deveria dizer essas coisas. Não deveria nem fazer graça sobre o assunto.

— Negará o prazer a nós dois? — Sua voz era persuasiva.

— Se me beijar, não poderá me escoltar pelo resto da viagem até Londres. Não seria decoroso... Quero dizer, sei que nosso acordo pode ser malvisto, apesar de eu ser viúva e tudo mais... Eu... eu me julgaria...

E, pela primeira vez, ele não riu dela.

— E a senhora não está infeliz com a perspectiva de viajar comigo?

— Ah, não. — Ela mordeu o lábio. — Estou muito feliz por assegurar que o senhor chegará a seu destino a tempo para a festa. E sou grata pela segurança adicional que sua presença oferece. — Embora estivesse preocupada com essa presença antes. — E... por todos esses motivos, gosto de sua companhia.

Odiava o fato de corar com tanta facilidade.

— Também gosto de sua companhia, sra. Bloomington. — A confissão a agradou mais do que deveria. — Então, *estará a salvo de meus beijos, mas só por enquanto* — ele resmungou no guardanapo.

— Perdão?

— É melhor a senhora descansar. Partiremos assim que o sol estiver raiando.

Ele era mesmo um homem encantador. Aubrey sorriu, feliz por ter contornado algumas das sugestões mais perturbadoras.

Sim. O sr. Bateman era um cavalheiro com quem não precisaria se preocupar. E ela havia se assegurado de que ele a protegeria na estrada. Aubrey deu um sorriso gentil e se levantou da mesa. Nem precisou pedir, já que ele se levantou também, e a acompanhou até a porta do quarto. Ela pegou a chave na retícula e se virou para agradecer a ele.

— Boa noite, sra. Bateman. — O sotaque dele dançava pelo corpo dela como seda.

— Bloomington — disse ela.

— Sim, foi o que eu disse. Boa noite, sra. Bloomington.

O olhar dele se fixou nos lábios da viúva, fazendo com que o ar parecesse pesado e quente. Ela estava extremamente ansiosa, com o coração acelerado, mesmo ele tendo prometido que não a beijaria. Aubrey se irritou com o fato de sua consciência a estar impedindo de viver a experiência...

— Sim. É claro. Boa noite, sr. Bateman.

Ela entrou no quarto, fechou a porta e pressionou as costas na madeira. Todo o seu corpo corou de calor ao ouvir a risada do sr. Bateman enquanto ele se afastava.

CAPÍTULO 4
Aubrey

— Apenas chá com torradas, por favor. — Aubrey abriu um sorriso afetado para a criada que servia o café da manhã, a mesma que estava fazendo o seu melhor para chamar a atenção do sr. Bateman ao se inclinar para frente, fazendo os seios quase saltarem do corpete.

— E o senhor?

— Ovos, rim, mingau, algumas torradas, geleia e os bolos e doces disponíveis, se os tiver. Dê-me todas as opções — respondeu, sorrindo.

É claro, por ser um homem solteiro e atraente, ele estava acostumado àquilo.

Um homem cujo cabelo tinha sido escovado e preso com cuidado no início daquela manhã, fazendo os olhos azuis se destacarem ainda mais do que no dia anterior. E que conseguia exalar um aroma distintamente masculino, mais acentuado naquele dia, mas, ainda assim, apimentado e amadeirado e... de fazer curvar os dedos dos pés de prazer.

Aubrey se arrepiou um pouco ao pensar nele beijando outra mulher. O que era ridículo, principalmente à luz do pedido que ela lhe fizera na noite passada.

Ainda assim...

— Qualquer coisa que desejar, senhor.

A criada deu uma piscadinha e saiu andando sedutoramente pela sala de jantar privada, que ele lhes tinha conseguido mais uma vez.

— O senhor deve estar com muita fome — observou, fazendo o olhar dele se desviar das rebolantes ancas da criada.

— Ah, não vou comer tudo. Pretendo compartilhar com a senhora.

— Não. Vou comer apenas a torrada. — Aubrey já estava balançando a cabeça, com a voz da mãe e as reprimendas de Harrison e de Winifred arraigadas em seus hábitos. — Gula é pecado.

E, é claro, ele riu.

— É por isso que a senhora sente fome o tempo todo.

— Não sinto fome o tempo todo.

E então, no minuto em que as palavras deixaram seus lábios, perguntou-se se ele não estava certo.

— A senhora pede comida. Olha para ela. Toca-a, até leva-a aos lábios e, mesmo assim, quase nunca chega a comer. Se apenas desse uma mordida e engolisse, não sentiria essa privação tão descomedidamente.

— Considerando que nos conhecemos há pouquíssimo tempo, o senhor realmente se mostra confiante.

Ele deu de ombros.

— Sabe onde estamos? — Ela achou por bem mudar de assunto.

— Difícil saber sem um mapa. — Ele franziu o cenho. — Mas devemos estar perto de Bristol. Pelas minhas estimativas, talvez a três ou quatro dias de Londres. — E então ele inclinou a cabeça. — Já esteve em Londres, sra. Bloomington?

— Não. Mas o sr. Moyers, o advogado de meu falecido marido, assegurou-me de que, morando em Mayfair, não devo ter dificuldades para me adaptar à alta sociedade. Espero que ele esteja certo. Gostaria de me tornar uma patronesse das artes no futuro. — A ideia não tinha soado nem um pouco estranha na sua cabeça, mas, ao dizê-la em voz alta, sentiu-se ingênua. — O senhor acha que terei problemas?

Pensativo, ele a estudou, franzindo a testa. A resposta tanto a surpreendeu quanto a agradou.

— Não, sra. Bloomington. Acho que se sairá bem.

— Também farei um jardim. Harrison, quero dizer, o sr. Bloomington, dizia que as flores eram um desperdício e só me deixava plantar vegetais. Mas, assim que me acomodar, vou plantar todos os tipos de flores, se eu tiver um jardim grande o bastante.

Ele a fitou enquanto ela falava, sem fazer comentários, mas a observando como se sua opinião, suas palavras e intenções tivessem valor.

— E que tipo de flores plantará, *princesse*?

Aubrey retorceu os lábios.

— Primeiro, vou começar com trepadeiras e bulbos, para que possam fincar raízes. Então, vou incrementar meu jardim com todo tipo de plantas anuais. Talvez, no futuro, até mesmo construa uma estufa e tente a sorte com algo mais exótico.

A criada escolheu esse momento para voltar carregando uma bandeja cheia de pratos, que colocou na frente do sr. Bateman, parecendo ignorar completamente a existência de Aubrey.

O sr. Bateman sorriu quando a mulher exibiu mais decote do que o considerado adequado para qualquer estabelecimento de respeito, como se ele gostasse da atenção.

— E as minhas torradas? — perguntou Aubrey quando a mulher se assegurou de que o sr. Bateman tinha todos os talheres, temperos e molhos de que poderia precisar.

— Bem aqui.

Ela colocou um pratinho na frente de Aubrey antes de se arrastar, com relutância, para longe do cavalheiro.

— Poderia trazer um pouco de mel... — pediu, mas a porta já tinha se fechado.

— Isso não é *diverrrtido*... — ela disse, imitando o sotaque dele, sabendo que ele seria incapaz de ignorar o fato de a sua torrada estar queimada.

Ele ergueu um garfo cheio e o segurou sobre a mesa. Quando Aubrey não abriu a boca de imediato, ele o aproximou dos lábios dela.

Um gosto amanteigado, apetitoso e cheio de sabor explodiu em sua boca. Não pôde deixar de fechar os olhos ao mastigar.

Ela *estivera* com fome, mais do que imaginara. Depois de ter mastigado e engolido toda a porção, abriu os olhos e o flagrou olhando para ela.

— *Mon Dieu*, a senhora faz com que seja difícil para um homem manter suas promessas... — falou baixinho.

— Promessas? — perguntou, antes de perceber que o olhar dele estava fixo em seus lábios. — Isso está delicioso — cedeu, inquieta com a intensidade nos olhos dele.

— Suponho que, além de nunca ter sido adequadamente beijada, a senhora também nunca comeu um café da manhã inglês decente. Seu marido a mantinha trancada em uma torre?

Ignoraria esse disparate.

— Nunca comi isso. O que é?

Ele ergueu o garfo para que ela pudesse comer outra porção.

— Rim com torrada frita. Minha avó por parte de mãe foi quem me apresentou ao prato. Fui ao céu e voltei quando o provei pela primeira vez. E não o comíamos apenas no café da manhã. Minha avó pedia à cozinheira para servi-lo na refeição noturna junto com linguiças, carne de porco e um punhado de vegetais, mas sempre havia pão frito, ovos e rim.

Deveria ser nojento, mas, na verdade, tinha um gosto muito exótico e amanteigado...

Ele pegou um punhado para si e comeu com os mesmos talheres que a alimentara. Compartilhar talheres com aquele belo estranho pareceu a Aubrey, mais uma vez, inimaginavelmente íntimo.

Sem pensar, ela deixou a torrada de lado e fincou o garfo em um pedaço de rim com ovos no prato do sr. Bateman. Esperou alguma zombaria, mas, ao que parecia, ele estava exercitando o autodomínio naquela manhã.

Mesmo se ela não estivesse esperando.

— Diga-me — ela exigiu.

— Diga o quê?

— Sei que deseja dizer algo como "bem que avisei"... Vá em frente. Sei que o senhor quer. Aprecia rir de mim. Já deve estar arrependido por ter de viajar com uma viúva tão reprimida quanto eu. Não precisa fingir que gosta de mim.

Talvez fosse a comida, ou fosse saber que ele a observava, ou talvez fosse porque ele preferia estar desfrutando das investidas da criada... Mas ela estava se sentindo contrariada naquela manhã.

— Gosto da senhora. A senhora me faz rir — ele disse, e a fitou com curiosidade.

— Rá!

Aubrey espetou uma boa quantidade de ovos com linguiça.

— Ah, sra. Bloomington — ele chamou sua atenção ao falar baixinho. — Acredite quando digo que, embora preferisse não ter perdido Guinevere, estou muito contente com a reviravolta que me permitiu conhecê-la. A senhora não apenas é linda, mas também gentil e inocente, e repleta de uma combinação incomum de otimismo, dado que tenha sido casada com um homem como o velho Harry.

— Que Deus o tenha — Aubrey murmurou, por puro hábito.

— Que Deus o tenha — ele repetiu, embora com mais do que um pouco de divertimento na voz. — Gosto muito da senhora, sra. Bloomington.

Aubrey colocou o garfo na mesa, sentindo-se bastante boba, mas também... algo mais.

— O senhor gosta de mim?

— Gosto. Mas se insistir em ter essas expressões enquanto come do meu prato, não serei capaz de manter a promessa que lhe fiz.

A promessa de que não a beijaria.

Aubrey sorriu para si mesma e, de forma deliberada, pegou outro bocado do prato dele. Quando provou a comida, fechou os olhos e deixou escapar um leve suspiro. Quando voltou a abri-los, não havia mais riso naqueles olhos azuis. E, então, ele resmungou.

Dessa vez, foi Aubrey quem riu.

O sr. Daniels parecia bastante renovado e alerta, chegando ao ponto de trazer a carruagem para a frente da pousada. Assim, Aubrey não precisaria atravessar o pátio, que consistia em mais lama e outras substâncias questionáveis além de sujeira.

Quando o sr. Bateman subiu atrás dela, não havia pensado que a proximidade dele seria diferente do que tinha sido quando se sentara ao lado dela na boleia. Viajando no banco que ficava de costas, com a bota descansando no estofado ao lado de Aubrey, tinha uma presença que preenchia o pequeno espaço.

Tanto que ela quase não notou o cão — ela presumiu ser um cão — deitado no chão ao lado da sua valise.

— Ele está morto? — indagou.

Mas não estava. O animal ressonava baixinho.

Os dois olhos estavam abertos, no entanto, e a língua, pendurada no canto da boca. Aubrey nunca tinha visto nada com uma aparência tão apática quanto aquela criatura.

— Não está morto. — O sr. Bateman se ajoelhou ao lado dele. — Só adormecido.

— *É definitivamente um macho* — Aubrey o lembrou.

Não havia como se enganar sobre o sexo daquele animal em particular. Ele estava deitado de costas, com as patinhas relaxadas e abertas, revelando... tudo, as patas dianteiras para o alto, o focinho para trás.

Ele, com certeza, estava vivo.

— O que ele tem?

Inclinando-se para frente, Aubrey ignorou todo o formigamento incômodo que a proximidade do sr. Bateman provocava.

O cachorro se espreguiçou, e então, os olhos ganharam vida o bastante para observar os dois com suspeita.

— Precisamos devolvê-lo para a pousada. O dono dele ficará preocupado.

— Não sei, não, *princesse*...

O cão de pelo curto estava coberto por uma boa quantidade de lama e parecia não ter sido adequadamente alimentado.

— Acha que alguém sentirá falta dele?

O sr. Bateman abriu a janela que dava para o assento do condutor.

— Daniels? Sabe alguma coisa sobre esse cachorro que está aqui dentro?

— Maldito vira-lata! — O sr. Daniels parou a carruagem. — Coloque-o para fora. É um vira-lata que rondou o estábulo a noite toda implorando por comida.

— Oh, não! Não podemos simplesmente abandoná-lo! É óbvio que não é capaz de conseguir a própria comida. Pobrezinho.

Aubrey se abaixou e um nariz molhado acariciou sua mão.

— O vira-lata mais horroroso que já vi — disse o sr. Bateman, colocando o animal no colo para inspecioná-lo.

Corpo longo, pernas curtas, focinho comprido e orelhas caídas.

— Ele é uma graça. Ouvi dizer que algumas damas em Londres têm cães pequenos como companhia. Está na moda, sabe? Talvez eu possa limpar essa pobre criatura e engordá-la um pouco, e ele pode ser meu animal de estimação. Estaremos na moda.

Sim, um banho já estava programado. Aubrey torceu o nariz.

Um banho bem completo.

— Não sei... — O sr. Bateman pareceu hesitar, embora o cachorro, naquele momento, estivesse se equilibrando na parte traseira, fazendo algum truque.

— Oh, olhe para ele! É perfeito. Sempre quis um animalzinho... E ele precisa de um nome. — Milton e Winifred teriam um ataque se soubessem que um cachorro entrou na carruagem. — Nunca dei nome a ninguém.

O olhar do sr. Bateman se encontrou com o dela, fazendo aqueles olhos lindos dançarem de divertimento.

— Tenho certeza de que pensará em algo respeitável. Suponho que, com uma quantidade copiosa de sabão e um pouco de treinamento, ele poderá causar uma boa impressão no *ton*. Ele, de fato, tem um equilíbrio impressionante.

Nem mesmo o sr. Bateman poderia ser cético quanto ao cachorro que o lambia no queixo.

— Ele gosta do senhor — Aubrey disse, e sorriu.

— Ele fede — o sr. Bateman respondeu, colocando o cachorro no chão.

— O que a senhora quer fazer com ele? — o sr. Daniels perguntou, fazendo o rosto aparecer de ponta-cabeça na pequena abertura.

— A sra. Bloomington ficará com ele — o sr. Bateman revelou, pousando o olhar risonho no dela. — Por ora.

Aubrey tinha meio que esperado que ele fosse insistir em pôr o cachorro para fora. Não estava acostumada com as pessoas ao seu redor sendo tão agradáveis. Isso também poderia ser algo com que teria de se acostumar. Um prazer desconhecido se assentou nela.

Mesmo o sr. Daniels estando de cabeça para baixo, Aubrey podia dizer que ele tinha uma carranca.

— Se o senhor está dizendo... Deixe-me saber se ele começar a farejar o chão. O sr. Bloomington não ficará nada feliz se eu devolver a carruagem cheirando a mijo...

— Vamos nos certificar de avisar ao senhor — o sr. Bateman informou e fechou a portinhola, silenciando o cocheiro com eficiência. — Presumo que o sr. Daniels seja empregado do seu cunhado, então? — ele questionou, com uma expressão de interrogação.

— Oh, sim. Ele foi emprestado a mim. Milford reconheceu que não seria adequado eu viajar sozinha na diligência do correio.

O sr. Bateman fez que sim, como se a resposta dela explicasse muito.

— E a carruagem?

— É de Milford também. Eles voltarão para Rockford Beach assim que me despacharem. O sr. Moyers me assegurou de que há criados na casa, e disse que tem quase certeza de que há um cocheiro dentre eles.

— Quase certeza, *princesse*?

— Razoável certeza.

Mas o sr. Bateman havia plantado a semente da dúvida em sua cabeça. E não queria ter preocupações naquele momento. Ainda mais quando não podia fazer nada até chegar e saber os exatos detalhes de suas novas circunstâncias.

— Está animado? Com a sua festa? — Aubrey queria saber mais sobre *ele*. — Sua irmã estará lá?

Os lábios dele se curvaram em um sorriso meio triste.

— Na verdade, não. E não, será uma reunião bem pequena. — Ele semicerrou os olhos. — Por que se casou com ele? Está óbvio que não o amava. Sempre que imagino um velhote... — Mas, então, ele balançou a cabeça. — Por que não esperar por um marido apropriado, *princesse*? Não sonhava com romance, com amor?

Toda vez que ele a chamava assim, fazia-a sentir como se fosse especial para ele de alguma forma. Mas isso era ilusão.

— Meu nome é Ambrosia. Pode me chamar de Aubrey, se desejar.

Não deveria deixar as coisas mais íntimas, mas pelo menos seria menos íntimo do que ele a chamando de princesa. E, embora gostasse da independência conquistada com a viuvez, desejou poder abandonar o nome de Harrison com a mesma facilidade com que havia abandonado o traje de luto.

— Ambrosia. *Princesse* Ambrosia. — O calor subiu por seu pescoço e foi até as bochechas ao ouvir seu nome nos lábios dele. — Quantos anos tinha quando se casou?

— Dezessete. — Parecia fazer uma vida. — Meu pai morreu, deixando minha mãe e eu sozinhas e sem um tostão. O sr. Bloomington era primo de segundo grau de meu pai e também o herdeiro dele. Ele prometeu à minha mãe que, se eu me casasse com ele, ela poderia continuar morando na nossa casa.

— Não tem irmãs, então?

— Não. Éramos apenas eu e minha mãe. — Ela se lembrou dos dias que antecederam o casamento. — Estava feliz por fazer aquilo por ela. Mas, por alguma razão, acreditei que poderia ficar na minha própria casa. Era terrivelmente ingênua. Depois do casamento, não imaginei que ele iria querer...

Ela engoliu em seco.

— E esse Milton, o seu cunhado? Ele vai permitir que sua mãe permaneça na casa?

— Minha mãe faleceu há três anos.

Aubrey piscou para afastar as lágrimas. Não falava da mãe com frequência, e falar sobre ela com aquele homem, por alguma razão, trouxe à tona velhas emoções.

— Ah, sinto muito, *princesse.* Deve ter sido difícil.

A compaixão na voz dele quase a fez desabar. Aubrey secou os olhos e fez que sim.

— Fazia tempo que ela sentia dores. Eu só queria ter podido estar com ela no fim... O sr. Bloomington insistiu que eu ficasse em casa e deixou que as senhoras da igreja ficassem com ela em vez de mim. Ele tinha dito que não queria a esposa perto da morte. Eu era delicada demais, dissera ele.

Havia sido uma tola por não discutir com ele na época.

— O bom e velho Harrison, *que Deus o tenha*, era um jumento.

Ao ouvir as palavras do sr. Bateman, Aubrey não pôde deixar de rir, concordando.

— Que Deus o tenha — Aubrey repetiu, sorrindo com um ar endiabrado.

Sempre que Milton e Winifred tinham falado sobre seu falecido marido, era com reverência. A evidente falta de reverência do sr. Bateman foi libertadora.

Ela ficou séria.

— No fim, minha mãe morreu na própria cama. Ela jamais deixou a nossa casa.

Sentia um grande conforto por seu sacrifício não ter sido em vão.

A expressão do sr. Bateman era quase de pena, e ela logo forçou um sorriso e lançou uma olhadela para o animal de estimação recém-encontrado.

— Creio que ele precise de um nome distinto, não acha? Já que fará parte do *ton.*

O cachorro estava sentado ao lado dela, com os olhos alertas mirando o lado de fora da janela, mas com a língua pendurada no canto da boca.

— Por que acha que ele faz isso com a língua?

O sr. Bateman se inclinou para frente e puxou os lábios do bichinho.

— Ele não tem dentes. — Quando voltou a se sentar, sacudiu a cabeça. — Nunca vi nada assim. Tem certeza de que quer ficar com ele, *princesse*? Não sei como ele conseguirá comer sem dente algum.

— Ah, sim. — A deficiência só serviu para aumentar ainda mais a determinação de cuidar dele. — Vou tentar deixar a comida dele de molho no leite.

— Irá mimá-lo.

— Mas é claro! Todo mundo merece ser mimado em algum momento da vida, não?

Aubrey tinha arrumado o casaco para manter o animal aquecido.

Quando voltou a se virar, flagrou o sr. Bateman examinando-a com um olhar perplexo, curioso e ligeiramente... cálido, que a fez se contorcer.

— O que houve? — perguntou, imaginando se o rosto estava sujo de lama.

— Acho que *a senhora* merece ser mimada.

A voz dele, assim como as palavras, fizeram o calor espiralar até seu âmago. E sentiu um friozinho. Um friozinho invadindo toda a barriga e se espalhando pelo resto do corpo.

Aubrey se obrigou a respirar normalmente, olhando para o sr. Cão em uma tentativa de recuperar o prumo.

— Espero, de verdade, que ninguém esteja sentindo muita falta dele.

O sr. Bateman fez que sim.

— Está com saudade de Guinevere? Está preocupado com ela?

Ele lançou um olhar triste.

— Ela foi uma companheira leal.

— O senhor irá localizá-la depois de sua festa de aniversário — falou com confiança. De alguma forma, não conseguia ver o sr. Bateman não atingindo qualquer objetivo a que se propusesse. Mas sabia muito pouco sobre ele. — O que faz, sr. Bateman? Onde é o seu lar?

Ele hesitou por um momento antes de responder, como se decidindo o que poderia contar a ela. Desejou que tivesse deixado escapar algo sem pensar. Em momentos como aquele, ele era misterioso demais, na opinião de Aubrey.

— Minha propriedade é perto do pequeno vilarejo de Trequin Bay.

— Nunca ouvi falar do lugar.

Ela fechou a boca na esperança de que ele falasse mais.

— Passei a maior parte da vida na costa do Atlântico, ao norte da Cornualha.

Pela sua expressão, ela soube que ele amava o lugar. Podia visualizá-lo montando Guinevere ao longo das praias arenosas com penhascos de um lado e as ondas do mar batendo do outro. A crina de Guinevere soprada pelo vento enquanto o sr. Bateman cavalgava o poderoso animal sem qualquer dificuldade.

— Foi onde seu pai e sua mãe se estabeleceram depois que deixaram a França?

Ele fez que sim, e o sol brilhando através das janelas mostrou umas ruguinhas no canto dos olhos dele — oh, aqueles olhos lindos. Não o pressionaria a falar sobre aquilo se as lembranças não eram felizes... Não sabendo que, em algum momento, ele tinha ido para a guerra lutar contra o país que uma vez foi sua terra natal.

Ele ria muito da vida, em geral, mas também parecia estar escondendo alguma coisa. Seria pesar?

— Deseja promover festas em seu futuro lar, *princesse*? Tem algum talento artístico? De qual das artes gosta mais? — ele perguntou, mudando de assunto com facilidade.

— Ah, não tenho nenhum talento, mas amo todas — Aubrey confessou sem qualquer embaraço. — Uma das vizinhas do sr. Bloomington, a sra. Mary Tuttle, tinha a mais incrível das bibliotecas. — Ela mordeu o lábio, imaginando o quanto deveria revelar para um homem que mal conhecia, percebendo que, mais uma vez, ele a tinha feito falar de si mesma. Mas, ainda assim, prosseguiu: — Deixei meu falecido marido acreditar que nós, eu e a sra. Tuttle, líamos a Bíblia, mas, em vez disso, víamos os livros de arte, e até mesmo líamos sobre mitologia e um pouco de ficção moderna. Veja bem, já havia lido as passagens que ele me designara centenas de vezes...

— Não há necessidade de se explicar para mim, *princesse*. E, então, seu apetite pelos escritos se desenvolveu para além da versão do rei James?

Aubrey acenou com a cabeça e fez uma carranca.

— Sim. A sra. Tuttle é uma pessoa interessantíssima. Antes de se mudar para Rockford Beach, ela morou em Londres, e me contou tudo sobre as festas que promovia. Não poderia deixar de pensar que deveria ser maravilhoso para uma viúva atrás de um propósito, para uma mulher que não planejava se casar, nem tinha filhos ou família.

— É um esforço digno.

Aquilo era algo de que estava começando a gostar muito no sr. Bateman. Embora ele risse dela com frequência, e também risse *com* ela, pelas coisas que mais importavam para *ela*, o cavalheiro demonstrava uma consideração genuína.

Ele não havia tentado persuadi-la a desistir do cachorro, e agora tinha expressado a confiança dele nos seus planos para o futuro.

— Eu... obrigada, sr. Bateman.

O sr. Cão — como seria chamado até que ela pensasse em um nome mais digno e original — escolheu aquele momento para se levantar sobre as patas traseiras e olhar pela janela. Ele mal se apoiava na lateral da carruagem e parecia desafiar a gravidade.

— Ele, de fato, é magnífico — declarou Aubrey. Dificilmente ficaria mais orgulhosa dele, mesmo se fosse seu filho. — Acredito, sr. Bateman, que este cachorro será a sensação de Londres.

— Como a senhora — disse ele, sorrindo.

— Como eu — concordou Aubrey, sorrindo também.

CAPÍTULO 5
Aubrey

O sr. Cão tinha vários talentos e... uma aparência interessante... mas uma coisa que ele não era, era limpo. E qualquer que fosse a imundície na qual ele tivesse chafurdado, isso não estava se assentando bem ali, no espaço confinado da carruagem. Depois de suportar por mais de meia hora, Aubrey não podia mais fingir que não se incomodava e, então, apontou na direção do que parecia ser um pequeno riacho à margem da estrada.

— O senhor ficaria muito contrariado se parássemos para...

— Daniels, encoste! — O sr. Bateman tinha aberto a portinhola antes de ela terminar a pergunta. — Precisamos acabar com o fedor deste cachorro.

Aquele homem estivera suportando o mau cheiro por ela. Ele estava se tornando mais e mais adorável; Aubrey sequer conseguia expressar em palavras.

O sr. Daniels parou na lateral da estrada e, embora ela não pudesse ver o riacho, conseguia ouvir o murmúrio da água ali perto.

— Tenho sabonete em um dos baús e uma toalha de linho para secá-lo. A água vai estar fria. Não quero que ele fique doente.

Aubrey explicou o plano para o sr. Bateman enquanto ele a ajudava a sair da carruagem.

— Ah, segure-o firme; não quero que ele fuja. Não que ele não deva ter liberdade, mas, para ser sincera, não parece um bom caçador e provavelmente morrerá de fome sem mim.

Porém, o sr. Bateman já tinha, de alguma forma, conseguido uma cordinha para passar em volta do pescoço do sr. Cão e o colocado no chão.

— Segure-o, *princesse*, enquanto pego seu baú.

— Ah, obrigada — agradeceu ela, embora preferisse que ele não mexesse em seus pertences. Não os trancara, mas os artigos pessoais de uma dama eram... bem... pessoais.

O sr. Cão, no entanto, puxou a corda enquanto farejava à procura de... Ah, sim. O lugar perfeito para erguer a patinha. Aubrey ficou muito orgulhosa por ele ter procurado resolver seus assuntos ali do lado de fora. Talvez ele tivesse sido treinado em algum momento.

Ela estava vagamente ciente do sr. Bateman tirando um de seus enormes baús da carruagem e colocando-o no chão, mas não podia simplesmente interromper os esforços do sr. Cão.

— O sabonete está neste? — O sr. Bateman mexia no trinco. — Terá de vir aqui, *princesse*, e me mostrar de que toalha a senhora está disposta a abrir mão em favor do pobre sr. Cão. Não posso imaginar que vá querer trazê-la consigo depois que nós...

Aubrey olhou ao redor, preocupada, ao ver que aquele maldito tinha, de fato, vasculhado seus pertences e estava segurando a única peça de roupa que ela possuía que não desejava que ninguém soubesse.

Diáfana e rendada, a camisola transparente cor de safira escorria por entre os dedos dele, parecendo ainda mais pecaminosa em plena luz do dia.

— A sra. Tuttle insistiu para que eu a aceitasse. — Com o rosto corado, Aubrey arrastou o sr. Cão até onde o baú estava e arrancou a peça ofensiva da mão do sr. Bateman. — Assegurei a ela que não haveria utilidade para isso, que jamais a usaria, mas ela insistiu que poderia chegar um momento...

Aubrey enfiou a peça no fundo do baú, debaixo das camisolas brancas de gola alta e mangas longas e de outros trajes mais modestos, desejando ter ignorado a sra. Tuttle nesse assunto em particular. Fingindo indiferença, ela localizou a bolsinha com sua querida barra de sabonete e também um velho avental, que sacrificaria contente para poder livrar o sr. Cão daquele odor para sempre.

O sr. Bateman ainda não falara uma única palavra desde a sua descoberta, e Aubrey ignorou o calor que lhe queimava as bochechas.

Quase havia deixado o traje para trás, mas o tinha colocado ali no último minuto. Ele não era apenas lindo, era também um presente de uma amiga querida. E parte dela havia, de alguma forma, se agarrado à promessa que vinha junto com os votos da sra. Tuttle.

Somente se o cavalheiro certo aparecesse, o que Aubrey duvidava que algum dia aconteceria.

Sem esperar que ele fizesse algum comentário embaraçoso, Aubrey pegou o sr. Cão no colo e o carregou até o riacho. As patas do animal eram tão curtas que, se quisesse sair dali rápido, o bichinho não poderia contar com elas para acompanhar seu passo.

— Ele deveria ter esperado minha permissão — compartilhou o desalento com o sr. Cão.

É claro, o item mais escandaloso que possuía seria a primeira coisa que o sr. Bateman veria ao abrir seu baú.

O curso do riacho surgiu no campo de visão e, enquanto ela se ajoelhava ao lado da água calma, molhou as mãos e as levou às bochechas, ao pescoço e à testa, tentando fazer a humilhação desaparecer.

— Cuidado, *princesse*. Não acho que o sr. Cão vá gostar da experiência.

É claro que ele a tinha seguido.

Devagar, Aubrey abaixou o corpo longo do cachorro na água e, antes que as patas submergissem, o pobrezinho fincou as garras nos braços dela e subiu por eles.

— Passe-o para mim.

O sr. Bateman esticou os braços para envolver as mãos ao redor do abdômen sujo e molhado do bichinho, fazendo os membros roçarem os seios de Aubrey, e o peito passar a centímetros de sua boca. Apesar da água fria que o sr. Cão tinha jogado nela e do cheiro horrível, Aubrey pensou que seria muito fácil se inebriar com o... aroma do cavalheiro.

— Deixe o sabonete a postos, *princesse*.

E com o sotaque lindo dele.

— Não vai doer nada, amiguinho. Ninguém vai machucá-lo. Só precisamos tirar todo esse fedor. O que acha? Se você vai ser da *princesse*, primeiro, precisa cheirar como um príncipe — ele falou com um tom suave enquanto colocava o cãozinho na água gelada e o molhava com as mãos.

O ato trouxe a mente dela a lembrança da primeira vez que o viu, quando o observou escovar o cavalo, e isso derreteu o coração de Aubrey mais uma vez.

— Vamos agilizar o máximo possível.

O sr. Bateman olhou para cima, incitando-a a entrar em ação com o sabonete. Não pôde evitar que as mãos roçassem as dele ao esfregar as costas e o pescoço do cachorro. Trabalhando juntos daquele jeito, ela não podia impedir que os seios pressionassem os braços musculosos do sr. Bateman.

De início, resistiu às sensações, mas, quando o sr. Cão pareceu sossegar e aproveitar a esfregadela, ela também se viu gostando de estar tão perto daquele homem.

O sr. Bateman enxaguou o animal e, quando o tirou da água, Aubrey ficou surpresa ao ver que o pelo curto não era marrom, e sim de um castanho-avermelhado profundo.

— Ora, se você não é lindo!

Mas antes que pudesse envolvê-lo com o avental, ele se sacudiu da cabeça até a cauda, jogando água gelada para todos os lados e encharcando o sr. Bateman e ela mesma no processo.

Ficou perplexa, de início, mas, ao ver a mesma expressão de desânimo no rosto do sr. Bateman, e que ele, também, estava encharcado, não conseguiu evitar o ataque de riso.

Desequilibrada pela própria alegria, caiu com o traseiro no chão, acabou puxando a guia improvisada do sr. Cão e conseguiu derrubar o sr. Bateman no chão molhado ao seu lado. Ah, mas agora ela estava molhada e coberta de pó e lama, e também o estava o sr. Bateman, que tinha virado de lado e a olhava com consternação.

O que só fez Aubrey rir ainda mais.

O sr. Cão se sacudiu uma segunda vez e, então, deitou-se sobre o avental para se secar ao sol, presumivelmente.

— Estamos encharcados. — Ela se deitou, fechou os olhos e respirou fundo assim que conseguiu controlar as gargalhadas. O ar estava frio, mas o sol era quente, e Aubrey não conseguiu deixar de pensar que a ideia do sr. Cão foi maravilhosa. — O sr. Daniels terá um chilique por causa da carruagem de Milton — acrescentou.

Só que ela não se importava muito. Tinha um bichinho de estimação, estava na companhia de um cavalheiro belo e encantador e, o mais importante de tudo, era livre.

— Que o sr. Daniels vá às favas. — Aubrey virou a cabeça e viu que o sr. Bateman tinha feito o mesmo. — Pelo menos, o sr. Cão não vai mais cheirar à merda — ele declarou, virou a cabeça e a olhou nos olhos.

Ah, mas por que foi fazer o homem prometer que não a beijaria?

Porque a companhia dele não seria adequada se ele fizesse isso, lembrou a si mesma.

— Estou feliz pelo senhor ter escolhido viajar comigo, sr. Bateman.

Não conseguiu guardar a confissão. Só desejava saber mais sobre ele.

Ele escolheu aquele momento para erguer a mão e afastar algumas mechas de cabelo do rosto dela.

— Eu também.

Nenhum deles se mexeu. Os dois ficaram deitados ao sol, olhando um nos olhos do outro.

— Por que não está ansioso para a sua festa de aniversário?

Aquilo a incomodava. Será que ele não tinha uma boa relação com a família? Não achava que ele estivesse mentindo, mas com certeza não estava sendo totalmente aberto sobre o aniversário, ou sobre a festa em particular.

— Ah... Aubrey. — Foi a primeira vez que ele havia escolhido chamá-la pelo nome. Aubrey engoliu em seco, preparando-se para ouvi-lo dizer para que ela cuidasse da própria vida... ou que ele era casado... ou algo igualmente devastador para ela. — Preciso cuidar de alguns assuntos e meu aniversário se tornou uma espécie de prazo, mas... — Ele se sentou e a puxou para se sentar também. — Nenhum de nós chegará ao seu destino se passarmos o dia deitados na lama.

Ele a ajudou a ficar de pé e removeu a sujeira de seu vestido de uma maneira muito pouco pessoal, e então deu um passo para trás e passou a mão na própria camisa e na calça. Ele pareceu se distanciar dela tanto física quanto emocionalmente ao fazer a confissão.

— O senhor é um foragido da justiça? — ela deixou escapar, aterrorizada pelo que ele poderia estar escondendo.

— Da justiça? — Ele levantou o olhar, e a acusação teve um efeito oposto ao que Aubrey esperara. Em vez de ficar ofendido, ou com raiva, os olhos dele voltaram a rir. — Pensei que tínhamos chegado à conclusão de que a senhora era a pessoa com a maior probabilidade de cometer um assassinato.

Mas ele não havia respondido à sua pergunta, havia?

E, ainda assim, se estivesse fugindo, ele acharia sua acusação tão engraçada?

— É só que... sei muito pouco sobre o senhor.

— Está errada quanto a isso, *princesse.* — Ele se agachou ao lado do sr. Cão e começou a secar os pelos curtos com o avental. — Sabe mais sobre mim do que a maioria, tenho certeza. Pense um pouco e me diga o que sabe.

Aubrey observou as mãos que secavam com carinho o cachorro que ele havia conhecido naquela manhã e não tinha a menor intenção de manter. Ele amava os animais. E, se os amava, devia ter muito respeito pela vida.

— O senhor não é um assassino — concluiu.

— E? — ele perguntou, inclinando a cabeça para trás para olhá-la nos olhos.

— O senhor gosta de doces — enumerou ela.

Ele sorriu com esse fato.

— E não se leva muito a sério, na maior parte do tempo. Manteve a promessa que me fez, por enquanto. E, apesar de querer me fazer crer o contrário, o senhor é um cavalheiro honrado.

Ele havia permitido que ela ficasse com o único quarto disponível na noite anterior.

— Não é o suficiente, *princesse*?

O marido dela fora um cavalheiro honesto e respeitado. Era um conhecido de sua mãe, e o pastor e a irmã dele haviam atestado sua honra na igreja no dia do casamento.

Mas acabou sendo uma pessoa mesquinha, avarenta e controladora.

Ela assentiu, mas então adicionou:

— Por ora.

Porque ela estava começando a temer o momento em que teria de se despedir dele.

Talvez pudessem voltar a se encontrar.

O sr. Daniels ralhou com os dois quando voltaram para a carruagem. Ele ergueu a mão para detê-los, entrou na carruagem, abriu o banco, tirou o cobertor, e o abriu sobre o assento para proteger o estofamento do patrão.

Dessa vez, quando o sr. Bateman entrou na carruagem, ele se sentou ao seu lado.

O sr. Cão se enrolou no chão, fazendo uma bolinha, e adormeceu de imediato.

Uma brisa soprou quando a porta se fechou, fazendo Aubrey se arrepiar.

— Está com frio?

O sr. Bateman colocou um braço ao longo do encosto e a puxou para si. Ela fez que sim e se aconchegou.

Não deveria se sentir tão confortável com o corpo todo dele pressionado no seu. Nem se sentir tão viva.

Com o braço ao redor dela, o sr. Bateman escorregou um pouco no assento, para ficar mais confortável, e fechou os olhos.

— Dormiu bem na noite passada? — Aubrey perguntou, inclinando a cabeça para trás para olhar para ele.

— Uma moça atrevida roubou o meu quarto — resmungou ele, mal abrindo os olhos para olhá-la. — Agora, fique quieta — demandou, e a puxou para mais perto.

Viajar aconchegada no calor daquele homem bonito, maravilhou-se Aubrey, era muito mais confortável do que viajar sozinha. Como era possível relaxar estando tão perto daquele cavalheiro quando tudo nele abalava o precário equilíbrio que ela havia lutado para manter no último ano? Antes que pudesse analisar as próprias emoções, e sua reação a ele, adormeceu.

Sentindo mais júbilo do que nunca... nos braços de um estranho.

Aubrey dormiu tranquilamente até os movimentos da carruagem ficarem diferentes quando o sr. Daniels saiu da estrada. Ele devia estar querendo descansar os cavalos.

Antes que o sr. Bateman acordasse, Aubrey saiu de baixo de seu braço e coçou os olhos.

— Envergonhada por ter me usado como travesseiro, *princesse*?

Embora ele não tivesse mencionado nem uma vez a camisola transparente que havia tirado do baú, ao que parecia, não tinha abandonado o prazer que sentia ao provocá-la.

— Nem um pouco envergonhada. — Ela manteve o sorriso. — O senhor é uma cama confortável.

A palavra cama, no entanto, provocou o rubor que ela pensou que pudesse evitar. E havia causado aquilo a si mesma.

— Os cavalos vão precisar descansar. — Ele se inclinou para frente para espiar a lateral da carruagem. — Então, aproveite para esticar os braços e as pernas.

A carruagem parou e, depois de descer, o sr. Bateman a ajudou. Havia esticado o braço para pegar o sr. Cão, mas não pôde deixar de perguntar antes de o sr. Bateman desaparecer nos estábulos.

— Devo procurar algo para comer?

Não era como se eles estivessem... juntos e, ainda assim, eles eram meio que parte da mesma equipe.

Ele caminhou para trás, olhou-a nos olhos e fez que sim antes de se virar e deixá-la sozinha com o sr. Cão enquanto o sr. Daniels se afastava com a carruagem.

Lembrando-se do que o sr. Bateman pedira para o café da manhã, Aubrey entrou no estabelecimento e tinha acabado de decidir que ele gostaria do que quer que ela pedisse quando sua pequena bolha de alegria foi estourada.

— Não traga esse vira-lata aqui para dentro. Deixe-o do lado de fora. — Um homem corpulento e de rosto avermelhado saiu de detrás do balcão, segurando um pano no punho cerrado.

— Ele está limpo. Acabou de tomar banho e é treinado — Aubrey disse, segurando o sr. Cão, protegendo-o.

— Não importa. Não permitimos cães aqui dentro. — E, então, o homem estalou o pano em sua direção. — A senhora, por outro lado, é mais do que bem-vinda.

Os olhos maliciosos se fixaram no corpete do vestido, onde o sr. Cão tinha enfiado a cabeça entre os seus seios.

Antes de se encontrar com o sr. Bateman, não tivera nenhuma dificuldade nos estabelecimentos ao longo da rota. O estalajadeiro sempre tinha uma irmã ou uma esposa bondosa para ajudá-la a encontrar um bom lugar para jantar, ou tomar chá, enquanto o sr. Daniels cuidava dos cavalos. Não teve de lidar com hóspedes arruaceiros ou com estalajadeiros rudes.

Não podia permitir que a intimidassem com facilidade se queria mesmo declarar sua independência.

— Pedirei algo para levar para o almoço, e esperarei lá fora. — Ela ergueu o queixo, recusando-se a ceder ao impulso de se contorcer sob o olhar lascivo daquele homem. — Pão, carne e queijo para três, por favor.

O taberneiro deslizou o pano pela mão, como se pesasse suas escolhas.

— E se eu fizer algo por você, mocinha, o que está disposta a fazer por mim?

Foi então que a porta se abriu e o sr. Bateman apareceu. Ele olhou para um e para o outro e pareceu entender a situação na mesma hora.

— Por que não pergunta ao meu marido? — Aubrey disse ao homem. — Este cavalheiro me informava sobre o valor do almoço para nós dois e o sr. Daniels. Contudo, disse que o sr. Cão não é bem-vindo.

Seus olhos, um pouco suplicantes, encontraram os do sr. Bateman. É claro que ele não iria desmenti-la.

Ele era seu amigo.

Mais tarde, é claro, ele se divertiria o quanto pudesse por causa de seu ultraje de se autoproclamar esposa dele.

Ele deu um passo à frente para ficar atrás dela e colocou um braço em volta de sua cintura.

— Vou querer uma sala de jantar privada, isto é, se tiverem uma, para mim, minha esposa... e nosso cachorro.

Enquanto a voz dele flutuava sobre a sua cabeça, percebeu a completa transformação no comportamento do taberneiro.

— Temos sim, senhor. Por aqui.

Ficou perplexa e zangada.

Muito zangada.

Assim que se acomodou e o taberneiro os deixou sozinhos, ela mal pôde se conter.

— Aqui... Por que... Mal posso... — Estava tão ultrajada que não conseguia nem sequer formar uma frase coerente. — Por que ele foi tão cortês com o senhor depois de ser tão, tão, tão descortês comigo?

O sr. Bateman se limitou a rir enquanto desdobrava o guardanapo que tinha sido posto na frente dele.

— É tão injusto!

E, ainda assim, ela sabia que aquela inequidade existia. Tinha vivido muito daquilo no próprio casamento. De alguma forma, uma parte dela imaginou que tinha escapado de tais disparidades ao ir embora de Rockford Beach. Ao que parecia, não tinha.

— Com certeza, é. — O sr. Bateman sorriu quando uma criada abriu a porta, trazendo dois copos de cerveja. — Obrigado, meu amor — ele disse, e deu uma piscadinha para a jovem quando esta abriu um sorriso sedutor para ele.

Aubrey sentiu um desânimo profundo. Será que todas as mulheres eram ou amor ou *princesse* ou querida para ele? E isso era tudo o que qualquer mulher sempre era? Alguém que ele encantaria o quanto quisesse e depois ignoraria quando ela não fosse mais conveniente?

Não era justo.

E não deveria ficar com raiva do sr. Bateman, dentre todas as pessoas. Ele não lhe devia nada. Em troca do transporte até Londres, o cavalheiro foi agradável e solícito.

Mas ele era homem e, portanto, não poderia ser considerado um amigo.

Fitou o líquido âmbar em seu copo e então soltou um suspiro profundo. Não era culpa do sr. Bateman ela não poder lidar com homens como o taberneiro.

— Oh, vamos, sra. Bateman. Nada pode ser tão ruim assim.

É claro, ele iria fazer piada daquilo.

Aubrey se forçou a sorrir.

— Gostaria de saber como lidar com uma pessoa como aquele homem. Queria saber o que dizer para fazê-lo perceber que sou uma pessoa como qualquer outra. Que sou respeitável.

E, ainda assim, sabia que uma mulher, na maior parte das vezes, só podia exigir respeito através do homem que a protegia, fosse ele marido, pai ou irmão.

— Não precisa de um homem para assegurar sua autoridade. — O sr. Bateman a fitou sem hesitação do outro lado da mesa. — A senhora tem o poder dentro de si, e tenho fé de que aprenderá a invocá-lo mais cedo ou mais tarde.

A confiança dele a fez parar.

— Poderia me dar uma dica sobre o que é esse traço indefinível que se encontra escondido dentro de mim? Porque eu estava fracassando miseravelmente quando o senhor veio ao meu socorro. — Ela passou a mão nas roupas. — Acho que estar coberta de lama não ajuda muito.

— Não importa se está coberta de lama ou vestida para se apresentar à rainha. É a sua própria força. Pelo que disse, já suportou mais coisas do que a maior parte das damas de sua idade. O que a fez ir em frente? O que a impediu de desistir da vida? Descubra isso, princesa, e será respeitada por aqueles que importam.

Aubrey sentiu como se ele estivesse lhe dizendo algo de que já sabia, e o que quer que fosse, escapava-lhe.

— O que o faz ir em frente? — perguntou.

Porque ninguém jamais afirmaria que o sr. Bateman de Trequin Bay não impunha muito respeito.

Ele esfregou o queixo.

— Saber quem sou, suponho.

Pela confusão no olhar dele, ela supôs que nem mesmo ele pensava tão bem de si mesmo.

— Confesse. O senhor sempre teve o necessário.

Mas ele estava balançando a cabeça.

— Quando cheguei à Inglaterra, os outros meninos me achavam estranho. Eu falava engraçado, tinha vindo de um país que não era muito estimado na época e, além disso, era novo na escola.

— Com certeza eles não usaram tudo isso contra você, não é?

Ela o imaginou correndo para lá e para cá, usando calça curta, arrumando confusões de todo tipo e levando os outros junto.

— Eu mal tinha sete anos, era pálido e esquálido e tinha a voz de um garotinho de coral. Os outros meninos me chamavam de Corista Convencido. — Ele passou a mão pelo rosto. — Era um apelido para o meu nome.

Ele ficava muito adorável quando estava envergonhado.

— Que é...?

— Cochran. Cochran Charles Bateman.

Aubrey guardou a informação para pensar sobre ela mais tarde.

Ele olhou pela janela.

— Havia um menino, ruim para diabo. Ele se sentava atrás de mim e amava bater na minha cabeça a aula toda. Um dia, decidi dar um basta. Não foi muito original, mas me virei e enterrei o punho no nariz dele. Voou sangue para todo lado. A srta. Teller, jamais esquecerei, nos fez sentar um ao lado do outro pelo resto do ano. O idiota é meu melhor amigo até hoje. — Ele balançava a cabeça ao se lembrar. — Maldito seja Hollis. Berrou como se eu tivesse dado um tiro nele. Até hoje, não vi tanto sangue sair de uma pessoa.

Aubrey não pôde deixar de sorrir com a história... Não somente da história, mas da forma como ele a contou.

— E vocês ainda são amigos? O senhor e esse Hollis?

O sr. Bateman fez que sim, com um sorriso carinhoso. Cochran.

— Sua mãe o chamava de Cochran?

— Chance. Todos me chamam de Chance.

— E, agora, sei algo sobre o senhor.

De alguma forma, ele a fez se esquecer do taberneiro grosseiro que se empenhara em arruinar o seu dia. Gostaria de chamá-lo pelo nome, mas não poderia ser presunçosa a ponto de fazer isso sem a permissão dele.

— Sabe que fui intimidado e que tenho mau gênio. Parece que a senhora não deixará pedra sobre pedra.

Aubrey acenou com a mão.

— Creio que não haja muito que não saiba sobre mim.

— Não me oponho a aprender mais.

E, quando a criada entrou na sala dessa vez, os olhos dele permaneceram em Aubrey.

Ela mexeu no guardanapo e nos talheres até a mulher trazer os pratos e sair da sala. Em um minuto, determinou que ele mal era um amigo, e, no seguinte, considerou-o seu confidente mais próximo.

— Que segredos guarda, Ambrosia Bloomington?

Ele falou isso quase como se pudesse ler a mente dela.

Segredos? Já não contara quase todos a ele? Sobre ela, a sra. Tuttle e os falsos estudos da Bíblia? Sobre os planos de promover festas e leituras?

Ele havia segurado sua camisola transparente, pelo amor de Deus!

Aubrey levou um pouco de comida à boca, mal capaz de pensar que existia um mundo além daquela sala.

— Perguntou por Guinevere?

Parabenizou-se por formular uma pergunta inteligente. Presumiu que foi essa a razão para ele ter ido ao estábulo assim que chegaram.

— Um dos moços acha que pode tê-la visto.

Aubrey levantou o rosto, surpresa.

— Na área? Ele lhe disse por qual caminho ela foi? Devemos ir atrás dela?

O sr. Bateman riu baixinho, balançando a cabeça.

— Ele não tinha certeza, mas sabe como me contatar caso descubra algo mais.

Torcendo a boca, Aubrey considerou que não eram más notícias, embora não fossem lá muito boas.

— Precisa encontrá-la. Depois de sua festa.

Ela havia começado a notar um certo olhar de... não era bem desespero, mas também com certeza não era de prazer, sempre que ela mencionava a festa. Passava rapidamente pela expressão dele, e queria perguntar o porquê. Queria que ele lhe dissesse o que era tão abjeto sobre essa festa em particular para ele parecer tão assombrado com a menção dela.

Mas ele não queria lhe contar. Se quisesse, já teria lhe dado uma explicação.

— Nunca usei a camisola transparente cor de safira — anunciou, sem qualquer razão além do aborrecimento por ele não ter perguntado sobre a peça.

O que não deveria acontecer. Ele só estava sendo cavalheiro.

Mas não queria que ele pensasse que existia um amante esperando por ela em Londres... ou que ela havia traído o marido.

Não deveria importar. Tudo aquilo era informação pessoal... E, ainda assim...

Importava.

— *Vai usar comigo.*

O sr. Bateman pôs uma garfada na boca, fazendo Aubrey ter certeza de que tinha ouvido mal.

— Perdão?

Com certeza, estava enganada.

Ele ergueu um pouco de batatas com linguiça.

— Vai compartilhar comigo?

A refeição dela era, basicamente, frango com legumes. Encorajada pela amizade incomum, Aubrey estendeu a mão sobre a mesa e espetou um bom pedaço de linguiça com o próprio garfo.

— Acho que sim, Corista.

Não o olhou nos olhos até as palavras que ele mesmo disse pairarem entre os dois.

— Não tenha o olho maior que a barriga, *princesse.*

CAPÍTULO 6
Aubrey

Quando o sol começou a se pôr e eles chegaram ao único vilarejo em quilômetros, Aubrey franziu a testa para o que parecia ser uma desordenada quantidade de carruagens e pessoas circulando. Quando pararam no pátio lotado da pousada, o sr. Bateman pediu para que ela esperasse enquanto ele arranjava um quarto.

Um quarto. É claro, ele estava se referindo a aposentos separados para cada um. Aubrey não tinha razão para não confiar nele quanto a isso. Ele tinha dormido em um catre na outra noite, permitindo que ela tomasse posse do único quarto disponível.

— O que acha, sr. Cão? — Conhecendo Cochran Charles Bateman, era capaz de ele também estar reservando uma sala de jantar privada para os dois e pedindo um prato de cada refeição disponível naquele dia. — Será que o sr. Bateman terá sorte?

O sr. Cão, que estava em posição de sentido sobre as patas traseiras olhando pela janela, limitou-se a se virar para ela e inclinar a cabeça. A língua dele, é claro, estava pendurada do lado esquerdo da boca, daquela vez.

— Aposto que está com fome, não está? — Deu a ele um pouco das sobras das batatas do almoço, mas o pobrezinho tinha lutado para triturá-las dentro da boca. — Vou pedir um pouco de leite para empapar sua comida esta noite. Pobrezinho.

— Estão cheios. Haverá alguma feira amanhã. O estalajadeiro duvida de que consigamos encontrar algo disponível a esta hora do dia. Mas não precisa se preocupar.

Só então ela notou a lona dobrada que ele trouxe consigo, junto com um amarrado de corda.

Ela fez uma carranca. É óbvio que ele não achava que os dois fossem...

— Não me diga que duvida da minha capacidade de armar um acampamento confortável. Assim você me magoa, *princesse.* — Ele suspendeu o corpo enorme na carruagem e deu instruções ao sr. Daniels enquanto Aubrey processava a informação de que ela iria, mesmo, ter de dormir ao relento. — Assim que dormir na tenda que eu construir para você, nunca mais desejará um quarto.

Uma tenda.

Com o sr. Bateman.

E... o sr. Daniels.

E o sr. Cão.

— E se chover?

Talvez ela encontrasse uma forma de se acomodar na carruagem, embora esta não fosse nem comprida nem larga o bastante para que se esticasse.

O sr. Bateman passou o braço ao redor dos ombros dela e lhe deu um aperto tranquilizador.

— De qualquer forma, eles não permitem a entrada de cães. Confie em mim, é melhor assim. E faltam poucos dias para chegarmos a Londres. Não há nada como dormir sob as estrelas. Você desejará que tivéssemos feito isso o caminho todo.

Aubrey estremeceu, mas não tinha nada a ver com o medo da noite que teria pela frente. Não, tinha tudo a ver com ter o braço desse homem ao seu redor.

Estava começando a gostar demais da sensação.

Dez minutos depois, o sr. Daniels saiu da estrada e foi até o que parecia ser um bosque relativamente privado.

O sr. Bateman saltou para o chão e a ajudou a sair.

— Está pronta para o trabalho, *princesse*?

— Hum...

Ela avaliou a área e fez que sim. Supunha que, se iam dormir ao relento, aquele lugar seria tão bom quanto qualquer outro.

Embalando o sr. Cão como se ele fosse um bebezinho, Aubrey olhou ao redor das árvores, com o chão tomado por pedras, folhas e... insetos. Estremeceu ante a perspectiva da noite que tinha pela frente.

— O senhor pode seguir para a esquerda e pegar água para os cavalos — o sr. Bateman instruiu o sr. Daniels.

Aubrey ficou ali, sentindo-se um pouco perdida sobre o que fazer enquanto ele estendia a corda de uma árvore a outra, dando duas voltas. Algo parecido com uma estrutura começou a aparecer quando ele colocou a lona. Ao terminar, ele a olhou.

— Se não estou enganado, junto com sua provocante camisola, havia algumas colchas guardadas no baú.

— Ah, sim. Sim.

Ela colocou o sr. Cão no chão, amarrando a guia em uma árvore, e se forçou a reunir entusiasmo para a tarefa. Afinal de contas, o sr. Bateman não tinha culpa por eles terem que dormir do lado de fora. Na verdade, se não fosse por ele, ela seria forçada a fazer isso... Só que dentro da carruagem.

No escuro.

Sozinha.

O sr. Daniels havia tirado dois dos seus baús da carruagem e Aubrey os vasculhou até achar as colchas que tinha embalado com muito cuidado havia pouco mais de uma semana.

— Tenho a minha. — O sr. Daniels recusou a com estampa de prímulas que ela ofereceu. Não tinha se preocupado com onde o condutor dormiria, mas, é claro, ele tinha algumas provisões no veículo.

— Traga-as para cá, *princesse.*

Aubrey rodeou a carruagem, apressada, indo até o abrigo que o sr. Bateman havia construído, e admitiu para si mesma, a contragosto, que não era nem de longe tão rudimentar quanto havia pensado que seria. Ele até mesmo tinha usado um dos pedaços maiores de lona para cobrir o chão.

Uma tenda.

— Onde construirá a outra? — ela perguntou, mordendo o lábio.

— Temo ser isso por hoje. Lar, doce lar.

— Mas...

O sr. Bateman pegou as colchas de suas mãos repentinamente entorpecidas e as colocou de forma convidativa sobre a lona que cobria o chão. Ele dobrou uma delas no sentido do comprimento e a colocou no meio, criando algo parecido com uma barreira.

— Vamos precisar pegar madeira para acender uma fogueira antes de escurecer. — Ele se moveu na área com muita eficiência, apertando os nós para se assegurar de que a tenda ficaria no lugar e posicionando a pedra excepcionalmente maior para formar um círculo. — Mas fique por perto.

Aubrey fez que sim, lembrando-se de que ele tinha agido de forma muito honrada desde que se conheceram.

Mas, se fosse para ser honesta, não era a honra *dele* que a preocupava.

Com o sr. Cão a reboque, ela pegou tantos galhos e gravetos quanto pôde encontrar e os jogou dentro do círculo de pedras.

— Está óbvio que a senhora nunca fez uma fogueira antes.

A risada estava à espreita na voz dele, com a qual Aubrey estava ficando acostumada demais. O sr. Bateman se agachou ao seu lado e começou a organizar a pilha de gravetos que ela juntou.

Quando ela não se mexeu, ele a puxou, colocando-a ao seu lado.

— A madeira menor e mais seca acenderá primeiro. — Ele cruzou os pedaços na parte de baixo. — Com a ajuda de um pouco de palha. E ela precisa de ar para ficar acesa.

E ele logo lhe ofereceu um punhado de galhos menores.

— Assim que os arrumar, vamos acender e colocar os maiores e mais grossos.

Ele parecia feliz por observá-la, dando sugestões de vez em quando e, assim, Aubrey se sentiu confiante para perguntar mais sobre o passado dele.

— Fez isso com frequência? Durante a guerra?

O sr. Bateman enrijeceu e ignorou a pergunta. Praticamente prendendo o fôlego, ela rearrumou alguns dos galhos menores e, então, recuou enquanto ele acendia a palha que foi esparramada ao redor da torrezinha de madeira.

Depois de soprar a pequena chama e assistir aos galhos pegarem fogo, ele rompeu o silêncio.

— Depois de meses de treinamento, fui tirado da frente de batalha em menos de uma semana.

Ela se virou para olhá-lo, mas se absteve de comentar dessa vez.

— Meu pai ficou doente e... precisaram de mim em casa.

— Então você não chegou a lutar nas batalhas?

No segundo em que a pergunta deixou sua boca, desejou tê-la pegado de volta. Pelo olhar dele, ficou óbvio que aquele era um ponto nevrálgico.

— Nem uma única batalha. Passei pelo treinamento, despedi-me das pessoas, trajei o uniforme e, antes mesmo de um tiro ser disparado, estava em um navio voltando para casa. — Zombar de si mesmo deixou o sotaque mais forte. — Obviamente, deseja saber tudo sobre mim, princesa. Agora já sabe do meu maior fracasso.

— Mas como pode chamar de fracasso quando não teve escolha?

Ele ignorou o que ela disse e se limitou a fitar as chamas que, afoitas, tinham começado a lamber o tronco que ele pusera por cima.

— Nem sempre fui capaz de fazer o que queria, Aubrey. Sei que você pensa que os homens têm muito mais liberdade do que as mulheres, mas alguns de nós nascem com certas responsabilidades que nos impedem de levar uma vida diferente, uma vida, talvez, que teríamos preferido.

Sentiu que ele tentava dizer algo mais, algo que não podia ser dito, mas, novamente, ele ergueu aquela barreira com a qual já se deparara. Naquele momento, o sr. Bateman não era o cavalheiro que fazia graça, que brincava com muitos dos aspectos daquela viagem.

Olhou para o perfil bem definido, que ficou ainda mais misterioso por causa das sombras e dos realces de luz que dançavam pelas bochechas magras e pelo maxilar, pensando que ele nunca teria a aparência de um mero soldado. Ele parecia mais um major, ou até mesmo um general.

Mas também parecia ser absolutamente solitário...

Erguendo a mão, tocou o braço dele com insegurança. Ele ficou imóvel. Era como se nenhum dos dois estivesse respirando agora, e ainda assim, de alguma forma, seu coração batia descontrolado.

— O senhor disse que eu sabia o que era importante sobre a sua pessoa, que eu não precisava saber os detalhes de onde foi criado, ou aonde estava indo, para que pudesse conhecê-lo.

Ele virou a cabeça para olhá-la.

— Sempre — ela buscou as palavras — fazendo o que deve. Sendo responsável. Isso é apenas uma parte de quem o senhor é. Encontrará paz e felicidade na vida. O senhor tem um dom. Talvez seja a magia do riso que carrega no peito.

E, de repente, ela se sentiu muito boba.

— Magia, é? — O sorriso se espalhou pelos lábios dele, mas não foi depreciativo ou zombeteiro. — Acho que é você quem carrega a magia, *princesse.*

Ela baixou o olhar para onde a mão descansava no casaco dele.

— Estou sendo boba. O senhor deve achar que sou pouco sofisticada e muito presunçosa por sugerir que entendo sua vida.

Assim como todo mundo em Londres pensaria o mesmo dela. Quem era ela para convidar artistas e escritores para o seu lar? Era uma ninguém. Uma caipira.

— Como faz isso? — perguntou ele.

— Como faço o quê?

A voz saiu pouco mais alto do que um sussurro. Àquela altura, ela quase se sentiu hipnotizada pela luz bruxuleante das chamas.

— Ainda vê o bem no mundo. Depois de tudo pelo que passou... — Assistiu ao movimento na garganta do cavalheiro enquanto ele engolia em seco. — É a mulher mais destemida que já conheci na vida.

— Não, não. — Ela balançou a cabeça. — Tenho medo de tudo! Nem sequer posso atravessar uma taverna desacompanhada. Como vou obter sucesso em Londres? Temo que vá terminar sozinha e rejeitada, tendo apenas o sr. Cão por companhia. Não conheço ninguém. Não sei todas as regras, todas as normas. Vou parecer uma tola atrapalhada assim que chegar lá...

Ele apertou a mão dela.

— Jamais.

E então, ele estendeu a mão e tocou Aubrey logo acima do seio, do lado esquerdo.

O coração.

— Há algo muito especial dentro de você. O fato de estar fazendo essa viagem apesar de todos os seus medos... Isso mostra a sua coragem.

Aubrey lambeu os lábios. O ar ao redor deles tinha ficado pesado, e imaginou se ele o sentia do mesmo jeito que ela. Era como se todo o desejo reprimido que jamais sentiu por nada nem ninguém tivesse se centrado naquele homem.

Não pôde deter o impulso de se aproximar dele, de entreabrir os lábios...

— Prometi que não a beijaria. — Ele deu uma olhadela para a sua boca, e então voltou a olhá-la nos olhos. — A senhora disse que, se eu a beijasse, não poderia mais ficar sozinha comigo, e que teríamos de nos separar.

Havia tido motivos para dizer aquilo a ele, mas, naquele momento em particular, nenhuma de suas preocupações pareceu importar.

Um alto estalo no fogo escolheu aquele momento para romper o feitiço no qual ela havia caído.

Os dois voltaram a encarar as chamas. Vários minutos se passaram, e Aubrey desejou saber o que ele estava pensando.

— Está com fome? — A pergunta a tirou do transe quando ele se levantou. — Fique aqui.

Aubrey fitou as mãos depois de ele desaparecer. Estavam tremendo tanto quanto suas entranhas. Um rubor tinha se espalhado por todo o seu corpo, e o cérebro estava concentrado em apenas uma coisa.

Ele desejara beijá-la.

Mas, talvez, o maior dilema era que... ela queria que ele a beijasse.

Com certeza, um dilema maior.

Como seria a sensação? Ela tivera um marido, chegara à avançada idade de vinte e cinco anos, enterrara o dito marido e, ainda assim, nunca tinha sido beijada.

Talvez fosse exatamente do que precisava. Um beijo — um beijo de um cavalheiro honrado. Algo para guardar na memória para que soubesse que não perdera nada de bom do que a vida tinha a oferecer.

Os sons dele voltando fizeram seu coração disparar mais uma vez. Não podia olhá-lo. Tinha medo de que ele visse todas as emoções em seu rosto. Em certas situações, ele tivera a estranha habilidade de ler os seus pensamentos.

Agachando-se novamente ao seu lado, o sr. Bateman colocou uma cesta entre eles e a abriu para revelar pão, queijo, geleias... Uma variedade deliciosa de comida que ela considerara uma extravagância até conhecer aquele homem.

— Isso é para o seu filho. — Ele tirou uma tigela e deu uma olhada para o sr. Cão, que agora estava deitado de costas, com os olhos abertos, pernas espalhadas e a língua pendurada para fora da boca.

Sorriu por ele ter se referido ao sr. Cão como seu "filho". A perspectiva de algum dia se tornar mãe de verdade a deixava melancólica.

— Harrison queria um filho. Quando não consegui lhe dar um, ele disse que era o meu castigo.

As palavras escaparam sem que ela percebesse. Era fácil demais compartilhar os pensamentos com ele.

O que o falecido marido pensaria se a visse naquele momento, com um estranho? O que pensaria se soubesse que ela possuía um cão como filho? Por alguma estranha razão, imaginar a opinião dele a fez gargalhar.

O sr. Bateman não fez nenhum comentário quanto à declaração incomum e muito pessoal. Ele estava desfiando a carne, partindo o pão e colocando-os na tigela. Então pegou uma vasilha e verteu um pouco de líquido branco sobre a comida.

— Leite. Que atencioso.

— Espero que ele amacie a comida o bastante para que o bom e velho sr. Cão consiga mastigá-la.

Aquele homem a estava encantando novamente. Não por ser cortês ou por estar distribuindo elogios, mas pela compaixão que ele sentia pelo cachorro dela.

Quando o olhou, no entanto, ele estava carrancudo, e a mandíbula parecia estar cerrada.

— Ele chegou a agredi-la? — ele atirou a pergunta, quase como se estivesse com medo de saber a resposta.

O primeiro ano tinha sido o pior. Ele não tinha batido nela, tinha se limitado a... subjugá-la, com frequência deixando hematomas em seus pulsos e em suas coxas. Quando ela não respondeu imediatamente, o sr. Bateman soltou um grunhido e esfregou o rosto com a mão.

— Eu tentava... fazer o que ele pedia.

Ele falara para ela relaxar e ficar parada para ele. Mas sempre sentira dor, e quando havia experimentado o desconforto muito grande, não conseguiu deixar de tentar se afastar, de se fechar para que ele não se aproximasse.

— Ele desistiu depois de um ano, e, depois disso, além de... — ela contou, controlando cada movimento. — Bem, ele não quis mais visitar o meu quarto.

Ele tinha batido nela, no entanto. Houvera ocasiões em que ele tinha ficado ofendido com algo que ela dissera, ou fizera, e sentiu que era seu dever aplicar a punição.

— Ele comeu mais da metade — anunciou Aubrey, animada, feliz por falar de qualquer outra coisa que não fosse aquilo. — Embora esteja fazendo uma bagunça.

Baba e borbulhas espumavam na boca do sr. Cão enquanto ele revolvia a tigela e mastigava os pedaços de comida que conseguia pegar.

— Mas ele nunca a beijou? — persistiu o sr. Bateman.

Não ficou brava por ele não deixar aquele assunto doloroso de lado, o que era estranho. Ironicamente, quase sentiu que, se lhe contasse, estaria deixando um pouco daquilo para trás.

Era o seu passado, e não havia nada que pudesse fazer para mudá-lo.

O marido tinha possuído seu corpo, mas não tinha roubado seu primeiro beijo. O pensamento a fez sorrir.

— Não.

O sr. Bateman serviu um pouco de vinho em um cálice e o entregou a ela. Aubrey se recusou a pensar em como a comida se assentaria em seu corpo pequeno e, em vez disso, desfrutou dela. Do vinho, do queijo, dos frios, dos doces... de tudo. Mas, principalmente, da companhia.

Enquanto o fogo ardia, falaram de seus autores favoritos, e ele descreveu algumas das pinturas que vira enquanto esteve em Londres.

O sol tinha se posto e, sem nada mais do que a luz da lua, parecia que milhares de estrelas brilhavam acima deles quando enfim terminaram a garrafa de vinho e mais da metade da comida. Guardariam o resto para de manhã.

— E o sr. Daniels? — perguntou quando o sr. Bateman foi guardar a cesta na carruagem.

O sr. Bateman fez sinal para o outro lado da carruagem, onde os cavalos tinham sido amarrados. Quando ele levou o dedo aos lábios, ela se calou por tempo suficiente para ouvir os roncos altos que vinham de lá.

— Acredito que tenha feito uso do gim dele.

O que significava que ela e o sr. Bateman podiam muito bem estarem sozinhos. Exceto pelo sr. Cão, é claro, e ele não era exatamente um acompanhante.

— Se quiser se trocar na tenda, pode ficar à vontade. Vou pegar água para nos lavarmos. — O cavalheiro lhe deu a mão, e quando a pegou, ele a puxou até ela estar de pé. Aubrey balançou um pouco. — Firme — ele disse, segurando-a pelo cotovelo.

Não bebia vinho desde antes de se casar.

— Obrigada.

A boa comida, o ar da noite, o fogo, o vinho e a companhia dele combinados a tinham deixado em um inebriante estado de... contentamento, mas também de... anseio.

Ele não se mexeu até ela se virar em direção à tenda para se trocar. E, por ele ter tirado o baú da carruagem e o colocado dentro da tenda, foi fácil pegar a camisola e o roupão, ambos feitos de um modesto algodão, com gola alta e mangas longas. Seria revigorante tirar o vestido que usou o dia inteiro. Não só ele estava coberto de lama por causa do banho do sr. Cão, mas também a fumaça da fogueira se agarrou a ele.

— Aqui está uma tigela de água. — Ele mal fez barulho ao se mover sozinho pela escuridão. — Ao menos, não usamos todo o seu sabonete no sr. Cão.

Aubrey sorriu para ele. Dar banho no "filho" com o sr. Bateman naquela manhã tinha sido a situação mais divertida que vivera em anos.

— O senhor vai... — Aubrey precisava se assegurar de que teria privacidade. — ...virar de costas?

— Farei melhor do que isso. Passe o pulguento para cá e passearei com ele pelo pasto antes de nos deitarmos. Dessa forma, você terá a luz do fogo para poder ver o que está fazendo.

Aubrey entregou a guia e o observou se afastar mais uma vez.

Por que aquele homem era tão especial, tão bondoso, protetor e generoso? Seriam os outros iguais a ele? Será que só viu o lado ruim do sexo oposto enquanto vivia em Rockford Beach?

— Não demore a noite toda! — ele gritou por sobre o ombro, fazendo-a entrar em ação.

Foi para a parte de trás da tenda — mal havia espaço para que se trocasse lá dentro — e desabotoou a frente do vestido.

Nunca havia se despido ao relento, e experimentou outra sensação estranha de abandono enquanto colocava o vestido sobre o baú. Poderia dormir de chemise, mas uma cheirada rápida a fez desatar os laços do espartilho simples, e também a tirou.

O ar frio deslizou por sua pele da mesma forma que imaginava que um amante atencioso a provocaria com a ponta dos dedos. Mas aquilo não aconteceria com ela.

Mas... poderia? Levou as mãos ao cabelo e tirou os grampos do penteado que tinha feito naquela manhã.

Havia passado muito, muito tempo com a certeza de que nunca mais se casaria. Mas, até então, não tinha conhecido o sr. Bateman.

Perdida em pensamentos, passou os dedos pelo cabelo, depois os penteou com a escova que pertencera à sua mãe.

Não que o sr. Bateman fosse querer se casar com ela, mas ele a fez imaginar se poderia haver algo mais.

Após fazer uma longa trança no cabelo, pingou algumas gotas de óleo de lavanda na água, umedeceu um pano e o passou preguiçosamente pelo rosto e pescoço. Foi tomada por uma sensação indolente e sensual. O vinho a deixara assim. É claro, tinha de ser o vinho.

Despreocupada, passou a toalhinha pelo peito, dando mais atenção aos seios do que o normal.

Ele riria dela se o libertasse da promessa, achando graça dela mais uma vez? Ou a beijaria?

Apoiou o pano no peito e passou a ponta dos dedos pela lateral dos seios, imaginando, por um momento, que eram as mãos dele que a tocavam.

Alguns latidos do sr. Cão a fizeram virar para pegar a camisola. O que ela achava que estava fazendo? E se ele voltasse?

Aubrey passou a vestimenta pela cabeça e logo esfregou a toalhinha pelas pernas e entre as coxas antes de enxaguá-la e colocá-la para secar ao lado do vestido úmido.

— Já está decente?

— Só um minuto. — Aubrey passou os braços pela camisola. — Estou pronta.

E, por alguma razão, aquelas palavras a fizeram corar no escuro. Parecia uma noiva se preparando para o noivo.

Ridículo. Estava óbvio que tinha passado muito tempo lendo romances ultimamente. A sra. Tuttle havia presenteado Aubrey com alguns detalhes da própria noite de núpcias maravilhosa, chegando ao ponto de explicar muito mais do que o que a mãe lhe dissera.

O sr. Bateman rodeou a tenda e, pela primeira vez desde que o conhecera, parecia levemente desconfortável.

— Ele se recusou a erguer a pata. — A voz soou um pouco embargada. Ele pigarreou e adicionou: — Deseja tentar?

Aubrey percebeu que ele estava lhe dando a oportunidade de se aliviar também, sem ter de mencionar nada embaraçoso.

Concordando com a cabeça e sentindo-se grata, calçou as botinas mais uma vez e pegou a guia do sr. Cão. Ainda se sentindo um pouco tonta e... despreocupada... vagou até o outro lado da tenda e buscou um local conveniente atrás de um arbusto.

Agachando-se, observou distraída a sombra do sr. Bateman de seu afastado ponto de vista. A luz do fogo o iluminava de costas, lançando uma sombra tão perfeita que a tenda mal escondia qualquer coisa enquanto ele tirava a camisa e jogava água no rosto.

Terminou de fazer o que tinha de fazer e deu uma volta até o sr. Cão resolver fazer o mesmo. Foi só na volta para a tenda que percebeu.

Ele podia tê-la observado com a mesma facilidade.

E, quando se lembrou da expressão que ele tinha no rosto quando voltou, seu coração saltou.

O sr. Bateman tinha visto tudo.

CAPÍTULO 7
Aubrey

Em vez de olhar para ele quando voltou, Aubrey tirou as botas e foi direto para a tenda, com o sr. Cão em seu encalço. A temperatura tinha caído consideravelmente, e agora que estava longe do fogo, ela deveria estar com frio. Só que, em vez disso, queimava em todos os lugares.

Isso não a impediu de se enfiar sob a colcha e esconder tanto de si quanto possível. Deitada lá, com o sr. Cão aconchegado atrás de seus joelhos, ouviu cada passo do sr. Bateman. Ele parecia estar fazendo algo com o fogo, depois colocou algumas coisas na carruagem, e, por fim, os sons pararam na entrada da tenda.

Prendeu o fôlego enquanto ele tirava os sapatos e se arrastava ao longo da colcha, com menos de trinta centímetros os separando.

O sr. Cão, no entanto, sentiu a necessidade de receber o sr. Bateman no pequeno dormitório tirando o nariz de baixo das cobertas e começando a arrastar o longo corpo sobre a colcha dobrada que se encontrava entre os dois.

— Seu filho está fugindo. — O riso sacudia a voz dele. O sr. Cão cavou por um momento e, então, depois de andar em círculos, o traidor se aconchegou ao lado do sr. Bateman.

Aubrey segurou um gemido e se virou para não ficar de frente para eles.

— Ah, *princesse*. Não fique envergonhada.

A voz dele parecia cálida e tranquilizadora ali dentro da tenda, mas não ajudou em nada.

Ela estava mortificada.

Apesar de todo o vinho que bebera, quando percebeu que ele a tinha observado se despir e depois... tocar a si mesma... Alguém poderia igualmente ter jogado água gelada em seu rosto.

A mão dele pousou em seu braço e um dos soluços que esteve segurando escapou.

— Aubrey.

A voz dele estava mais próxima agora.

— Sou uma pessoa horrível!

Foi tudo o que pôde pensar em dizer. Não só por causa do que fez, mas por causa dos pensamentos que teve ao fazer aquilo. E, se ele continuasse se comportando como de costume, saberia exatamente o que ela esteve pensando.

— Você não é.

A mão dele exerceu tal pressão que ela teve de se virar para enfrentá-lo, mas logo cobriu os olhos.

— Eu nunca... eu não...

— Então você é uma das únicas.

A voz dele soava tranquilizadora demais. Isso significava que ele fazia aquilo? É claro! Mas ele era homem!

— N-n-não uma dama.

— Damas *também*.

Com cuidado, ele afastou os dedos dela do rosto. Estavam em uma escuridão quase total e tudo o que podia ver era a silhueta dele. Ele pairou sobre ela, tendo o cuidado de não apoiar o peso sobre o cachorro deitado entre eles.

— Eu me sinto diferente — sussurrou.

De alguma forma, com ele tão perto, suas ações anteriores não pareciam tão abomináveis. Pareciam... naturais.

— Diferente como? — ele perguntou, e a voz profunda a envolveu na escuridão, convidando-a a compartilhar todos os seus segredos.

— Irritadiça. Dolorida. — O que não fazia nenhum sentido. — Diferente.

— *Ma princesse*. — Ele inspirou longa e profundamente. — Você está me matando.

E, então, sua presença não pairava mais sobre ela. Em um único movimento determinado, ele voltou para o próprio lado da tenda. Sabia que ele estava deitado de costas naquele momento, porque podia ouvir a respiração ofegante, forte, áspera. — Não quebrarei a minha promessa.

Aubrey lambeu os lábios. Aquela era a hora. Se quisesse que ele a beijasse, tudo o que precisaria fazer era liberá-lo daquela estúpida promessa que arrancou dele... no dia anterior? Ou tinha sido no mesmo dia? Deveria pensar nele como sendo nada mais do que um companheiro de viagem simpático, mas ele veio a significar muito mais. Sentia como se o tivesse conhecido a vida inteira.

— E se eu quiser? — Mordeu o lábio, pensando se ele a beijaria imediatamente ou se iriam discutir o assunto primeiro. — E se eu quiser que o senhor me beije?

A resposta dele, no entanto, a deixou mais devastada do que antes.

— Não importa. A senhora estava correta ao decidir que não deveríamos.

Ele pareceu lamentar, mas isso serviu de muito pouco consolo para Aubrey.

Ele não devia querer beijá-la tanto quanto ela queria ser beijada.

— Tudo bem. O que é que estava passando pela minha cabeça? — Enterrou o rosto na colcha mais uma vez. — O senhor deve conhecer muitas damas, damas com muito mais experiência, que prefira beijar. — E, então, um pensamento ainda mais aterrorizante a acometeu. — Tem certeza de que não é casado?

— Ainda não sou casado, Aubrey. É só que...

— Há alguém, então. O que é que estava passando pela minha cabeça? Eu não deveria ter...

— Se eu beijá-la agora, não me contentarei só com o beijo. Pode não perceber, mas quando a vi se trocar atrás da tenda... Mesmo antes... meu Deus. Para ser sincero, quis fazer amor com você desde que a flagrei me observando pela janela.

Ele soou quase tão torturado quanto ela.

As palavras dele lhe deram coragem.

— Então, quer mesmo me beijar.

— Claro que sim, mas... se eu a beijar... não poderei fazer nenhuma promessa... Ficar aqui a noite toda deitado ao seu lado, imaginando a sensação dos seus seios empinados nas minhas mãos... na minha boca... Imaginando o tipo de som que você faria quando eu me enterrasse entre suas coxas macias...

Os lábios de Aubrey se entreabriram, e cada inspiração dela era mais rasa do que a anterior. Ele estava dizendo todas as coisas contra as quais ela estivera lutando nos próprios pensamentos.

E, ainda assim, ele não a beijara.

— É uma pena — conseguiu suspirar.

Ele gemeu. Era quase como se fosse ele o confuso naquele momento.

Tinham chegado até ali. Aubrey lembrou a si mesma que era viúva. Não era casada, nem uma debutante virginal. Aquela poderia ser a sua única oportunidade.

Ele disse que não conseguiria parar em um beijo e, ainda assim, ela o conhecia. Sem saber nada de sua família, sem nunca ter ido à casa dele ou ter conhecido seus amigos, tinha certeza absoluta de que ele jamais a machucaria.

Ficando de joelhos, ela atravessou a colcha dobrada e pairou sobre ele.

O hálito dele cheirava a vinho, especiarias e algo novo, mas, ainda assim, familiar. A trança se moveu para a frente e descansou contra os lábios dele, até ela balançar a cabeça de leve, fazendo o cabelo preso deslizar pelo queixo e descansar no peito dele.

— Aubrey.

O alívio na voz dele era tudo de que ela precisava. Em vez de esperar que ele tomasse a iniciativa, ela baixou o rosto até que meros centímetros separassem uma boca da outra.

— Fará com que seja bom para mim? Fará com que seja o mais maravilhoso dos primeiros beijos?

Seu coração se partiu um pouco ao pensar naquilo. Poderia muito bem ser a única experiência que teria.

— O beijo de uma vida toda.

As palavras, mais do que tudo, ataram-na àquele homem. Mesmo que se despedissem em Londres e nunca mais voltassem a se ver, guardaria aquele momento como um tesouro.

As mãos dele alcançaram a parte de trás do pescoço dela e, ao mesmo tempo, esticou-se para encontrá-la.

Lágrimas quentes se formaram no fundo de seus olhos. Anseio? Alívio? Ele reduziu o espaço entre os dois e reivindicou sua boca, fazendo os lábios se moverem suavemente contra os seus, pedindo, buscando. Foi a coisa mais natural do mundo para ela dar as boas-vindas à entrada dele. A língua provocou a pele delicada atrás de seus lábios e em volta de seus dentes. Aubrey o provou também, com medo de se mover, com medo de romper a tênue conexão.

— *Ma princesse* — sussurrou em sua boca. — *Parfait*. Seu gosto é perfeito.

Uma das mãos dele tocou a lateral do seu rosto e a outra desceu para o seu pescoço. O pulso palpitava por debaixo do polegar dele quando acariciava sua pele.

Agora entendia o que ele quis dizer sobre não parar. Quanto mais o beijo durava, mais ela queria. Permitindo que o peso descansasse sobre o peito nu, ergueu uma das mãos para sentir se o cabelo dele era tão sedoso quanto imaginava.

Ah, mas era. Enredou os dedos pelos cachos grossos e se lançou a explorar a mandíbula barbada — áspera, sólida e firme.

Queria consumi-lo e ser consumida.

O sr. Bateman não pôs fim ao beijo. Não virou a cabeça, ou apertou os lábios, mas se retirou de outras maneiras. A língua parou de dançar com a dela, e as mãos paralisaram. Aos poucos, foi ficando consciente da passividade dele, e a confiança despencou. Ele tinha dito que a desejava, mas, com um beijo, o desejo desapareceu. Perceber isso a deixou perdida e vazia. Afastou-se. Recuou, aceitando a decisão dele com um peso no coração.

A respiração dele era áspera contra o ar noturno. Assim que ela voltou para o próprio lado da tenda, ele se sentou.

A sensação maravilhosa de um momento antes tinha evaporado em culpa, arrependimento e confusão. Ela havia brincado com fogo, e não havia dúvida de que acabou se queimando. Ele avisara.

— Sinto muito — disse ela.

Ele tinha dito "não", e foi ela quem havia quebrado as regras. Tinha sido estupidez de sua parte. Não poderia pôr a culpa no vinho, nem na escuridão. Queria beijá-lo, queria...

— Não há razão para se desculpar. — Ele passou a mão pelo cabelo. — Eu só... não posso. Não seria justo com você.

Mais confusão. Ele disse que não era casado, que não havia mais ninguém. Então, por que...?

— Você está encrencado?

Ele tinha dito que não estava fugindo da lei, mas talvez fosse outra coisa.

Ele apertou a mão dela.

— Ainda não, *princesse*.

Por que ele não podia confiar nela?

Ela se afastou dele e se deitou de lado, envolvendo o cobertor em volta de si.

— Vai ficar bem?

Havia preocupação na voz dele, mas não tentou tocá-la novamente.

Ela fez que sim e, então, percebeu que ele talvez não fosse capaz de ver o gesto no escuro.

— Estou bem. Vou dormir agora.

O sr. Cão escolheu esse momento para se enterrar ao lado dela.

Cachorros eram bons. Animais de estimação eram bons. Não tinham questões do passado nem um futuro sobre o qual não podiam discutir com você. Eles só queriam o seu amor, seu calor e um pouco de comida.

Aubrey passou os braços ao redor do sr. Cão e fingiu não ouvir o sr. Bateman se esgueirando da tenda.

Ou não ouvi-lo avivar o fogo e chutar algumas pedras.

Tinha de se lembrar de que a companhia dele era temporária. Permitiu-se pensar que talvez houvesse mais, porém, quando chegassem a Londres, estaria sozinha novamente.

Os dois diriam adeus.

Ao som do canto dos pássaros, Aubrey abriu os olhos e fitou o teto de lona. Seria eternamente grata se esquecesse a mortificação que sentira na noite passada. Não importava o quanto tentasse dormir, não conseguiu descansar até ele voltar para a tenda e se deitar ao seu lado.

— Aubrey.

— Como sabe que estou acordada?

Não se virou para olhar para ele. Não queria que visse a decepção em seu rosto quando ele lhe informasse que faria o resto da viagem sozinho.

— Sua respiração ficou diferente.

Ela engoliu em seco.

— Por favor, não pense que está em dívida... Se quiser terminar a viagem sozinho, entenderei.

— Podemos esquecer a noite de ontem? Deixá-la para trás? Só temos mais alguns dias juntos, e não quero que nada os estrague.

— Mas você estava bravo...

— Estava... frustrado na noite passada. Por favor, não me peça para explicar o motivo.

Isso não era, de forma alguma, o que ela esperava. Ela se virou de lado e se deparou com ele apoiado sobre o cotovelo, observando-a.

— Não está mais bravo comigo por tê-lo beijado?

— Não. — Os lábios se esticaram lentamente em um sorriso largo. — Jamais ficaria.

E, por mais que tivesse tentado evitar, tudo o que conseguiu fazer naquele momento foi olhá-lo nos olhos, que estavam parecendo ainda mais azuis do que cinza. Azul-escuros, azul-claros, azul-royal... Deslumbrantes de verdade, com pintinhas cinza, pretas e prateadas salpicadas entre todos os tons.

— Você estava certa, no entanto, quando insistiu para que mantivéssemos o decoro. — As palavras fluíram por ela, e teve a sensação de que todas as defesas dele tinham ruído. — Então, vamos continuar como se nada tivesse acontecido, sim?

Aubrey piscou ao ouvir o pedido e pensou no que tinha dito quando pedira para que ele não a beijasse.

Se me beijar, não poderá me escoltar pelo resto da viagem até Londres. Não seria decoroso... Quero dizer, sei que nosso acordo pode ser malvisto, apesar de eu ser viúva e tudo mais... Eu... eu me julgaria...

Tinha sido uma das primeiras vezes que percebera que ele a levava a sério.

E a senhora não está infeliz com a perspectiva de viajar comigo?

Tinha admitido que não estava. E, depois, admitido que preferia estar na companhia dele.

Também gosto de sua companhia, sra. Bloomington.

— Chegaria a Londres mais rápido se viajasse sozinho. Tenho certeza de que o senhor pode conseguir uma montaria em qualquer uma das estações postais ao longo dessa estrada. — Sabia daquilo havia algum tempo. Viajar com ela não era mais uma necessidade. — O senhor não precisa continuar a me acompanhar se não quiser. Não há dúvida de que o sr. Daniels se certificará de que eu chegue ao meu destino em segurança... por fim.

Seu coração doeu ao pensar na separação iminente, o que era absurdo, e ainda assim... Ao longo dos últimos dias, pela primeira vez desde que era criança, sentia como se tivesse um amigo verdadeiro.

Não que a sra. Tuttle não tenha sido uma amiga, mas ela era uma mulher de oitenta anos. O sr. Bateman tinha mais ou menos a sua idade, e ria, a encorajava, e estava disposto a se molhar para dar banho em um cachorro na margem de um riacho...

— Está tentando se livrar de mim, *princesse*?

Naquele momento, enxergou um pouco de incerteza naqueles olhos azuis.

— Não. Jamais.

Ah, mas não deixaria suas emoções transparecerem para aquele homem...

— Vamos terminar essa aventura juntos, sim? Ainda tenho mais três dias para chegar a Margate. Bastante tempo. — Os olhos dele ficaram terrivelmente sérios. — É agradável só... estar. Com você.

Aubrey fez que sim. Ela sentia o mesmo.

— Agora — ele disse, sentando-se de repente —, se vamos continuar essa aventura, já passou da hora de sairmos da cama e voltarmos a acender aquele fogo.

Aubrey mal ouviu o que ele disse, pois o olhar ficou preso no peito nu, nos braços e no abdômen enquanto ele saía de baixo das colchas. Tocara aquela pele na noite passada. Passara as mãos ao longo daquelas linhas musculosas.

Recostara o corpo sobre o dele.

— *Princesse?*

Balançou a cabeça.

— Disse alguma coisa sobre o fogo?

Era difícil se concentrar em qualquer coisa que não fosse em como os músculos se moviam sob a pele lisa e dourada, ou o fato de que pelos acastanhados formavam uma trilha perfeita até o...

— Para o chá, é claro — ele explicou, lançando aquele sorriso largo para ela de novo.

Minha nossa... Talvez, se ela tentasse com muito esforço, poderia fingir que o beijo nunca tinha acontecido. Mas de uma coisa tinha certeza: não havia chance de chegar a esquecer. O ato fora gravado em sua alma.

E, infelizmente, ela ficou desejosa de mais.

CAPÍTULO 8
Aubrey

— Por que a comida fica muito mais gostosa quando a comemos ao ar livre? — Sem um guardanapo apropriado, Aubrey lambeu a geleia dos dedos. — Acender uma fogueira de manhã foi uma ideia maravilhosa, de verdade — Aubrey elogiou o sr. Bateman, antes de tomar outro gole do chá quente que eles tinham feito.

Não costumava comer muito no café da manhã, mas, naquele dia, por algum motivo, ela se viu comendo tudo o que ele punha à sua frente.

Ele já tinha acabado, mas ficou sentado ao seu lado, avivando as brasas de vez em quando.

— Sempre fico faminto quando viajo — revelou ele e, então, cutucou-a com o cotovelo. — Ao que parece, você também.

Aubrey não o contradisse. Em vez disso, decidiu dar outra mordida no queijo. Era como se ela tivesse acordado depois de muito, muito tempo e, de repente, necessitasse de energia extra para sobreviver.

E aventura, luz do sol e risadas.

— Eu nunca teria adivinhado. Essa é a primeira vez que viajo para qualquer lugar. — E, aproveitando a deixa, prosseguiu: — Você viaja com frequência? O que exatamente faz para ganhar a vida? Se eu não soubesse, diria que é um conde... Não, um duque! Que o senhor vive da receita gerada por suas terras, mas como é um cavalheiro humilde... — Foi ela quem o cutucou com o cotovelo dessa vez.

— Faço um pouco de tudo. — Ele a olhou de soslaio. — Então você está dizendo que passou a vida toda na cidadezinha de Rockford Beach?

Em vez de ficar decepcionada com a evasiva e permitir que ela arruinasse aquela manhã, Aubrey pensou na pergunta.

— Às vezes, meu pai nos levava para dar passeios pelo campo e, é claro, não ficávamos muito longe da praia em si. — A lembrança a abalou. — Acho que aquelas foram uma das últimas vezes que mamãe e eu fomos felizes de verdade. Ele ficou doente mais ou menos na época em que fiz doze anos; uma enfermidade persistente que conseguiu apagar a luz de nossas vidas. É trágico, não é? Que uma criança não consiga apreciar as maravilhas da vida quando estão todas lá, à disposição? Que só percebamos o valor do que temos depois de não termos mais?

Não pensava naqueles passeios alegres havia muito tempo. Naquele instante, era uma lembrança ao mesmo tempo boa e ruim.

— Não são só as crianças que cometem esse erro.

Ela fez que sim.

— Conte-me sobre algo que queria ter apreciado mais.

— Meu pai. — Ele a surpreendeu com a breve franqueza. — Terei vivido uma vida da qual me orgulhar se conseguir ser metade do homem que ele foi.

— Não consigo imaginar que você não seja — estranhou ela.

— Ele durou mais seis meses depois de eu voltar à Inglaterra.

Ela se lembrou de ele ter dito que voltara para casa, vindo da guerra, por causa da saúde debilitada do pai.

— Foi bom você ter voltado, então. Assim pôde passar tempo com ele.

O sr. Bateman fez que sim.

— Eu estava ao lado dele no fim, junto com minha mãe e minha irmã. Até chegar a hora, ele passou muito tempo falando sobre a família, os ancestrais e nosso legado.

Aubrey fitou o fogo, permitindo que ele relatasse as lembranças.

Permitindo que ele só... fosse.

— De todos os deveres que meu pai poderia ter me passado, ele me incumbiu de um acima de todos: queria que eu prometesse cuidar de minha mãe e de Adelaide, minha irmã, no lugar dele. — Ele balançou a cabeça e soltou um suspiro ruidoso. — Eu não tinha ideia do quanto a tarefa seria difícil.

— Sua mãe está bem?

— Está. Na verdade, deixei-a sã e salva em *Secours* antes de me encontrar com você.

— *Secours*?

Ele soltou outro suspiro.

— *Palais de le Secours*, a propriedade da minha família. Fica perto de Trequin Bay.

— É perto do mar, então?

Mais uma vez, ele fez que sim.

— A maior parte da fronteira noroeste fica na costa.

— Parece ser um lugar maravilhoso.

Não queria arruinar sua disposição de compartilhar informações fazendo mais perguntas, então fechou a boca.

— É a minha irmã que é difícil.

Pela primeira vez, ele pareceu disposto a compartilhar algo. Talvez pela baixa probabilidade de Aubrey conhecer a moça algum dia. Talvez ele só precisasse dividir o fardo com alguém, com qualquer um.

— Como assim?

— Antes de o meu pai morrer, ela era... intrépida, mais emotiva do que a maioria das pessoas. — Ele atirou uma pedra no fogo. — Depois... logo aprendi que ela não era confiável. Minha irmã tinha certo talento para fazer o oposto do que deveria. Ela me disse que estava ficando com a família de uma amiga, e descobri que ela... não estava. Ela... — Ele pausou, cerrando a mandíbula.

— Ela deve ter se sentido muito perdida depois que seu pai faleceu. — Aubrey odiou vê-lo tão incomodado. — Tenho certeza de que você fez o melhor que pôde.

Dessa vez, todos os músculos ao longo do pescoço dele se retesaram.

— Não foi o bastante. — Ele se levantou. — É melhor desmontarmos o acampamento, se quisermos nos pôr a caminho antes que o dia acabe.

E, mais uma vez, ele fechou as cortinas da própria vida.

Ao mesmo tempo se sentindo satisfeita e desejando que ele lhe contasse mais, Aubrey colocou o resto da comida na pequena tigela do sr. Cão e adicionou o que sobrara do leite. Será que o sr. Bateman falou mais do que queria? Mas não achava que fosse isso o que o estava incomodando. Observou o cachorro fazer o seu melhor para cortar a comida em pedaços menores, que ele pudesse engolir, ponderando sobre o que o companheiro de viagem tinha revelado.

— Quer me ajudar a sacudi-las, *princesse*?

O sr. Bateman tinha desmontado a tenda e segurava as colchas.

Feliz por ajudá-lo a fazer qualquer coisa que fosse sossegar sua mente, ela deixou o sr. Cão com a comida e pegou uma das pontas da colcha. Eles a sacudiram algumas vezes e então a dobraram com perfeição, como se tivessem feito aquilo juntos mil vezes.

— Quantos anos tem sua irmã? — A curiosidade de Aubrey não permitiu que ela deixasse aquela conversa de lado.

— Ela é dois anos mais nova que eu.

Então, mais ou menos uns três anos mais velha do que ela.

— Ela aprendeu com os próprios erros?

Não pôde deixar de perguntar, mas esperava que a jovem tivesse visto que suas ações afetavam outras pessoas.

O sr. Bateman pegou as pontas da colcha com ela e fez a última dobra.

— Aprendeu. Finalmente. Eu só queria...

Ele se virou e guardou a colcha no maior dos dois baús.

— Só queria o quê, sr. Bateman?

— Só queria que ela tivesse aprendido antes.

O sorriso dele foi soturno, estimulando Aubrey a trocar o assunto para um mais feliz.

— Acho que, ao chegar a Londres, comprarei uma coleira adornada com joias para o sr. Cão. Nada muito dispendioso, veja bem. Mas algo do qual ele possa se orgulhar.

— Você emasculará o rapaz. — O calor se espalhou por Aubrey ao ver a expressão carinhosa com a qual ele olhou para o sr. Cão. Além do mais, ouvir um tantinho de riso na voz do querido sr. Bateman causou o mesmo efeito. E, logo, ele perguntou: — Está com pressa para chegar a Londres?

O coração de Aubrey se acalmou.

— Não muita. Mas e quanto à celebração do seu aniversário?

— Estamos indo a um bom ritmo. O que acha dè fazermos um desvio da estrada principal para visitar um local especial, por... propósitos educativos?

— Por prazer? — ela perguntou, sorrindo abertamente.

A ideia era estranha, mas nem um pouco desagradável.

— Sim, sra. Bloomington, por prazer.

Algo na forma com a qual ele se dirigiu a ela, formalmente, com a voz grave, fez um arrepio percorrer sua espinha.

— Aonde exatamente essa excursão inesperada nos levará, sr. Bateman?

— *Non*. Precisa confiar em mim. Confia em mim?

Por mais insano que parecesse, sim, confiava.

— Então, vamos nos desviar.

Olhando ao redor, ele fechou o tampo do baú, afivelou o fecho e o colocou de volta nos fundos da carruagem.

— É melhor deixarmos nosso acampamento, então.

Sentindo-se animada, não só por estar indo a um lugar especial, mas pela curta extensão do tempo deles juntos, Aubrey colocou o sr. Cão na carruagem, e observou o sr. Bateman trocar umas poucas palavras com o sr. Daniels.

O condutor ficou carrancudo de início, balançando a cabeça. Dentro de instantes, no entanto, ele entrou em acordo com a forma como o sr. Bateman via as coisas. O cavalheiro em questão entrou no veículo, sentando-se ao lado dela, e, depois de algumas manobras, o sr. Daniels pegou a estrada.

— Já fez esse passeio antes?

Aubrey não foi capaz de conter toda a curiosidade.

Com o pé apoiado no banco à sua frente, o sr. Bateman se recostou e fechou os olhos.

— Viajei um pouco no verão antes da guerra.

— Com amigos da escola?

— Sim — ele respondeu, e sorriu.

— Com o valentão? — Ela sorriu. — Hollis?

— Esteve fazendo anotações, *princesse*? — Ele riu para ela, até mesmo com os olhos fechados. Mas, então, ergueu a mão e a puxou para seus braços, acomodando a cabeça dela em seu peito. — Duvido que tenha dormido melhor do que eu. Teremos bastante tempo até chegar lá. Fique confortável e em silêncio, para eu poder dormir um pouco.

Dividida entre o aborrecimento e a exasperação, Aubrey acabou optando pela benevolência entretida.

Queria ficar ofendida por ele ser tão mandão, mas era praticamente impossível, com aquela masculinidade almiscarada e enfumaçada tomando todos os seus sentidos de assalto e o corpo poderoso aconchegando-a de forma protetora.

Então, ela ergueu os pés até o assento do seu lado, e se afundou um pouco mais. Ele estava certo. O sono não foi fácil na noite anterior. Como ele podia fazer com que ela se sentisse tão protegida e confortável em certas situações, e tão desequilibrada em outras?

Antes que pudesse examinar a questão com cuidado, colocou a mão no peito dele, respirou fundo e permitiu que o movimento da carruagem a embalasse até dormir.

Esfregando os olhos, Aubrey se sentou e se espreguiçou. O sr. Bateman conseguira sair da carruagem sem acordá-la e estava lá fora conversando com o sr. Daniels. Perguntou-se há quanto tempo estavam parados.

Eles pareciam estar no meio do nada. Não havia nada além de campos verdejantes, pontilhados com umas poucas vacas por todos os lados. Para onde ele a levara? Bem quando estava prestes a abrir a porta, ela parou. O sr. Bateman segurava o sr. Daniels pelo ombro e parecia estar dando instruções. Nada que parecesse requerer tal intensidade, de acordo com a visão dela. Ele, então, levou a mão ao casaco e tirou um punhado de dinheiro, o qual o sr. Daniels pegou sem nem hesitar.

Franziu a testa. Por que o sr. Bateman estava dando dinheiro ao sr. Daniels?

O condutor se afastou e o sr. Bateman esfregou as mãos juntas, como se tivesse tido êxito em uma tarefa irritante.

Aubrey abriu a porta.

— Onde estamos?

Não tinha certeza se queria perguntar sobre o dinheiro ao sr. Bateman. Nem tinha certeza se queria pensar sobre aquilo.

Principalmente quando o cavalheiro avançou em sua direção parecendo muito contente consigo mesmo.

— Você finalmente decidiu acordar. Estamos a poucos quilômetros da pequena aldeia de Amesbury, onde o sr. Daniels trocará os cavalos e voltará para nos pegar em breve. Quanto ao nosso destino, você e eu, e seu filho, vamos caminhar pelo resto do percurso. Bem, se ele conseguir.

Ela saltou para o chão antes que ele pudesse pegá-la. Estava bem descansada, e a sensação do ar fresco em seu rosto era deliciosa, mas...

— Caminhar para onde? — Nunca tinha ouvido falar em Amesbury. — Estamos no meio do nada.

Em vez de responder, ele pegou a guia do sr. Cão e ofereceu a outra mão para ela.

— Por aqui, *princesse.*

Ela não demonstrou resistência alguma quando ele lhe deu outra oportunidade de tocá-lo — de permitir que ele a tocasse —, então deixou sua mão, menor, ser engolfada pela dele, maior, e imaginou se estava encantada a ponto de segui-lo para qualquer lugar.

— Não me dará uma pista?

— Vê aquele lugar? — Ele apontou à distância. Mal podia ver o aglomerado cinza-escuro erguendo-se sobre o verde. — Nunca ouviu falar do Stonehenge?

Os olhos dela se arregalaram.

— O misterioso campo de pedras? Fica mesmo tão perto? — Ela havia, de fato, ouvido falar dele, mas nunca prestara muita atenção à localização. Com certeza, jamais tinha imaginado que o veria. — Como sabia que era aqui? Ah, o senhor veio aqui antes, com o garoto valentão.

Ela mal podia se conter e saltou alguns passos. Agora que sabia aonde ele a levaria, não podia continuar naquele passo de lesma.

Tinha lido sobre o círculo de pedras e, ao se aproximarem daquele marco incomum, não ficou decepcionada. O sr. Cão também se divertiu, farejou e marcou vários dos detritos ao longo do caminho. Fez uma nota mental de levar o cachorro para vários passeios quando chegasse a Londres. O pobrezinho estava se comportando muito bem nessa viagem tão longa.

— As altas são arenito, e as menores, basalto azul.

O sr. Bateman apertou sua mão com o que ela pensou que podia ser entusiasmo.

Enquanto se aproximavam, ele contou algumas lendas sobre a origem da configuração de um jeito que não apenas lhe passou informações, mas a entreteve — mágica, mítica, astronômica e religiosa.

— Mas ninguém sabe de verdade.

— Talvez tenha sido essa a intenção deles. — Aubrey entrou no círculo e passou a ponta dos dedos ao longo da imensa parede de pedra ao seu lado. — Queriam que todo mundo ficasse palpitando.

— Mas eles não teriam se esforçado tanto para trazê-las até aqui e então as posicionarem de uma forma específica sem uma boa razão. — Ele também ergueu a mão e tocou a pedra. — Para conseguir algo tão monumental, tinham de ter um propósito, algo que os motivasse. De outra forma, por que passar por tal sofrimento? Por que fazer tanto esforço?

— Como a guerra — disse ela.

— Como uma guerra — concordou ele.

Naquele momento, os dois simplesmente absorveram o silêncio e a maravilha da simetria ao redor, e a destruição. Não podia deixar de sentir que aquelas pedras representavam a humanidade. Ordem, propósitos mal compreendidos, destruição e decadência.

— Obrigada por me trazer aqui — ela rompeu o silêncio no qual estavam.

A decepção praticamente escorreu de dentro dela quando um grupo de visitantes se aproximou, vindo da mesma estrada pela qual eles caminharam, prometendo pôr um fim à sensação de isolamento e solidão que o lugar exalava. O monumento ainda era maravilhoso, até mesmo magnífico, mas teria sido mágico ficar sozinha com ele em meio àqueles marcos misteriosos.

— Estou feliz por ver essa expressão em seus olhos. Há algo de maravilhoso em você...

Ele se virou e apoiou uma das mãos em seu ombro, encarando seus lábios de uma forma que a fez acreditar que ele talvez quisesse beijá-la. E ela não se oporia. Inclinou o queixo, entreabriu os lábios e, bem quando estava prestes a fechar os olhos, vozes saltaram das pedras ao redor deles, um lembrete de que não mais estavam sozinhos.

Ele tirou a mão e se recostou na pedra gigante.

Aubrey soltou um suspiro ruidoso. Tinham decidido que não fariam aquilo de novo, não tinham? Ele só a levara ali para ver algo especial. Ele queria que ela tivesse uma boa lembrança da viagem que fizeram juntos. Eles tinham se tornado *amigos*.

Fitou as rochas ao redor. Por que estavam ali? Por que o sr. Bateman apareceu justamente quando mais precisava dele?

— Esse é um ótimo exemplo de tudo o que não sabemos; sobre os que vieram antes de nós, sobre o mundo, sobre nós mesmos.

Ela olhava para frente enquanto falava.

— Aubrey...

O comportamento dele era quase como um pedido de desculpas.

— Um pouco de como me sinto sobre meu futuro. — Não queria ouvir as razões que ele tinha para não beijá-la, então foi em frente. — Sobre o que acontecerá quando eu estiver em Londres. Estarei mais solitária lá do que fui como esposa de Harrison? — ela questionou, rindo de si mesma, de sua própria insignificância.

— Você não estará sozinha. — disse ele, se aproximando ainda mais, ambos ainda recostados na pedra gigante.

Virou a cabeça para ver o rosto dele, ao menos de perfil.

— Por que pensa assim? — Curiosidade genuína a impeliu a perguntar.

— Por causa de quem você é. Você é inteligente, linda, carinhosa e genuína. Um homem tem sorte se encontrar uma mulher como você, se se deparar com você ao longo da vida.

O tom mais cru na voz dele fez seu corpo se encher de calor. Mas ela balançou a cabeça.

— Não sou linda.

Ela era só... Ambrosia... Aubrey.

— É sim. *Très belle.* — Em algum momento, ele tinha voltado a pegar a sua mão, e a apertou. — Algum cavalheiro, muitos, imagino, perceberá a joia que é e irá atrás de você. E nenhum será bom o bastante, mas você se casará. — Ele finalmente virou a cabeça e a olhou nos olhos, os dele parecendo ainda mais brilhantes em contraste com o céu cinzento. — Você terá filhos, e depois netos, e eles a amarão.

Aubrey não tinha sequer considerado isso.

— Não voltaria a me casar, jamais.

Ela se surpreendeu por declarar as intenções no passado, como se conhecê-lo já a tivesse feito mudar de ideia sobre algo tão importante.

— Prometa que será cuidadosa na escolha. Conheça-o da mesma forma que conhece a mim.

— Eu não deveria me importar com a família dele ou com o que faz ou quem ele conhece? — perguntou, meio que o provocando.

— Saiba todas essas coisas. — Ele sorriu. — Mas também outras. Quem ele é por dentro. Faça-o provar que é digno de você.

Só que, naquele momento, Aubrey não podia pensar que qualquer outro homem a faria confiar nele da forma que ela veio a confiar naquele com quem falava.

— E quanto a você? Irá se casar? Pretende ter filhos?

Ele voltou a olhar para longe dela.

— Irei.

Pensar nele casado com outra mulher... machucava. A ideia de ele segurar a mão de outra dama, de sorrir para ela com aqueles olhos risonhos, de outra mulher ter o direito de tocar aquela covinha sempre que quisesse...

Isso machucava a alma de Aubrey.

— Você se casará por amor?

Observou a garganta dele se mover ao engolir em seco.

— Eu me casarei por dever, mas sempre esperei que o amor fizesse parte da união.

Ah, mas aquela conversa estava ficando depressiva demais.

— Estou imaginando todos os seus filhos, um quarto cheio de minúsculos srs. Batemans... criando o caos e destruindo o castelo da avó.

Porque, em algum momento, sua imaginação decidiu que eles cresceriam em um castelo. O que não sabia sobre ele, preenchia com a sua própria inventividade.

— E você criará pequenas princesinhas de cabelo avermelhado e enormes olhos verde-esmeralda. Cada uma delas linda por fora, mas também cheias de compaixão, encanto e coragem... Iguaizinhas à mãe.

A garganta dele se moveu, como se estivesse engolindo a emoção.

— Que absurdo — ela disse, com a voz trêmula.

Porque ele não estava sugerindo que nenhuma daquelas crianças teria covinhas no canto da boca, ou que teria olhos que eram azuis, mas que também poderiam parecer cinza.

O que é que estava passando pela cabeça dela?

Ah, mas por que ele diria uma coisa assim?

— Veremos.

No encalço do calor causado pelos elogios dele, a incerteza esfriou as suas veias.

Ela se afastou da pedra, e também dele. Precisava se afastar das sensações tempestuosas que espiralavam dentro dela. Ficar perto daquele jeito tornava impossível mantê-las sob controle. Num minuto, ele faria um comentário e aquilo a levaria a acreditar que ele a estimava, que até mesmo sentia carinho por ela e, então, as palavras seguintes pareciam ter a intenção de assegurar que ela não criasse expectativas para um futuro com ele.

— Primeiro, preciso me estabelecer em Londres. — Isso deveria aliviar sua preocupação mais imediata. — Como viúva, não como uma debutante caipira à procura de marido. Quanto ao resto...

— Você ficará bem, *princesse.*

Não precisava que ele acrescentasse as palavras "sem ele". Estava começando a entender muito bem as intenções do cavalheiro.

CAPÍTULO 9
Aubrey

Ao voltarem ao local onde o sr. Daniels os encontraria, os dois pareciam perdidos em pensamentos. E, dessa vez, ele não tentou pegar a sua mão. Até mesmo o sr. Cão tinha perdido o entusiasmo, indo tão devagar que o sr. Bateman o pegou no colo e o carregou pelo resto do caminho.

Ela estava triste pelo prazer natural que sentiram na companhia um do outro durante a maior parte da viagem ter virado algo diferente... Não arrependimento, mas perda. O que não fazia sentido.

Porém, tinha de ser prática. Precisava se proteger. Talvez fosse outra coisa que pudesse aprender com ele: a habilidade de erguer defesas para que outra pessoa não a fizesse sentir coisas demais.

— Ah... Lá está Daniels.

O que a fez se lembrar de...

— Por que deu dinheiro a ele?

Não era necessário. O sr. Daniels estava recebendo o salário pago pelo seu cunhado para levá-la.

O sr. Bateman a olhou de soslaio, mas logo desviou o olhar.

— Para ele nos conseguir quartos em Amesbury. Por que acha que lhe daria dinheiro?

Não havia pensado nisso. E, é claro, a explicação fazia perfeito sentido... Só que parecia uma quantia muito maior do que a necessária para alugar dois quartos em uma pousada de aldeia.

— Você deveria ter me pedido. Pagarei pelo meu quarto.

Talvez tivesse visto errado. Talvez não tivesse sido tanto dinheiro assim.

A tensão entre eles ficou ainda maior depois disso, quando entraram na carruagem e viajaram a curta distância até a cidadezinha muito antiga que ficava convenientemente perto do marco milenar. Só o sr. Cão, que se cansara demais, pareceu confortável, quando assumiu sua posição entre os dois, a língua pendurada para fora da boca, e dormiu imediatamente.

— Quero beijá-la, *princesse*. Você deve saber disso. — O sr. Bateman não olhou para ela ao falar. Em vez disso, continuou encarando a janela. — E queria...

Ele passou a mão pelo cabelo. As palavras a pegaram de surpresa. Bem quando pensou que o entendera, ele disse algo que a fez questionar as próprias conclusões.

— Queria?

— Eu... Quando estou com você, sinto... *Mon Dieu.* — Finalmente, ele se virou para olhá-la nos olhos. — Simplesmente gosto de estar com você, e não quero arruinar o tempo que ainda temos. Falta mais um ou dois dias para nos separarmos. — A confusão dele chamou sua atenção, e os olhos pareciam um pouco atormentados. Uma linha de preocupação marcava a testa do sr. Bateman. — E quero...

Tudo o que conseguiu fazer foi encará-lo, prendendo a respiração. O que quer que fosse acontecer em Margate em seu aniversário com certeza não era algo pelo qual ele ansiava. Odiava que ele não lhe dissesse o motivo de tanta angústia. Porque, sim, sentia a angústia dele crescendo a cada quilômetro que cobriam enquanto a carruagem se aproximava de Londres.

— O que quer, sr. Bateman? — perguntou, por fim, quando ele não terminou a frase.

Os olhos dele se incendiaram com a sua pergunta. Embora estivessem sentados lado a lado separados por uma distância de vários centímetros, ela sentiu a necessidade dele como se fosse algo tangível. Reconheceu-a com tanta precisão, talvez, porque combinava com a dela. Cada centímetro da sua pele ansiava pelas mãos dele, os seios doíam e, bem lá no fundo, um latejo, um *querer* a fazia ter vontade de chorar.

— Quero... o que não posso ter — ele expulsou as palavras. — E, mais que isso, não quero magoá-la. — Ele colocou uma das mãos ao longo do encosto do banco e os dedos brincaram com o cabelo dela. — Você me perdoará por tudo isso? Voltará a sorrir para mim, *princesse*?

Aubrey engoliu em seco, querendo chorar, querendo tanto se atirar nos braços dele que precisou agarrar a beirada do assento para se impedir.

— Por favor?

Não havia nada que negaria a ele. E, por isso, segurou o choro e ergueu os cantos da boca, desejando poder rir. Porque o riso era normal entre eles.

— Não há nada a perdoar.

Foi poupada de dizer qualquer coisa que deixasse ambos ainda mais desconfortáveis quando a carruagem parou na frente da pousada. O sr. Bateman deu um sorriso fraco e, então, ajudou-a a sair uma vez mais.

Já estava se acostumando demais com a ajuda dele.

— Aqui estão suas chaves, hã... sr. Bateman. Quartos sete e oito. — O sr. Daniels as entregou de seu lugar na boleia. — Vou acomodar os cavalos e deixá-los prontos para partirmos amanhã cedo.

A atitude do sr. Daniels havia mudado consideravelmente. Ele parecia estar todo "não, senhor", "sim, senhor", quando antes chegava ao ponto de revirar os olhos para eles.

Talvez isso foi o que o dinheiro comprara.

Não queria pensar no assunto. Embora tivesse dormido pela maior parte do caminho que percorreram de manhã, não queria nada mais do que se trancar na privacidade do quarto por algumas horas e acalmar o coração caprichoso.

— Precisa de algum dos seus baús? — perguntou o sr. Bateman, erguendo uma das mãos para deter a partida do sr. Daniels.

A fumaça da fogueira do acampamento tinha entranhado em quase todo o conteúdo. Mais tarde, desembalaria tudo e faria o melhor possível para remover o odor acre... assim como as memórias agridoces. Mas não precisava fazer isso naquele momento.

Dentro da pequena valise estavam a camisola de algodão, é claro, e um vestido para ser usado durante o dia, que ela poderia limpar.

— Estou bem.

Ela ergueu a pequena valise, que ele insistiu em carregar para que ela lidasse com o sr. Cão. As perninhas do cachorro eram tão curtas que, na maior parte do tempo, era mais fácil simplesmente carregá-lo.

O sr. Bateman a conduziu até a pousada e pelas escadas e, depois de inspecionar os dois quartos, insistiu que ela ficasse com o que dava para os fundos, onde seria mais silencioso durante a noite. Era também o maior dos dois. Ao sair, ele a lembrou de trancar a porta. Ali, sozinha com o sr. Cão, ela se jogou na cama e fitou o teto.

Os olhos dele estiveram implorando para que ela entendesse todas as coisas que ele não podia dizer em voz alta.

Assim como as que podia.

Quero... o que não posso ter. E, mais que isso, não quero magoá-la.

Será que ele ia dizer que *a* queria? Depois de suportar o sr. Bloomington durante o primeiro ano de casamento, Aubrey jamais havia considerado que desejaria um homem daquela forma. Conhecer o sr. Bateman mudou tudo. Todo tipo de novas possibilidades havia entrado em sua mente desde que o beijara.

Ela rolou, pressionando o rosto na cama e gemendo.

Tinha certeza de que ele queria fazer amor com ela. Era possível, inclusive, que ele a amasse. Então por que ele continuava afastando-a?

Alguns anos atrás, a sra. Tuttle tinha insinuado para Aubrey que, depois que o marido morreu, ela teve um amante por um breve período. No entanto, a ideia de ter relações com um homem sem que fosse absolutamente necessário tinha deixado Aubrey abismada.

Mas agora entendia.

Antes que pudesse analisar aquele novo... anseio de perto, ouviu uma batida na porta.

— Está com fome, *princesse*? — a voz dele soou do corredor.

Ela ficou de pé em um salto, alisou o vestido e abriu a porta. Era ridículo se sentir animada por vê-lo novamente. Tinham se separado há pouquíssimo tempo.

A expressão dele era acanhada.

— Tinha acabado de entrar em meu quarto quando me lembrei de que não a alimentei hoje.

— Não precisa me alimentar. Além do mais, ainda não fiz o meu asseio.

Só que o estômago escolheu aquele momento para traí-la com um ronco inquestionável.

O que fez a expressão acanhada virar um sorriso completo.

— E se eu levar o sr. Cão lá fora para que ele possa cuidar dos próprios assuntos, tomar as providências para conseguir uma sala de jantar privada e voltar em meia hora? Acha que é tempo suficiente?

O sr. Cão parecia já estar se acostumando com aquele não-nome, porque, ao ouvi-lo, começou a trotar em pequenos círculos de animação aos pés do sr. Bateman.

Era melhor se acostumar a assumir a responsabilidade desses assuntos por conta própria. Deveria pedir para que levassem a comida lá para cima e comer, sozinha, na privacidade do quarto. Tinha de se abster da companhia dele.

— Parece maravilhoso — respondeu, no entanto, sorrindo para ele como uma tola.

E, não estando disposta a questionar sua falta de limites com aquele homem, entregou-lhe a guia do sr. Cão e prometeu que estaria pronta quando ele retornasse. Depois que a porta fechou logo que ele saiu do quarto, ela alisou as pregas do vestido, lavou o rosto e escovou o cabelo, antes de prendê-lo de novo em um coque. Não se censuraria naquela noite. Haveria muito tempo para fazer isso no futuro.

Naquele momento, estaria com ele... Simplesmente existiria.

Em mais ou menos um dia, se despediria dele para sempre e não teria outra escolha a não ser se acostumar com uma vida sem ele, sem sua presença máscula e seu humor exasperante.

Quando os trinta minutos se passaram, ela se parecia menos com uma mulher que dormira em meio à natureza e mais consigo mesma: uma viúva respeitável.

Com certeza, ele já deveria estar de volta. A luz que entrava pela janela havia diminuído, pois o sol tinha praticamente se posto. Será que se equivocou esperando-o ali? Talvez ele tenha querido dizer que se encontrariam lá embaixo. Mas não. Primeiro, ele deveria levar o sr. Cão de volta ao quarto.

Aubrey andou para lá e para cá em frente à janela, na esperança de vê-lo conversando com um dos moços do estábulo, ou até mesmo com o sr. Daniels, mas ficou escuro demais para enxergar qualquer coisa. De dentro do quarto, ela espiou o corredor estreito e até mesmo deu uma escapada para bater à porta do quarto número oito.

Nada. É claro, porque ele teria levado o sr. Cão de volta para ela.

Sufocando o pânico que não parava de crescer, Aubrey voltou para o próprio quarto e fitou a janela mais uma vez.

Onde ele estava?

O sr. Bateman não a teria abandonado! Não teria! Especialmente estando com seu cachorro! Aubrey contorceu as mãos, imaginando toda a sorte de calamidade que talvez tivesse acontecido.

Ele, um homem, sozinho, poderia ter sido atacado por ladrões. Ou até pior, por um assassino!

Ao mesmo tempo, ela se repreendia por imaginar cenas tão dramáticas... Ah, mas onde ele estava? Apertou as mãos uma contra a outra, contorceu-as enquanto andava para lá e para cá dentro do quarto. Talvez ele tenha se encontrado com um conhecido e começado a conversar, e simplesmente se esquecido do tempo.

Ou com uma mulher.

Engoliu em seco. Mas ele estava com o sr. Cão!

Quando o sol se pôs completamente, com apenas a luz da lua lá fora, ela vestiu o casaco e saiu do quarto, examinando os rostos na taverna ao descer as escadas.

O sr. Bateman e o cachorro não estavam em nenhum lugar que a vista dela alcançasse.

Sentindo como se estivesse chamando muita atenção, ela baixou a cabeça e passou reto pelas mesas barulhentas próximas à entrada.

Estava bem calmo lá fora. Ele não estava no pátio... nem no estábulo... Sentiu um arrepio ao observar as sombras profundas da floresta. O que será que poderia ter acontecido com eles?

A preocupação guerreava com a revolta.

Voltando ao quarto, toda a fome esquecida, imaginou se algum dia voltaria a ver o sr. Cão e o sr. Bateman. Como ele pôde ter feito isso com ela?

Se tivesse desejado abandoná-la, por que levaria seu cachorro? E por que não dizer a ela, simplesmente? Por que escapar no meio da noite?

Mas ele não teria feito nada disso! Algo terrível devia ter acontecido.

Lutou com a agitação pelo que pareceram horas, apesar de nem duas terem se passado. Quando uma batida finalmente soou à porta, ela a abriu, deu uma olhada no rosto dele e irrompeu em lágrimas.

— *Ma princesse* — O sr. Bateman colocou o sr. Cão no chão e a puxou para o abraço. — O que foi? O que aconteceu?

— Pensei... eu estava... — Aubrey não obteve muito sucesso com as palavras ao soluçar quase que incontrolavelmente.

— Calma. — Ele ergueu o queixo de Aubrey e olhou para o rosto dela. — Estava preocupada comigo? Sinto muito por ter demorado tanto. Um coelho atraiu *Le chien*, seu filho, e ele escapuliu da coleira, arrastando-me para uma bela perseguição. Eu não podia voltar sem o seu cachorro. Sinto muito, *princesse*, por tê-la assustado.

— Esse tempo todo? Esteve perseguindo o sr. Cão? Você não ia me deixar?

As sobrancelhas dele se ergueram ao ouvir a pergunta.

— Eu não iria embora sem dizer nada. Jamais a deixaria sem dizer adeus. Com certeza você sabe disso, não sabe?

Ela balançou a cabeça e então fez que sim, ainda nos braços dele.

— Eu não sabia. Não conseguia encontrá-lo. — E, então, ao ver o sr. Cão: — Seu menino travesso. Muito, muito travesso!

— Ele sumiu na floresta. Eu o perdi completamente de vista por um tempo, mas não podia voltar sem o seu filho!

Aubrey estava se sentindo boba, no entanto, por ter perdido o controle daquele jeito. Ela se afastou, fungou algumas vezes e virou as costas para ele.

— Sinto muito. Imaginei um sem-fim de tragédias...

— Eu não a deixaria. Que tipo de pessoa faria uma coisa dessas?

— Eu sei. É só que... minha imaginação foi para outro lugar assim que a noite caiu. Você poderia ter sido atacado, assassinado, até mesmo...

— Ou tê-la abandonado, levando o seu cachorro. — Ele parecia triste ao completar a frase dela. Os ombros caíram. — Vou lá para baixo. Devo enviar algo para você?

Aubrey virou-se novamente.

— Eu só não sabia.

Ele fez que sim e passou uma das mãos pelo cabelo.

— Entendo. Você não me conhece de verdade, afinal das contas.

Mas ela conhecia!

Queria dizer algo que fizesse ambos se sentirem melhor, mas ele já estava indo em direção à porta.

— É melhor arranjar uma guia mais forte para ele — disse o sr. Bateman, com uma expressão sisuda de despedida, e então saiu do quarto e fechou a porta.

CAPÍTULO 10
Aubrey

Após uma noite que mais a agitou do que a acalmou, Aubrey acordou cedo, colocou o vestido que limpou na noite anterior, fez um coque apertado na altura da nuca e decidiu que não agiria como uma tola emotiva naquele dia.

Fechou a valise com uma batida decidida. Naquela manhã, não ficaria sentada ali no quarto esperando que ele viesse buscá-la. Iria lá embaixo, pediria o próprio café da manhã e procuraria o sr. Daniels.

Abriu a porta, e teria colidido com o corpo muito maior do cavalheiro se ele não a tivesse segurado pelos ombros.

— Calma lá. — A voz dele carregava um quê de riso. — Planeja ir embora sem mim esta manhã?

Ele estava brincando, ela sabia, porque ela não iria...

— Não queria causar atrasos. Você quer chegar ao seu destino o mais rápido possível.

Quando olhou para cima, para ele, a única palavra que conseguiu pensar para descrever a expressão dele foi terna...

E, sem qualquer resquício de hesitação, ele envolveu as duas mãos dela com as dele, e então as apertou.

— Aubrey... — ele murmurou seu nome, encarando as mãos unidas, e então ergueu os cílios para encontrar o olhar dela. — Odeio tê-la magoado. — A voz dele parecia rouca, os olhos azuis imploravam por... algo.

— Você não foi nada além de bondoso.

Ela ergueu os ombros em uma tentativa de recuperar o juízo e deu um passo para trás, mas não soltou suas mãos das dele.

— Mas eu a assustei. Você estava aflita ontem à noite. Segui os latidos do seu *petit chien* e, cada vez que me aproximava, o monstrinho disparava. Eu não podia voltar sem o seu bichinho. Quando o alcancei, já estava muito escuro, e eu precisava achar o caminho de volta. Foi ridículo. Deveria ter percebido que você estaria muito preocupada e não deveria culpá-la por pensar o pior de mim. Sinto muito. Você me perdoa, *princesse*?

— É claro que o perdoo, é só que sei...

... que você me deixará no fim das contas, que nunca mais o verei depois que nos separarmos.

Ele se inclinou, fazendo o rosto pairar sobre o dela por um instante, e então deu um beijo na curva da sua bochecha. Ele ficou ali por mais tempo que o necessário, com seu hálito aquecendo a pele dela, quase como se estivesse pensando no próximo movimento. Incapaz de se conter, ela inclinou a cabeça para que ele pudesse beijar seu pescoço, seus ombros...

— Teremos um dia animado, sim? Somos amigos, *non*?

Ele se afastou, deixando-a trêmula e um pouco envergonhada. O sotaque dele, no entanto, estava mais forte, e ela se lembrou de que aquilo acontecia quando as emoções dele estavam abaladas.

Ela fez que sim, evitando seus olhos, e estendeu o braço para pegar a valise que deixou cair quando ele a assustou.

— Somos amigos. — Quando voltou a encontrar os olhos dele, forçou um sorriso entusiasmado. — Teremos um dia animado.

E ela realmente quis dizer aquilo. Já guardava com carinho o tempo que tinham passado juntos. Não queria arruinar tudo ficando amuada e de cara feia durante as últimas horas em que estariam na companhia um do outro.

Enquanto ele pegava o sr. Cão no colo, ela riu. Não soou tão forçado quanto ela pensara que soaria.

— Você o perseguiu mesmo pela floresta? Ele chegou a pegar o coelho?

O sr. Bateman grunhiu com desgosto zombeteiro.

— Acho que eu teria mais chance de pegar o coelho do que de pegar este peste aqui.

Entraram na carruagem juntos, e embora ela não pudesse se livrar de toda a inquietação, conseguiu se sentar sem alarde em sua parte do banco quando ele se acomodou ao seu lado.

Foi mesmo no dia anterior que tinha dormido nos braços dele, usando-o tanto como cama quanto como travesseiro ao viajarem pelo campo? Olhou para o cavalheiro, e sua expressão indicou que ele pensava na mesma coisa.

Aubrey pegou o sr. Cão e o colocou entre os dois, e depois se virou para olhar pela janela.

— Estou muito feliz por termos visitado Stonehenge. Obrigada por pensar no passeio.

Ah, aquilo soou maravilhosamente alegre. Parabenizou a si mesma.

— Qualquer coisa para fazê-la sorrir.

Ele permaneceu firme no próprio lado do banco, com o sr. Cão se mostrando uma barreira eficiente.

— Quanto falta?

Dessa vez, ela se virou para ver a expressão dele.

Ele franziu a testa.

— Daniels me disse que estávamos perto, o estalajadeiro disse que ainda faltavam uns cem quilômetros. Não chegaremos a Londres hoje, mas, com o tempo bom como está, não teremos problemas para chegar amanhã.

— Está preocupado com a possibilidade de não chegar a tempo?

Ele fixou o olhar nela.

— *Não, princesse*. Não estou preocupado. Ainda há bastante tempo até a minha... festa. — Os músculos da mandíbula dele se retesaram. — E prefiro passá-lo ao seu lado a chegar cedo.

E, falando em festa, ele quis dizer qualquer coisa menos isso. Ela só desejou que ele conversasse abertamente em vez de tratá-la como uma irmãzinha metade do tempo, e a outra metade como uma mulher que ele gostaria de...

Aubrey virou a cabeça para encarar a janela.

Viajaram em silêncio por quase uma hora antes de qualquer um deles voltar a falar.

— Não sei quanto a você, mas eu estou faminto. — Ele pegou um saco do chão que ela não tinha notado antes. — O que vai ser, *princesse*, cereja ou maçã? — ele perguntou, erguendo duas tortas diferentes para que ela as inspecionasse.

— Nenhuma das duas. — Não tinha comido nada do que ele enviara na noite anterior e, por incrível que parecesse, não estava com fome naquela manhã. — E você pode, por favor, parar de me chamar assim?

— *Princesse?* Você não gosta?

— Não gosto do que o termo implica...

Implicava que ele talvez a achasse atraente de alguma forma. Fazia-a lembrar do beijo que dera nele.

— É melhor comer antes que o sr. Cão a pegue. — Ele colocou uma das tortas em um guardanapo e a pôs em seu colo. — O que exatamente o termo implica, *princ*... Aubrey?

— Ora!

A exasperação levou a melhor enquanto ela pegava a torta e dava uma mordida nada elegante. Não queria ter aquela discussão. Tinha se conformado com o fato de que eles não eram nada mais do que amigos.

Mas por que, às vezes, ele a olhava como se ela fosse a torta? Por que ele sentia o impulso de provocá-la? Por que ele a abraçara na manhã do dia anterior?

Aliás, por que ele ainda estava ali? Àquela altura, ele poderia ter comprado uma montaria em qualquer uma das paradas que fizeram ao longo do caminho.

— Não responderá? Não quer explicar, não é?

Tinha toda a atenção dele naquele momento, e não tinha certeza de que a queria.

— Implica que você... gosta de mim de certa forma... que... me deseja. Talvez não signifique nada para as damas com as quais está acostumado a conviver. Talvez elas saibam que você não passa de um galanteador inveterado. Mas não sou como as outras damas. Pensei que... e então o beijei... e agora... Se sente tanta repulsa por mim, se me vê como uma irmã mais nova de quem precisa tomar conta, eu gostaria que refreasse o comportamento provocador pelo resto de nossa viagem. Para mim, basta de fazer papel de tola. Eu...

Ele tinha se virado de forma tão abrupta para encará-la que o sr. Cão saltou do banco e foi para o chão.

— *Mon Dieu*, você pensa que a vejo como uma irmã mais nova? — Ele praticamente tremia ao medir as palavras. — Queria eu que fosse esse o caso! Sentir repulsa por você? Acha que foi a única afetada por aquele beijo? Precisei de cada fração de controle que tenho para evitar tomá-la naquela noite. Não havia nada que eu quisesse mais do que beijá-la, em todos os lugares. Provar cada centímetro de sua pele e então me afundar em você! E não só porque você é *très belle*, não por causa da sua beleza. Queria fazer com que fosse minha para que eu pudesse ter uma parte da sua alma. Existe uma esperança dentro de você que não sinto há anos. Quero que esse sentimento seja meu; quero que *você* seja minha...

Ele se inclinou, chegando tão perto que ela quase pôde sentir seu hálito nos próprios lábios. Ele não a tocou, e ainda assim ela sentiu-o em *todos* os lugares.

— Então, por quê? — ela sussurrou.

Ele passou a mão pelo cabelo e se afastou alguns centímetros.

— Se as coisas fossem diferentes... Não posso por causa... do momento. Ele é totalmente inadequado.

E, mais uma vez, ele não disse nada em absoluto.

Começou a olhar para baixo, mas ele ergueu a mão e segurou o queixo dela, não permitindo que ela olhasse para coisa alguma que não fosse ele.

— Não duvide do quanto a desejo. Quero-a por inteiro, e não seria justo de minha parte... — Ele piscou, fazendo os olhos parecerem mais brilhantes do que o normal. — Mas você é a minha *princesse, non*? Mesmo que digamos adeus em breve?

Ela fez que sim, desejando que ele a beijasse. Desejando que ele compartilhasse mais dos seus problemas com ela. Mas não o pressionou. Se ele tivesse desejado contar seus motivos, o teria feito.

Abriu um meio-sorriso para ele que pareceu satisfazê-lo.

Dessa vez, quando ele esticou os braços e a puxou para si, isso pareceu a coisa mais natural do mundo. Era ali o lugar ao qual ela pertencia. Não compreendia o que o impedia, mas não estava mais brava com ele. Ele não tinha controle sobre o que quer que fosse o problema.

Cobriu o braço que a rodeava com o seu, e ele se moveu até os dedos deles se entrelaçarem. Ele parecia precisar da conexão tanto quanto ela.

Nenhum deles disse muita coisa durante as horas seguintes. Aquele silêncio não foi preenchido por tensão. De alguma forma, parecia que eles a tinham aliviado totalmente com as confissões que fizeram um ao outro. Dessa vez, o silêncio foi pacífico, conformado, reconfortante de um jeito estranho.

Na verdade, não havia mais nada a ser dito, para mudar qualquer coisa, e ainda assim não existiam mal-entendidos entre eles.

ANNABELLE ANDERS

Quando a carruagem deu uma guinada e parou bruscamente, Aubrey teria caído do assento se o sr. Bateman não a estivesse segurando. As imprecações do sr. Daniels logo chegaram aos seus ouvidos e, com um estremecimento, o sr. Bateman apertou a mão dela e abriu a porta. Ele a ajudou a sair e então rodeou o veículo para dar uma olhada na roda.

— Quebrou completamente desta vez. — Ela ouviu sem querer e com facilidade a reclamação do sr. Daniels. — E faz uma hora que passamos pelo vilarejo mais próximo. Eu sabia que deveríamos permanecer na estrada principal, mas não, a viúva precisava ver um monte de pedras empilhadas...

Aquela estrada parecia menos movimentada. Não se lembrava da última vez que cruzaram com algum veículo. Aubrey se esticou e olhou ao redor. Não tinha percebido que as nuvens se juntaram e pairavam baixas no céu. A fumaça saía da chaminé de uma fazenda não muito longe, e se sentiu encorajada ao ver duas pessoas se aproximando.

— Olá! — saudou, acenando para o outro lado.

O sr. Daniels e o sr. Bateman também tiveram um vislumbre do fazendeiro que avançava com dificuldade em direção a eles com uma expressão amigável.

— Ouvi o barulho de algo se partindo lá da minha casa.

O homem usava roupas de trabalho. O rosto envelhecido pelo sol tornava difícil adivinhar a idade dele, a qual Aubrey supôs que poderia estar entre quarenta e sessenta anos.

Uma mulher robusta trajando um avental vinha atrás dele a passos lentos. Aubrey supôs que o casal não recebia muitos visitantes em um lugar tão isolado quanto aquele.

— Oláá. — A mulher baixinha e desajeitada retribuiu o aceno, parecendo ainda mais animada do que o fazendeiro. — Sejam bem-vindos!

— Eu me chamo Bart Wooten. — O homem estendeu a mão para o sr. Bateman e então para o sr. Daniels. — E esta é a minha senhora.

— É um prazer conhecê-los, senhor, senhora. — Isso veio do sr. Bateman. O sr. Daniels apertou a mão do fazendeiro a contragosto. — Estamos com um probleminha, como podem ver.

O fazendeiro recuou para poder olhar a roda, mastigando um pedaço de palha o tempo todo.

— Isso é verdade. Estão mesmo. Parece que vão precisar de uma roda nova, também. Não é possível consertar algo danificado desse jeito.

Aubrey também examinou a roda. Parecia que o peso da carruagem a partira em duas partes.

— Não se preocupe — disse a sra. Wooten —, o sr. Wooten pode levá-los até Joseph's Well.

— Joseph's Well? — indagou Aubrey.

A sra. Wooten riu.

— É como chamamos nosso vilarejo. Não tem muita coisa. Há uma igreja, um armazém e, é claro, uma taverna.

— Se há alguém que pode fazer essa carruagem voltar a andar, é o sr. Finch. Ele é dono do moinho. Mas vamos ter de procurá-lo — acrescentou o sr. Wooten.

— E se não pudermos voltar à estrada hoje? Há alguma pousada?

As nuvens estavam escuras e volumosas, e Aubrey não gostava muito da ideia de voltar a dormir ao relento, especialmente se fosse chover.

— Não há nenhuma pousada em quilômetros. — A mulher sorriu. — Não se preocupe, querida, eu e o sr. Wooten temos um quarto extra para a senhora e o seu marido, não é, Bart?

— Temos, sim. Que bom, já que terão sorte se conseguirem seguir caminho amanhã. Ainda mais com o festival de hoje à noite.

— Ah, mas... — começou Aubrey.

— É muita bondade de vocês. — O sr. Bateman passou o braço ao redor dela, falando mais alto antes que ela pudesse corrigir a suposição da mulher. — Não é, *princesse*?

Aubrey olhou para onde o sr. Daniels resmungava por causa da roda, sem prestar atenção à conversa deles, e então voltou a olhar para a sra. Wooten. É claro, um casal ali do campo não seria tão hospitaleiro com uma mulher viajando sozinha acompanhada por um cavalheiro que não era nem seu irmão nem seu marido.

— Hã... Sim. Obrigada.

— Por que não vai pegar sua valise, querida, e vem tomar um chá comigo enquanto esperamos os homens cuidarem dos problemas? E traga seu querido cãozinho.

Aubrey se afastou do braço do sr. Bateman, lançando uma expressão de dúvida ao olhar para trás.

ANNABELLE ANDERS

— Vou trazer nossos pertences, *princesse*. Vá tomar chá com a sra. Wooten. O sr. Cão vai querer beber alguma coisa também, eu suponho.

Aubrey mordeu o lábio, desconfortável com a mentira, mas entendendo a razão para ele ter dado trela à impressão equivocada da mulher.

— Tem certeza? Venha, sr. Cão — Aubrey disse, puxando a guia.

Tomar chá parecia uma ideia sublime.

— Está com fome, querida? Acabei de tirar dois pães do forno. Estou muito feliz por ter um pouco de companhia. Não recebemos visitas desde que minha sobrinha veio com o marido, no ano passado. Eu e o sr. Wooten não fomos abençoados com filhos... — Não faltava assunto à sra. Wooten, isso era certo. — E quanto à senhora e ao seu marido? Sr. Bateman, não é? Têm filhos?

Aubrey se limitou a fazer que não com a cabeça, olhando para o sr. Bateman, que a observava com aqueles olhos azuis risonhos. É claro que ele acharia graça naquela situação. Buscando alguma resposta satisfatória para a falta de filhos sem ter de ficar com a compaixão desnecessária da anfitriã, Aubrey vasculhou a mente com rapidez.

— Eu e o sr. Bateman somos recém-casados — falou alto o bastante para que ele a ouvisse.

O sorriso dele se alargou. O maldito, é claro, gostou da brincadeira.

— É mesmo? — disse a sra. Wooten, efusivamente.

— Sim, hã... Casamo-nos há pouco mais de uma semana! — inventou Aubrey. — Na igreja do lugar onde cresci, St. Marks, em Rockford Beach. — E, depois, a imaginação assumiu o controle da situação. — Os bancos estavam cheios de familiares que vieram de toda a Inglaterra para o casamento, tantas pessoas que mal tive a oportunidade de falar com elas. E, após a cerimônia, a mãe do sr. Bateman ofereceu um delicioso café da manhã no salão da cidade. Jamais esquecerei. — Corou ao olhar para o local de onde o sr. Bateman a observava, com as sobrancelhas erguidas. — O dia mais feliz da minha vida.

Se era para ser casada, ao menos faria do próprio jeito dessa vez.

Ela e Harrison haviam se casado na sala de estar dele, com a mãe dela e o advogado do noivo como testemunhas. Não fora nada além de uma transação comercial, ou pelo menos foi isso que tinha pensado na época.

— Logo estarei com você, meu amor! — gritou o sr. Bateman atrás dela.

Não teve coragem de soprar um beijo para ele. Isso seria um pouco demais. Em vez disso, com o rosto ruborizado, ela se virou e ergueu a mão para dar um rápido aceno.

— Oh, mas ele não é bem-apessoado? — Riu a sra. Wooten. — Ah, como eu queria ser jovem...

CAPÍTULO 11
Aubrey

Aubrey estava dividida entre desfrutar da companhia da sra. Wooten e se sentir culpada por estarem perpetuando a mentira. No final das contas, não teve de se preocupar nem com uma coisa nem com a outra, já que precisou de toda a sua concentração para acompanhar a conversa da mulher... sobre o tempo, o festival a que iriam naquela noite, e a certeza que tinha de que sua geleia ganharia o concurso de conservas. Não ganhara nos anos anteriores porque o sr. Frost, o juiz, não era imune à sra. Baxter, a assanhada. Aquele impertinente não seria um problema naquele ano, explicou com uma piscadinha, pois ele falecera no inverno.

— Morreu dormindo, e já era hora. Noventa anos sobre esta terra de meu Deus é tempo mais do que suficiente para qualquer um, especialmente para os que mentem e trapaceiam.

— Sra. Wooten? — O sr. Bateman espiou na cozinha. — Seu marido está indo levar nosso condutor até o vilarejo. Ele disse que a senhora iria me mostrar a charrete e que eu poderia levar as duas damas ao festival e encontrá-lo lá.

Seu "marido" estava parado à porta, segurando a valise dela e a própria bolsa, parecendo empoeirado, com calor e... sim, como a sra. Wooten notara... incrivelmente bem-apessoado.

— Onde estão os meus modos? É claro, entre, sr. Bateman. Venham por aqui, os dois. Sequer dei chance de a sua pobre esposa se limpar. Falei até as orelhas dela caírem durante o chá. — Ela fez uma pausa. — Aceita um chá, sr. Bateman?

Quando ela começou a se virar para o fogão, ele a deteve.

— Talvez mais tarde.

E, então, ela riu de si mesma e os conduziu pela curta escadaria até um quarto que também era o sótão.

— Queria ter um quarto grandioso para lhes oferecer, mas, como são recém-casados, imagino que isso não importará para nenhum de vocês. — Ela deu uma piscadinha. — Trarei um pouco de água, mas, se precisarem de mais, é só pegar lá nos fundos. Podem usar esse jarro e a bacia. Aqui estão algumas toalhas, e avisem se precisarem de outra colcha. O calendário pode dizer abril, mas por aqui parece inverno...

O sr. Bateman sorriu para Aubrey, e ela não pôde deixar de corresponder. Era de se admirar a sra. Wooten conseguir respirar entre as frases. Aubrey nunca tinha conhecido uma pessoa que falasse tanto, nem mesmo Winifred, e isso já dizia muito.

Depois de rir de si mesma e puxar as cortinas em um dos lados do quarto, ela se lembrou de que precisava terminar de guardar a geleia e pediu licença.

— Desçam quando estiverem prontos. É claro, sr. Bateman, se quiser um pouco de chá, basta gritar que coloco a água para ferver.

E, assim, ela se foi.

O sr. Bateman colocou a valise de Aubrey em uma cadeira vazia, e, a dele, no chão.

— Nunca diga que os Wooten de Joseph's Well não são hospitaleiros — ele disse, esfregando as mãos, e a covinha apareceu quando sorriu.

— O que faremos?

Aubrey mordeu o lábio depois de dar uma olhada rápida na cama. Percebeu que já tinham dormido no chão, um ao lado do outro, duas noites atrás, e, ainda assim, a visão daquela única cama, em um único quarto, e os pertences dele ao lado dos dela...

— E se descobrirem? O sr. Daniels...

— ... não dirá uma palavra — ele respondeu à pergunta.

Aubrey foi até a cama e alisou a colcha.

— Entendo a razão. Não seria nada bom se eles descobrissem a verdade. Não posso imaginar o que a sra. Wooten pensaria se soubesse que eu estava viajando sozinha com um cavalheiro solteiro. Mesmo eu sendo viú...

— Aqui está a água de vocês! — A sra. Wooten anunciou sua presença ao pé da escada.

O sr. Bateman desceu para que ela não tivesse de subir, e Aubrey tentava entender a situação na qual se colocara involuntariamente.

Se alguém em Londres soubesse das circunstâncias daquela viagem, seu sonho de abrigar saraus e festas seria arruinado antes mesmo de ela chegar lá. A fofoca viajava, ao que parecia, mais rápido do que os pombos. Até mesmo em Rockford Beach, eles, de vez em quando, ficavam sabendo de escândalos de arrepiar os cabelos que se passavam em Londres.

Ouviu quando a porta lá de baixo se fechou e o sr. Bateman retornou.

— Ficará tudo bem, *princesse*. — Ele colocou a jarra perto da bacia e se virou para ficarem frente a frente. — Fingiremos, sim? Pelo resto do dia de hoje e amanhã. E, apesar do que lhe disse mais cedo, você está perfeitamente a salvo comigo. Confia em mim, *oui*?

É claro que confiava nele, era de si que duvidava. Desde o momento em que vira aquele homem pela primeira vez, começara a agir como outra pessoa.

— Fingir sermos marido e mulher? — ela perguntou, fitando-o e imaginando todas as coisas que tal encenação poderia acarretar.

Não deveria acarretar muita coisa, exceto pelo fato de que ela havia falado que eram recém-casados.

— Não será tão difícil assim. — Ele inclinou a cabeça, com um ar de dúvida. — Fingir que você é minha esposa. — Um tom mais profundo tomou conta da voz dele.

Não seria nem um pouco difícil. Não. Infelizmente, já imaginara a situação muitas vezes.

Além do mais, que outras opções teriam? Dormir ao relento novamente?

— Será que vai chover? Nesse festival ao qual iremos? — ela questionou e se virou, sabendo que o bom humor soou forçado.

Ele não respondeu imediatamente, e ela imaginou se ele não estava formando uma opinião sobre o temperamento dela.

— Acho que a chuva se espalhará — disse ele, por fim. — Vou aceitar o chá que a sra. Wooten ofereceu enquanto você se refresca.

Ela não voltou a se virar até ouvi-lo descer a escada.

Estava justamente limpando o vestido quando a sra. Wooten voltou.

— Aquele seu homem é bem habilidoso, devo admitir. Ele estava tomando chá quando notou que a pilha de lenha estava baixa e insistiu em ir pegar mais. E, enquanto ele estava ocupado, fiquei imaginando... Se já estão na estrada há alguns dias, creio que usou o mesmo vestido uma ou duas vezes.

Ela caminhou até chegar à extremidade do quarto, abriu um baú e, depois de tirar alguns lençóis brancos, pegou um vestido belíssimo. Era verde como um pinheiro, com sobreposição de renda mais escura e bordados em torno da bainha e do corpete.

— Não é muito novo, mas pensei que talvez desejasse usar algo que o seu marido ainda não viu. O festival não é só para as crianças, sabe? Sempre há um ou dois anúncios de noivado logo depois. Eu mesma tenho a mais romântica das memórias de quando Bart e eu éramos jovens. — Ela corou, e então sacudiu a cabeça. — Haverá barracas com comida, dança e vendedores ambulantes, e eu estava pensando, já que vocês são recém-casados e tudo mais, que a senhora gostaria de ficar bonita para o seu homem.

A sra. Wooten passou a mão no tecido para limpá-lo, e Aubrey não pôde deter o rompante de encanto que saltou de dentro dela ao pensar em vestir algo tão maravilhoso.

— Adorei. — Ela sorriu. — Tem certeza de que não há problema? Eu me sentiria péssima se ele estragasse.

— Absoluta. Será um prazer ver alguém tão jovem e bonita como a senhora fazer bom uso dele. Vamos usar essa lavanda para dar a ele um pouco de frescor...

A sra. Wooten passou os quinze minutos seguintes ajudando Aubrey a vestir o traje incrivelmente feminino. Era lindo, mas também parecia perfeito para uma feira de primavera. Aubrey olhou para baixo e quase se sentiu como a menina que era antes de se casar com Harrison Bloomington.

— Não use o cabelo tão preso desse jeito, sra. Bateman.

A sra. Wooten puxou algumas mechas do penteado de Aubrey. Ela, então, foi novamente até o baú e dessa vez voltou com uma coroa de flores de seda para colocar sobre a cabeça dela.

— Que exagero! — Aubrey disse, e recuou.

Não era uma noiva de verdade. Só estava fingindo. As flores pareciam algo que uma noiva usaria.

— Todas as moças mais jovens usam uma. — A sra. Wooten dispensou as objeções de Aubrey e colocou a coroa sobre sua cabeça. Sem um espelho, ela se sentou lá e permitiu que a anfitriã a prendesse em seu cabelo. — Linda. Ah, sem dúvida alguma, nosso jovem sr. Bateman se apaixonará pela senhora mais uma vez.

Aubrey piscou para afastar a sensação incômoda nos olhos. A memória da própria mãe surgiu em sua mente. Antes de a carruagem do sr. Bloomington chegar para levá-las ao casamento, a mãe de Aubrey tinha feito seu penteado e colhido flores do próprio jardim para que Aubrey tivesse um buquê.

A mãe tinha desejado o melhor para ela. E, por alguma estranha reviravolta do destino, Aubrey teria a oportunidade de viver uma vida que jamais poderia ter imaginado. Em Londres, dentre todos os lugares possíveis! Aquela manhã, a manhã do seu casamento, tinha marcado o fim da sua inocência.

Carregara o pequeno buquê até a casa do sr. Bloomington e jurara amar, honrar e prezar um homem que não tinha a mínima consideração pelos seus sentimentos. Não havia sido um casamento na verdade. Havia sido mais uma sentença, e, ela, a criminosa. E o crime, bem, nunca chegara a entender direito qual tinha sido.

Ah, mas aquilo também não era um casamento. Era só uma festa no campo.

Não podia simplesmente retirar as flores de seu cabelo, agora que já estavam presas, então, limitou-se a se levantar e a alisar o belo vestido.

— Obrigada, sra. Wooten.

Aproveitaria o vestido, a festa com toda a comida e a dança. Aproveitaria a oportunidade de poder fingir ser casada com o sr. Bateman, o homem que roubou seu coração.

Aproveitaria o romance, se houvesse algum.

E, quando entrou na cozinha, usando aquele belo vestido e sentindo-se muito bonita, corou sob o que pareceu ser uma completa satisfação naqueles maravilhosos olhos azuis e brilhantes.

Nervosa, Aubrey alisou a saia quando o calor começou a subir pelo pescoço.

— Ora, sr. Bateman, ela não está linda? Já levou as minhas geleias para a charrete? Ah, ótimo. Espero que o tempo fique firme. Não esqueça o xale, sra. Bateman. — Ela entregou a Aubrey o belo xale de tricô azul que pegou para combinar com o vestido. — Não vai querer pegar um resfriado agora. Embora eu tenha certeza de que o seu belo marido ficaria mais do que feliz em mantê-la aquecida ele mesmo. — Ela deu uma risadinha e, colocando o xale muito gasto, saiu da cozinha e foi até a porta, onde a velha charrete tinha sido posta.

— Você me surpreendeu — o sr. Bateman se inclinou para sussurrar em seu ouvido e, então, ofereceu-lhe o braço.

— A sra. Wooten insistiu. Eu não podia simplesmente...

Sentiu-se estranha de repente, e bem-vestida demais, de pé, ali, na pequena cozinha da fazenda.

— *Parfait.* Você está perfeita. — Ele pôs fim às dúvidas dela e recuou por um instante, olhando-a da cabeça aos pés. — *Mon Dieu.* — Ele engoliu em seco e sacudiu a cabeça. — O que está tentando fazer comigo?

Aubrey lambeu os lábios. A boca ficara seca de repente.

— Devo trocar de roupa? Não quero me destacar, na verdade...

— Não ouse.

Ele só ficou lá, como se lutasse alguma batalha interna.

— Tem certeza? Posso tirá-lo e colocar um dos meus vestidos...

— *Se esperarmos mais um segundo, acabaremos na cama e não iremos à feira.*

Os olhos de Aubrey se arregalaram.

— O quê?

— Se não formos agora, não saberemos se a sra. Wooten faz sucesso como cozinheira.

Aubrey estreitou os olhos e franziu a testa.

Com uma sacudida de cabeça, o brilho voltou aos olhos do sr. Bateman, e ele lhe ofereceu o braço mais uma vez.

— Vamos, sra. Bateman?

Aubrey respirou fundo e fez que sim.

— Ora, obrigada, sr. Bateman.

Ela deixaria de lado a promessa sensual que viu nos olhos dele e entraria no jogo. Ergueu saião do vestido com a mão livre e permitiu que ele a levasse para fora e descesse os três degraus da varanda com ela.

O ar estava frio, mas as nuvens tinham ficado ao sul de onde estavam.

— A senhora vai na frente, sra. Bateman, e eu vou atrás — sugeriu a sra. Wooten, sem deixar espaço para discussões.

A carroceria da charrete era dura e plana.

— De maneira alguma. — Aubrey não se sentaria no assento firme e deixaria a senhora lá atrás. Não seria decente. — Não é, sr. Bateman?

O sorriso de aprovação que ele lhe enviou a teria aquecido mesmo se tivesse chovido.

— Não posso ir contra os desejos de minha esposa — ele concordou, e então passou os braços ao redor da cintura de Aubrey e a colocou nos fundos da charrete.

Não achou ter imaginado que ele os deixou ali mais tempo que o necessário, afastando-os devagar antes de dar um passo para trás.

Só depois de ajudar a sra. Wooten a se acomodar no assento da frente foi que ele subiu.

— Ôa!

A voz dele foi transportada até a traseira da charrete, onde Aubrey estava sentada de costas e se lembrando da facilidade com a qual ele conduziu os cavalos na primeira noite que viajaram juntos.

No entanto, não enxergou a paisagem desaparecer atrás dela. Embora os olhos observassem o chão passando abaixo dos pés suspensos, só viu a expressão nos olhos dele. Um olhar que continha promessas que ele nunca faria.

Estava tão perdida em pensamentos que, quando chegaram à aldeia e ela olhou para cima e ao redor, ficou surpresa. Fitas e candeeiros cruzavam o espaço sobre ela, e tendas coloridas tinham sido armadas ao longo da estrada. O sr. Bateman os conduziu até o local onde outras carroças tinham sido postas e os cavalariços pareciam ansiosos para tomar conta dos animais em troca de uma moeda.

Antes que Aubrey pudesse descer sozinha, o sr. Bateman rodeou o veículo.

— Espere — ordenou ele ao entregar as geleias da sra. Wooten ao marido. Ele só se virou para ela quando as mãos ficaram livres. — Agora, sra. Bateman.

As mãos dele se voltaram para a cintura dela ao mesmo tempo que ela colocou as dela nos ombros dele. Ele a tirou com facilidade da charrete e a pôs no chão, deixando menos de um centímetro entre eles. Aubrey não recuou, e deixou as mãos nos ombros do pretenso marido, aproveitando a sensação dos músculos, da força, desejando, como uma tola, prolongar aquele momento.

— Recém-casados! — Riu a sra. Wooten. — Permita que os apresente a alguns amigos mais próximos. Como eu disse, não é comum termos visitantes.

O sr. Bateman riu de Aubrey, quase como se lesse seus pensamentos e, então, eles começaram a seguir a anfitriã entre as fileiras de vendedores, conhecendo o que Aubrey não tinha dúvida de que fosse praticamente todas as pessoas que moravam num raio de dez quilômetros de Joseph's Well. Não era minimamente possível que fosse se lembrar de qualquer uma delas e, ainda assim, apreciou cada minuto, com o sr. Bateman ao seu lado, aproximando-se para pedir que ela repetisse um nome para ele de vez em quando, fazendo um comentário sobre alguma coisa nas barracas. Duas vezes, ele perguntou a opinião dela: preferia compota ou *pudding*? Qual sua dança favorita? O sr. Wooten colocou uma caneca de cerveja na mão de cada um e, por fim, foram deixados sozinhos para explorar as mercadorias dos fornecedores e os produtos aromáticos.

— Venha comigo, *princesse*.

O sr. Bateman a puxou para longe de uma senhora que vendia cestas e chapéus de pluma e a levou para uma tenda em que uma mulher mais velha de aparência exótica os recebeu com um sorriso enigmático.

— Bela dama, entre e descubra os segredos do seu futuro.

— Essa é Madame Nadya. Ela lerá nosso futuro.

O sr. Bateman a conduziu até o interior escuro antes que Aubrey pudesse abrir a boca para reclamar. A ideia de convidar uma estranha para prever seu futuro era algo que sequer teria cogitado quando estava em Rockford Beach. Winifred taxaria aquilo como obra do demônio. Mesmo sabendo que era por diversão, quando Aubrey entrou na tenda escura, estremeceu.

— Ela alimenta os netos assim. — O sr. Bateman olhou rapidamente na direção das três crianças amontadas no canto mais afastado. — Ela não quer caridade, mas aceitará algumas moedas em troca de nos dizer nosso futuro. — A voz dele retumbou perto de seu ouvido.

Apesar de a mulher mais velha de cabelos negros estar ali na tenda com suas echarpes de seda e um vestido esvoaçante que parecia ligeiramente estrangeiro, não havia nada a temer. Quaisquer poderes mágicos não seriam nada mais do que uma ilusão. Aubrey olhou para trás e sorriu.

— Vai ser divertido. — Seria outra memória da qual se lembrar nos dias, semanas, talvez anos, por vir.

— Seu marido é muito bondoso. Entre, por favor, e se sente. — A mulher falou com um sotaque que Aubrey não reconheceu. — Vamos ver o que o futuro reserva para os dois.

Aubrey e o sr. Bateman se acomodaram no banco disposto próximo da mesa coberta por um tecido sedoso. As chamas tremulavam nas muitas velas postas ali, criando uma dança de luzes e sombras por toda a parede de lona.

Um jarro de metal vibrava no pequeno fogão, e um prato com incenso queimando enviava uma fina linha de fumaça que permeava o espaço com um aroma picante e desconhecido.

Quando a mulher fechou a entrada da tenda, silenciando o som que vinha lá de fora, a quietude ali fez Aubrey se sentar empertigada.

Depois de rearrumar a louça que estava organizada na forma de fila na outra mesa, Madame Nadya se dirigiu a eles.

— Pensem em uma única pergunta e depois enviem sua energia vital em direção aos poderes do universo.

O sr. Bateman lançou um sorriso na direção de Aubrey. É claro, ele não acreditava em adivinhação. Aubrey também não, mas, ainda assim, a tentação de ter uma resposta, qualquer resposta, para as muitas perguntas em sua cabeça era forte. Aubrey fechou os olhos e concatenou a pergunta.

Madame Nadya se virou e se aproximou com duas xícaras de chá vazias, cada uma apoiada em um pires. Depois de colocá-las na mesa, trouxe uma bandeja com uma colher e um vasilhame contendo o que Aubrey presumiu ser chá.

— Mantendo a pergunta em mente, coloquem as folhas de chá na xícara com a colher.

Aubrey sentiu o olhar do sr. Bateman nela, e soube que ele acharia aquilo engraçado, mas ela seguiu as instruções da mulher e, então, tratando o assunto seriamente, entregou a colher para o homem sorridente ao seu lado.

Olhou-o nos olhos e fez uma cara feia.

— Por favor, não faça disso uma piada.

Ele ergueu as sobrancelhas, mas assentiu.

— É claro. Que grosseria a minha.

Ele, por sua vez, colocou uma colherada de folhas na sua xícara vazia.

— Despejarei a água. Quando estiver frio o bastante, bebam, mas deixem um pouco de líquido descansar no fundo da xícara. Segurem a asa com a mão esquerda, por favor. — A vidente veio com a chaleira, e o vapor rodopiou pela borda das xícaras enquanto ela vertia a água em cada uma delas. — Canalizem o poder da sua mente na resposta à sua pergunta. As folhas a buscarão à medida que forem bebendo.

O chá estava fraco, mas tinha sido misturado com algumas especiarias aromáticas. Aubrey esperou um momento para que ele esfriasse antes de bebericá-lo com cuidado.

— Só uma pergunta? — questionou Aubrey, certificando-se de que entendera. Queria saber a resposta para muitas coisas. *Serei feliz em Londres*? *Serei aceita*? Mas não podia negar a que ardia em sua mente como sendo a mais importante.

Depois que nos separarmos em Londres, *voltarei a vê-lo*?

E, assim, as palavras correram por sua mente, repetidas vezes. Por fim, ela o olhou de soslaio. Ele estava sério agora. Beberam o chá em silêncio. A quietude só era interrompida pelo som das crianças brincando no chão sem fazerem muito barulho.

— Quando terminarem, derramem o que tiver sobrado da água no pires — instruiu Madame Nadya. — Depois de um segundo, virem a xícara novamente, e eu lerei as folhas.

Mais uma vez, Aubrey fez exatamente o que foi dito. Olhando para a xícara com as folhas espalhadas ao acaso na porcelana, continuou repetindo a questão em sua mente como um mantra.

Voltarei a vê-lo?

O cabelo escuro da mulher se espalhou pela frente do corpo enquanto ela pegava a xícara de Aubrey e a olhava com atenção. Ela pareceu assentir para si mesma enquanto punha a xícara de lado e olhava nos olhos dela.

— A resposta das folhas não é tão simples quanto a senhora deseja. — Ela apontou para a xícara. — Vê essa parte com maior concentração? Perto da asa? É o imediato, o agora. É intenso. Mas ao redor da borda e por todos os lados, nada. Na base, há outro montinho, muito mais intenso do que o primeiro. A resposta para a sua pergunta é sim, mas também é não. E, então, em um futuro distante, sim.

— Quão distante é esse futuro? — questionou Aubrey, apesar de sentir o curioso olhar dele focado nela.

— Isso, minha filha, eu não sei. Pode ser tão próximo como o ciclo de doze luas novas, mas também pode ser em outra vida.

Com essa resposta, Aubrey deixou o corpo desmontar no banco. Aquilo não queria dizer nada, sabia disso. Era uma tolice.

Além do mais, não queria pensar que iria ter de esperar uma outra vida para vê-lo novamente.

— Agora, o senhor. — A madame pegou a xícara do sr. Bateman e a estudou com atenção. — As folhas têm a forma das asas de um pássaro, só que as asas foram quebradas. — Ela fechou a cara. — Há outro par de asas no fundo da xícara, no entanto. O senhor se libertará, enfim.

E, fechando os olhos, ela voltou a se acomodar na cadeira e soltou um longo suspiro.

— O futuro traz grande provação, mas, se forem leais aos próprios corações, também trará uma grande felicidade. Aceitem o que têm hoje.

O sr. Bateman se levantou e colocou um pouco de dinheiro sobre a mesa.

— Muito obrigado, Madame Nadya.

Ele não parecia ter ouvido algo digno de abalar as estruturas. Em vez disso, parecia estar pensando em comprar um saco de farinha.

— Obrigada, Madame — disse Aubrey, e sorriu para a mulher, desejando que a resposta à sua pergunta tivesse sido diferente.

Enquanto caminhavam em direção à saída da tenda, no entanto, a mulher ergueu a mão e a segurou pelo pulso.

— Tenha fé e confie em seu coração.

E, assim, da mesma forma abrupta que a segurara, ela a soltou.

Aubrey piscou várias vezes quando voltaram para a luz, e os olhos lacrimejaram por causa da claridade dos raios de sol.

O sr. Bateman a pegou pelo braço.

— Há uma barraca de tortas de carne um pouco mais abaixo. Devemos ir comer alguma coisa?

Como ele poderia comer em um momento como aquele?

Confie em seu coração.

O sorriso dele era cálido, e a luz em seus olhos, afetuosa.

— Sim, vamos! — respondeu Aubrey. Não lamentaria a inevitável despedida enquanto ainda podiam ficar juntos. — Estou faminta — acrescentou.

Ele não lhe ofereceu o braço. Em vez disso, pegou-a pela mão, entrelaçou os dedos nos dela e, com mais entusiasmo do que ela esperava, foi na frente.

Comeram torta de carne e beberam cerveja e, como a aldeia era pequena, receberam votos de felicidade no casamento de vários dos participantes do festival que estavam por perto.

— Estão se divertindo? — O sr. Wooten se juntou a eles em uma das mesas que tinham sido armadas ali. — Sr. Keller! Sra. Keller! Esses são os convidados de quem falei. Acabaram de se casar e estão a caminho de Londres.

Àquela altura, uma boa quantidade de cerveja já havia sido consumida por quase todo mundo, e a atmosfera tinha se tornado um tanto estridente.

Os Keller eram um casal mais jovem. Carregavam canecas de cerveja em ambas as mãos, e as colocaram na frente de Aubrey e do sr. Bateman.

— Também somos recém-casados — anunciou o sr. Keller, e olhou a esposa com os olhos cheios de amor, antes de dar um beijo nos lábios dela.

O afeto entre os dois era palpável e fez Aubrey querer... Ela sacudiu a cabeça. Era viúva. Ficara casada por menos de uma década. Quem era ela para desejar algo tão frívolo?

Os sentimentos daquele casal não pareciam frívolos naquele momento. Eram poderosos, apaixonados. Era óbvio que o casal se amava muito. Jamais tinha visto uma demonstração de afeto tão audaz em qualquer parte de Rockford Beach.

Quando se afastaram um do outro, o jovem marido deu uma piscadinha e sorriu para o sr. Bateman e, então, erguendo a colher, bateu-a na caneca de cerveja.

E então a esposa fez a mesma coisa.

E então vários outros ao redor deles.

— Significa que o senhor deve beijá-la! — a mulher que tinha acabado de ser completamente possuída por um beijo gritou do outro lado da mesa. — É uma tradição da aldeia com todos os recém-casados.

Aubrey e o sr. Bateman estavam sentados um ao lado do outro no banco, mas não tinham se tocado até ele passar um braço ao redor dos ombros dela.

Tinham dito aos Wooten que eram casados. Tinham dito a todos a mesma coisa, e tinha sido Aubrey, na verdade, a declarar que eles eram recém-casados.

Preocupada, ela se virou para encarar o sr. Bateman, mas ele não pareceu muito incomodado com o problema que se apresentava a eles naquele momento. Na realidade, o olhar dele se moveu dos olhos para a boca de Aubrey. Observou seus lábios enquanto ele os lambia.

— O que diz, sra. Bateman? Devemos manter a tradição?

DUQUE ATREVIDO

CAPÍTULO 12
Aubrey

Ele iria beijá-la novamente.

*Aceitem o que têm hoje... Sejam leais aos próprios cora*ções...

Aubrey fez que sim, incapaz de olhar em qualquer direção.

Olhou-o dentro daqueles olhos que pareciam ver além dela, observou as maçãs do rosto altas e o bigode que, não importa o quanto ele se barbeasse, sempre fazia sombra em sua mandíbula.

Os lábios.

E então aqueles lábios desceram em direção aos seus.

Da última vez, foi Aubrey quem iniciou o beijo. Ela havia bebido uma quantidade copiosa de vinho. Tinha sido um beijo secreto, um beijo proibido.

Dessa vez, foi a boca dele que capturou a sua. O beijo estava longe de ter sido dado em segredo, já que havia muitas pessoas ao redor, encorajando-os.

Começou como um beijo muito suave. Doce.

Aubrey entreabriu os lábios e suspirou na boca do sr. Bateman. A sensação do peito dele sob suas mãos era cálida e sólida. Sempre, sempre se sentiria segura com ele.

Confiando no próprio coração, passou os braços em torno de seus ombros ao mesmo tempo que o cavalheiro envolvia os dele ao redor de sua cintura.

Aquele podia ser o último beijo que dariam.

Aubrey pressionou o corpo ainda mais contra o dele, e a boca do parceiro ficou mais exigente.

Ele tinha gosto de cerveja e especiarias, e algo do qual ela jamais se esqueceria. Ele era o sr. Bateman, seu querido sr. Bateman.

A ânsia se espalhou do peito até seu âmago. Precisava de mais. Precisava de proximidade. Ela só... precisava.

A língua dele digladiou com a sua, brincalhona, e então não tão brincalhona assim. A necessidade dele parecia aumentar no mesmo passo que a dela, e o beijo ficou ainda mais desesperado.

O sangue rugia em seus ouvidos, levando-a para outro lugar, para outra época. Foi tão intenso que ela se sentiu terrivelmente desolada quando ele se afastou, pondo um fim à conexão. Naquele mesmo momento, ela ficou ciente dos gritos e assovios ao redor deles.

Abriu os olhos e se maravilhou com o que viu.

Os olhos azuis do sr. Bateman queimavam de desejo por ela. Por Aubrey Bloomington. Não estava equivocada. Não estava imaginando coisas.

Poderia se apaixonar por aquele homem. O coração batia tão alto que se perguntou se ele também não podia ouvi-lo.

— Creio que aprovo essa tradição — ele fez piada, o humor voltando a dançar em seus olhos.

Aubrey afastou as mãos de onde elas estavam emaranhadas no cabelo do pretenso marido, e o calor inundou suas bochechas enquanto várias pessoas na multidão caíam na gargalhada.

— Imagino que sim! — declarou o sr. Keller.

E as canecas ao redor deles se ergueram em mais vivas.

O sr. Bateman não tirou os braços dos ombros dela e a manteve perto de si. Metade da torta de carne de Aubrey estava sobre a mesa e, com o turbilhão que girava dentro dela, não havia a possibilidade de continuar comendo. Ele pareceu pressentir aquilo.

— Estou ouvindo uma música vinda de lá do outro lado da cidade. Devemos nos aproximar do espetáculo?

Sem olhá-lo nos olhos, ela fez que sim e permitiu que ele a ajudasse a ficar de pé. As pernas estavam bambas, mas não sabia se era por causa da cerveja que tinha tomado ou do beijo do sr. Bateman.

De mãos dadas, eles caminharam devagar ao longo da fileira estridente de vendedores, parando de vez em quando para admirar os itens. Ela já tinha comprado alguns lenços com bordado intrincado, mas se viu consideravelmente impressionada com alguns produtos de artesanato.

— Não pensei que Joseph's Well fosse uma aldeia grande o bastante para ter tantos talentos morando e trabalhando nela.

O sr. Bateman riu.

— Eles não moram aqui. A maioria são mascates.

— Mas é claro! Que tolice a minha! — ela disse, balançando a cabeça, envergonhada, mas ele a fez parar e a puxou para perto ao mesmo tempo.

— Não é tolice. Você jamais será tola, *princesse.*

Ele estava tão perto que ela teve de inclinar a cabeça para trás para olhá-lo nos olhos. Os lábios se entreabriram e, se não estivesse enganada, o coração dele batia tão rápido quanto o seu.

— Está se divertindo, sra. Bateman? — Havia um pouco de riso na voz dele, mas também algo mais, como se a resposta dela tivesse grande importância.

— Muito.

E, como sempre ocorria quando estava em sua presença, ela se viu sorrindo para ele.

— E o senhor, sr. Bateman? O grilhão é tão desconfortável quanto pensou?

O faz de conta era prazeroso e doloroso ao mesmo tempo. *Aceite o que tem hoje...*

— Muito pelo contrário, esposa.

O olhar dele se moveu para os lábios dela, e ele se inclinou para frente e voltou a tomar sua boca.

Doce, carinhoso... Breve demais.

Ele ergueu a cabeça e passou uma das mãos pelo cabelo.

— Venha por aqui, esposa. — Ele a surpreendeu ao dizer isso e logo a arrastou para outra tenda.

Reflexos da luz do sol prestes a desaparecer ricocheteavam nas joias exibidas por aquele vendedor em particular.

Aubrey hesitou ao observar a mercadoria. Nunca usara joia de qualquer tipo. Nem quando era mais nova e, com certeza, não depois de se casar.

Vaidade, Harrison nunca tinha hesitado em lembrá-la, era pecado.

— Minha esposa precisa de um anel. — O sr. Bateman observou as peças em exibição. Ergueu uma para inspecionar mais de perto e então, pegando a mão de Aubrey, colocou-o em seu dedo. — Ficou perfeito, não acha?

— Mas eu não poderia aceitar.

A verdade é que ficou perfeito, e jamais teria imaginado o prazer que sentiu por ver algo tão brilhante na própria mão. O metal era uma prata retorcida com uma pequena pedra cravada nos ganchos. Azul brilhante, lembrando-a dos olhos dele.

— É só uma imitação — argumentou ele.

— Ah, mas n... — o vendedor começou a dizer, mas se deteve ao ver o olhar sério do sr. Bateman.

— É muito caro.

— Nada mais que uma bagatela — ele disse, fitando sua mão, parecendo tão satisfeito com o efeito quanto ela.

Mesmo que fosse feito do mais barato dos materiais, ela o guardaria como se fosse um tesouro. Com uma olhada rápida nos outros itens, ela ergueu um segundo anel similar, mas desenhado para ser usado por um homem.

— Então você também precisará de um. — Ela pegou sua mão e deslizou o anel discreto, mas masculino, no dedo dele. Ficou bem elegante, e ela se viu mais satisfeita vendo o dele do que o dela mesma.

— Muito bem. — Ele riu. — Nosso casamento está oficializado agora.

Ela tirou algumas moedas da bolsa, mas, quando foi pagar, ele fez que não com a cabeça.

— Não ouse.

— Mas é o meu presente para você! — Ela colocou as moedas na mão dele, dobrando-a, e, antes que ele argumentasse, adicionou: — Vou esperar lá fora enquanto você paga. — E, então, inclinou-se para a frente. — Certifique-se de pechinchar com ele. Suponho que é o que ele espera.

Olhando para trás com um sorriso nos olhos, saiu de lá e fitou o céu. As estrelas já cintilavam no crepúsculo, e a brisa tranquila esfriou suas bochechas. Aquele era um dos momentos dos quais se lembraria para sempre. As palavras da vidente se repetiram na sua cabeça.

Desfrutaria daquele momento, daquela noite.

Braços a envolveram por trás, enviando ainda mais espirais de vertigem por seu corpo.

— Obrigado pelo anel, princesa. — A voz estava grave, e o sotaque francês, mais forte que o normal. Ela mostrou a mão para que ele a visse.

— E obrigada pelo meu.

Ele faria piada. Poderiam fingir naquela tarde, naquela noite. A música voltou a tocar, e ele fez um gesto para que continuassem. Quando o volume da folia ficou mais alto, conseguiram ver os dançarinos. Aquela parte da estrada tinha sido interditada, e lampiões dependuravam-se no alto.

Aubrey ficou surpresa ao ver os Wooten na área reservada para dança, junto com alguns outros rostos familiares cujos nomes já não lembrava. Ela e o sr. Bateman ficaram ali, observando a dança já bem adiantada em seu curso e com passos que pareciam complicados.

— Dançava muito, *princesse*, na vilazinha que chamava de lar?

Nunca aprendera. Fazendo uma carranca para si mesma, balançou a cabeça de um lado para o outro.

— Não diga que não! — Ele a girou para que pudesse olhá-lo. — É meu dever como cavalheiro corrigir tal absurdo.

A música parou bem naquele momento, e alguns casais se formaram quando os músicos começaram a tocar algo mais lento, algo romântico.

Sem dar a ela a chance de escapar, o sr. Bateman a puxou para fora da multidão, colocou a mão esquerda dela no próprio ombro, e a direita, na mão livre dele.

— Vou ensiná-la.

— Não posso. — Ela baixou a cabeça. — Seria embaraçoso demais.

Mas a mão direita dele estava nas suas costas, e ele parecia determinado.

— Queixo para cima. Olhe para mim.

E com um pouco de pressão da mão dele, junto com um cutucão, ela deu um passo para trás. Atrapalhou-se algumas vezes e, quando pensou que a reação normal dele seria rir da situação, ele apenas lhe deu um aceno de cabeça encorajador, posicionou os dois e recomeçou.

— Não posso — declarou, mas estava rindo e andando para trás diante da insistência dele. Então, o cavalheiro a puxou para a frente. Quando os passos começaram a parecer familiares, não pôde deixar de explodir em risadas, mais de felicidade do que de embaraço.

Um homem bonito a tinha nos braços, a música, tocada por diversos instrumentos de corda, flutuava pelo ar e, sobre a cabeça deles, as chamas trêmulas dos candeeiros se moviam com a brisa.

— É isto que é valsa?

Tinha ouvido falar da dança e do quanto era escandalosa. Obra do diabo, Winifred mencionara em uma ocasião.

O sr. Bateman riu.

— É uma variação. — Ele estava zombando dela, mas ela não deu importância.

Estava começando a pegar o jeito e, depois de um tempo, ele a conduziu para mais perto da música, em meio aos dançarinos.

— Estou pisando em seus pés — admitiu com tristeza, e ele se limitou a puxá-la para mais perto.

Quando a música tornou a acabar, ele não a soltou, mas esperou até que recomeçasse, dessa vez com uma melodia ainda mais lenta.

Talvez ela pudesse acreditar em magia, no fim das contas.

Os passos ficaram mais fáceis, e não havia outro lugar para olhar senão nos olhos dele. Nenhum dos dois sorriu, mas algo se passou ali, uma compreensão de que aquele momento era especial. De que tinha sido feito para os dois. De que nunca seria esquecido.

— Vou sentir saudade de você, Aubrey. — As palavras foram ditas baixinho, quase como se embargadas pela emoção.

— E eu, de você, sr. Bateman.

— Chance.

— É um nome incomum.

— É o diminutivo de Charles, mas também é o meu... Acho que estamos além dessas formalidades, não?

— Chance — experimentou o nome em sua língua. — Vou sentir saudade de você, Chance.

Ele a segurou mais perto, de uma forma que ela sabia que jamais seria considerada decente pela maioria das pessoas, mas não se importou. A noite acabaria logo. Quando sentiu os lábios dele roçando na lateral do seu rosto, ela se virou e pressionou a face no peito do cavalheiro. Respirando fundo, memorizou a textura da camisa e do casaco, o cheiro pungente que era uma mistura de sabão e suor e que, de alguma forma, parecia mais sedutor do que qualquer perfume que já conhecera. E, então, pressionou um beijo na frente da camisa.

Quando a música terminou, ambos ficaram nos braços um do outro.

— Devemos voltar a pé e sozinhos, *princesse*?

Ele era Chance. Ele significava risco.

A noite estava quase no fim. Aproveitaria cada minuto que pudesse.

— Não está muito cansada? — perguntou ele, quando ela demorou a responder.

— Não estou muito cansada. Sim, vamos voltar a pé e sozinhos. Vamos para casa.

Ah, mas não era ao lar deles que iriam, e a tristeza chegaria rápido demais. A música voltou a soar, mais animada dessa vez, e ele colocou a mão dela em seu braço. Juntos, eles se moveram por entre os dançarinos até conseguirem chamar a atenção dos Wooten. Chance lhes disse que ele e a esposa voltariam para casa a pé. Já tinham deixado o sr. Cão sozinho por tempo demais.

A sra. Wooten sorriu.

— Não nos esperem acordados! — ela instruiu. E, com um aceno de adeus, deu uma piscadinha para Aubrey.

Nem Aubrey nem o sr. Bateman falaram muito no caminho de volta. Mas ele a manteve ao seu lado como se não tivesse forças para soltá-la.

Então não me solte.

Uma súplica impossível. Algo ou alguém na vida dele tinha controle sobre ele. O cavalheiro havia jurado que não era casado, e ela sabia que ele não era um criminoso. Ele iria abandoná-la em um ou dois dias, e tudo acabaria.

Antes mesmo de entrarem na casa, o sr. Cão soltou uma torrente de latidos e os recebeu com entusiasmo quando chegaram à cozinha. O sr. Bateman, Chance, soltou a mão dela para poder acender algumas velas.

— Vou pegar a guia e levá-lo lá fora — Aubrey disse, rodeando a mesa com cuidado.

Os Wooten não tinham chegado ainda, e não havia razão para continuarem fingindo.

Ela voltou do sótão e o encontrou avivando o fogo do fogão.

— Eu vou com ele. Você não deveria vagar por aí sozinha quando está escuro.

Aubrey engoliu em seco, lembrando-se da última vez que ele levou o cachorro para passear.

— Certifique-se de que ele não escape desta vez.

Duvidava de que ele ficaria feliz por ter de perseguir o cachorro através dos campos no escuro naquela noite.

O dia tinha sido maravilhoso, mas cansativo. No sentido físico, sim, mas também emocionalmente. Não conseguia se lembrar se alguma vez se sentira tão alerta, tão viva. Saber que tudo acabaria em breve, no entanto, deixou-a exposta de um jeito diferente, e isso estava começando a angustiá-la.

— Ele não vai me derrotar pela segunda vez, princesa.

Aubrey mal enxergou o sorriso no rosto do sr. Bateman antes que ele se virasse com o sr. Cão em direção à porta.

Sem ter como prever quanto tempo ele ficaria fora, colocou um pouco da água quente no jarro, pegou uma das velas e foi correndo lá para cima. Não queria que ele voltasse só para descobrir que ela não tinha feito nada além de ficar na cozinha sentindo falta dele. Assim que chegou ao quarto no sótão, removeu, com relutância, o belo vestido que a sra. Wooten lhe emprestara e o colocou sobre a cadeira. O ar estava frio, mas sua pele estava quente. Assim que se despiu, removeu tanto da poeira daquele dia quanto pôde com a toalhinha, e então vestiu a camisola.

Ele não subiu imediatamente. Ela ouviu a porta fechar, e outros sons vieram da cozinha. Ele devia estar alimentando o sr. Cão ou dando a ele um pouco de água. Ficou tentada a deitar na cama com aparência confortável, mas eles não tinham discutido como fariam para dormir.

Não tinha certeza do que queria que eles fossem.

Confie em seu coração...

Não havia outro lugar confortável onde ele pudesse dormir, e os Wooten esperariam que ele estivesse no andar de cima, com ela...

— Aubrey?

Ela deu um salto. Estava tão concentrada naquela noite que não o ouviu subir as escadas.

O cabelo do sr. Bateman estava molhado, e ele tinha tirado o casaco. Ele havia dormido ao lado dela na tenda duas noites atrás, mas estar daquele jeito, no mesmo quarto, com apenas uma cama, parecia muito mais íntimo.

Não conseguiu deixar de observar os tufos encaracolados do peito nu que iam se revelando à medida que ele abria os botões da camisa.

Aquela podia muito bem ser a sua única oportunidade.

Lambeu os lábios e reuniu toda a coragem que conseguiu. Como, exatamente, uma dama poderia se oferecer a um homem? Com a luz de apenas duas velas, Aubrey o fitou com seriedade e, então, abaixou-se e puxou a camisola para cima até ela sair por sobre a cabeça.

Quando a deixou cair no chão, não conseguia mais voltar atrás.

Ele ficou paralisado, olhando-a, e todo o riso que normalmente estava presente nos seus olhos desapareceu naquele momento. Entretanto, podia ver o subir e descer do peito dele, o que significava que não estava completamente paralisado.

— Aubrey — ele falou seu nome em um gemido, quase como se sentisse dor.

— Deveríamos consumar nosso casamento.

Aubrey se perguntou como teve a audácia de proferir algo tão desavergonhadamente obsceno.

— Não seria justo com você — alegou, mas os olhos dele vagavam pelo seu corpo nu, e ele se aproximou. Chegou tão perto que o cheiro dele a rodeou. — Não posso...

Aubrey ergueu a mão e usou a ponta dos dedos para impedi-lo de falar. Deixou a outra mão abrir a parte superior da camisa para que pudesse tocar os pelos que achara fascinantes alguns minutos atrás.

Se não o tivesse naquele instante, tinha certeza de que se arrependeria pelo resto da vida.

— Não conheci o amor, Chance. Não conheci o prazer físico com um homem. É tudo o que peço de você esta noite. Só por hoje, você me amaria?

Ele cerrou a mandíbula, e a garganta se moveu quando ele engoliu em seco.

— Por favor — acrescentou.

Foi quando os olhos dele mudaram do autocontrole atormentado para algo mais, algo selvagem. Ele lambeu os lábios ao mesmo tempo que desabotoava a parte da frente da calça.

— Você vai me odiar um dia, Aubrey. Eu lhe garanto — ele disse, e passou a camisa pela cabeça.

— Jamais o odiarei — ela jurou.

Eles estavam muito próximos um do outro, sem se tocarem. Aubrey precisava que ele entendesse que ela não mudaria de ideia. Tinha passado boa parte da vida reprimindo os desejos, as necessidades. Naquela noite, talvez apenas naquela noite, ela os libertaria.

— *Que Dieu me vienne en aide!* — pediu ajuda a Deus.

Ele gemia enquanto ela arrastava a ponta dos dedos pelo seu peito, entre os mamilos eretos e planos, seguindo pela linha entre os músculos esculpidos de seu abdômen.

Ele deixou escapar um silvo quando a ponta dos dedos dela circulou seu umbigo.

Seu olhar desceu ainda mais e, embora estivesse sendo corajosa até aquele momento, acabou vacilando.

Mesmo ela tendo se despido na sua frente, ele não a tocara. Sua respiração ficou presa na garganta, e segundos viraram minutos, que viraram horas — foi o que pareceu —, até ele, enfim, erguer a mão. Mesmo naquele momento, só a tocou na bochecha.

Ele travava uma guerra consigo mesmo, e ela estava fazendo o melhor que podia para romper aquelas defesas.

— *Ma princesse.*

A mão desceu pelo seu pescoço, e um arrepio a percorreu. Aubrey agarrou a mão dele e a levou até seu seio.

— Toque-me.

Ele se aproximou com a cabeça já baixa e abocanhou seu ombro. O calor do hálito dele a aqueceu, ao mesmo tempo em que ela se apoiava em sua palma — a sensação do cabelo dele em sua pele, o calor que emanava do corpo dele.

— Toque-me — voltou a implorar.

Por muito tempo, sem que percebesse, tinha ansiado por uma carícia sensual, ansiado por aquilo, ansiado por ele.

Nunca havia tido a sensação de pele contra pele. Não *daquele* jeito.

Quando a boca dele finalmente capturou a sua, os joelhos quase cederam de alívio. E, como se ele tivesse percebido sua fraqueza repentina, pegou-a nos braços e a levou até a cama.

Reclinada sobre os cotovelos, teria choramingado se ele não estivesse se esforçando para tirar a calça. Aubrey lambeu os lábios em expectativa e, quando ele se virou, os olhos dela se arregalaram com admiração e surpresa.

O desejo dele estava muito aparente nas sombras tremeluzentes, sobressaindo-se dos pelos castanhos, parecendo ficar maior e mais latejante enquanto ela o observava.

Aubrey nunca tocara um antes, e seu querido sr. Bateman era muito maior e mais grosso que... Mas não, não pensaria no falecido marido.

Chance a pegou pela mão, puxou-a para si e envolveu seus dedos ao redor do membro.

Quente. Pulsante. Macio como seda. A mão dele se moveu com a sua ao longo da pele, deslizando, apertando.

Ela moveu a cabeça, fascinada.

— Vê o que faz comigo, *princesse*? Jamais duvide da sua beleza, do quanto é atraente. — E logo ele estava na cama, sobre ela, cobrindo-a. — Não posso lhe negar isso, mas toda a experiência será para você. Quero que saiba o que é prazer. Assim aprenderá que há mais no amor do que apenas dever.

Aubrey afastou as pernas, abrindo espaço para ele. É claro, ela não era nenhuma virgem. Um lugar secreto em seu cérebro sabia, esperava, que aquilo seria diferente com Chance, mas não podia ter certeza. Ficou ali debaixo dele e fechou os olhos com força.

— Aubrey. — Ele beijou o canto de sua boca com tanto carinho que ela não pôde evitar abrir os olhos de novo. — Relaxe, *princesse*. — A mão dele voltou a pegar seu seio, apertando a carne, esfregando o polegar sobre a ponta. — Diga-me do que gosta. Gosta disso?

Tudo o que conseguiu fazer foi suspirar.

A boca dele foi seguindo para baixo para capturar o seio que tinha negligenciado. Dessa vez, ela arqueou as costas.

— Gosta, *princesse*?

Ele puxou a carne com a boca, e ela perdeu o controle ao sentir os dentes e a língua dele.

Ele parou.

— Você precisa me dizer.

Ele estava olhando para cima, para observar os olhos dela.

— Eu... eu... gosto. Gosto, sim.

Não queria que ele parasse.

Dessa vez, ela chegou a gritar quando ele a puxou com a boca. A risada de satisfação de Chance vibrou por todo o seu corpo.

Tinha se perguntado como seria se deitar com aquele homem. Se fosse sincera consigo mesma, imaginara desde o momento em que o viu cuidando da égua. Ele a tocava sem pressa. Parecia que ia prolongar o ato de fazer amor deles como se este fosse um grande banquete.

— Chance... — O nome escapou de seus lábios.

Ele já tinha superado todas as suas expectativas.

A boca foi indo mais para baixo, passando pela pele macia do abdômen, enquanto uma das mãos vagava por sua perna e a outra continuava em seu seio. A visão da cabeça dele, do cabelo contrastando com a sua pele nua, por si só, já foi o bastante para excitá-la. A força bruta daqueles braços, daquelas mãos, tocando-a...

— Chance... — implorou novamente.

A boca foi ainda mais para baixo. O quê? *O quê?*

— Ah!

Ela arqueou a cabeça para trás. Homem perverso, perverso...

Aubrey perversa, perversa...

Lambidas quentes seguidas pelo ar frio. Ele sugava e lambia. Aubrey se agarrou aos ombros dele ao mesmo tempo que ele abria ainda mais suas pernas, segurando-a para que pudesse continuar com aquela depravação pecaminosa.

— *Très belle.* — A voz dele saiu esganiçada. Sentiu as palavras, sentiu o calor em partes de si que os próprios olhos jamais viram. — Perfeita. Corada. Rosada. — Ele depositou beijos lá e depois... — Muito molhada...

— Oh!

Ele deslizou um dedo para dentro dela e o moveu de uma forma que a fez empurrá-lo com os quadris. Precisava de mais. Precisava...

Precisava...

— Chance!

Seu mundo girou e a enviou até as estrelas. Uma combinação de prazer tão maravilhosa, tão aguda, que pensou que poderia ser dor. Ele virou o dedo, intensificando, e o moveu dentro dela, tocando lugares que devem ter sido feitos pelo diabo em pessoa.

Aquilo prosseguiu e, mesmo quando chegou ao fim, não foi o bastante. Queria-o. Queria que ele a cobrisse, que se tornasse parte dela, que a invadisse.

— *Princesse...* — ele disse, como se fosse uma prece.

Ele foi se movendo para cima, dando beijos ao longo de seu ombro e pescoço. Quando chegou à sua boca, ela sentiu o próprio gosto nos lábios dele.

E, quando ele se posicionou em sua entrada, a ânsia voltou a crescer.

— *Princesse...* — ele sussurrou baixinho.

Ele tinha parado de se mexer e, quando Aubrey abriu os olhos, mal pôde suportar a intensidade que viu no olhar dele.

— Tão preciosa. Tão valiosa. — Ele entrou nela com muita lentidão. — *Mon Coeur*.

Nunca tinha se sentido tão plena, tão completa. As palavras lhe faltaram. Só conseguia encará-lo, falando com os olhos.

Ele se enterrou mais profundamente.

E mais uma vez, um pouco mais.

— Sim, Chance — respondeu, por fim, como se ele tivesse lhe pedido permissão.

Só então ele começou a se mover e, assim como a tinha conduzido na dança mais cedo naquela noite, ele lhe ensinou o ritmo do amor.

A dor mágica dentro dela voltou a aumentar, só que ainda maior dessa vez. Os músculos esculpidos dos braços dele pulsavam sob suas mãos. A fricção entre eles foi o combustível da viagem.

E, ainda assim, ele a provocava, construindo e rompendo suas últimas defesas. Quando, por fim, a luz branca explodiu dentro dela, teve certeza de que tinha deixado aquele mundo.

Flechas de prazer perfuraram seu corpo e abriram caminho por ele ao mesmo tempo que Chance aumentava o ritmo e se enterrava nela tão completamente que Aubrey teve certeza de que eles tinham se tornado um.

Bem quando pensou que ele encontraria sua própria satisfação, ele se retirou de dentro dela de repente, arfando e se encolhendo, e o líquido quente que carregava sua semente se espalhou pelo abdômen dela quando ele se aliviou com um gemido.

Abrindo só um pouco os olhos, observou-o sair da cama e voltar com uma toalha. O corpo dele brilhava sob a luz das velas. Ele usou o pano frio para limpá-la, e depois limpou a si mesmo. Ver tanta ternura em um toque tão forte a comoveu até a alma. Ele tinha um físico magnífico, disso não tinha dúvida. Mas Aubrey também via o coração dele.

Quando ele finalmente se deitou ao seu lado, aproximando-a de si e puxando as cobertas, Aubrey suspirou. Ela dormiria. Eles descansariam. E, então, teriam o dia seguinte inteiro para ficarem juntos.

Mal podia esperar o sol nascer.

O despertar veio aos poucos. Aubrey se espreguiçou e, antes que as memórias da noite anterior começassem a escorregar para a sua consciência, ela estendeu a mão pelo colchão para se reconectar com ele. Quando as pontas dos dedos não localizaram a pessoa, ela abriu os olhos. Estava sozinha. Olhando ao redor, viu que o sr. Cão também não estava lá.

Sorriu. Ele levou o cachorrinho para fora, para não acordá-la.

Ter feito amor com Chance, com o seu sr. Bateman, foi uma revelação. O ato que experimentara enquanto estava casada não era sequer comparável.

Estava muito feliz por ter sido corajosa na noite passada. Muito feliz por ter finalmente dito a ele o que tinha desejado.

Ele a havia chamado de "meu coração" no idioma da sua juventude. Ele pode não ter citado a palavra amor, mas ele a amara com a boca, com as mãos e com todo o corpo.

Ansiosa para vê-lo, para olhar nos olhos dele, Aubrey se levantou e logo se limpou e vestiu a roupa. Ele devia estar lá embaixo tomando chá com o sr. e a sra. Wooten. Ele não tinha sido nada além de cordial e encantador com o casal hospitaleiro.

Amarrando as botas, imaginou se aquele sentimento dentro de si era amor. E, se fosse amor, o que significava? É claro que ele voltaria a Londres depois da festa. Talvez ele até mesmo pedisse para que ela fosse com ele.

A noite tinha sido inesquecível. De abalar suas estruturas.

De alterar o rumo da vida.

Será que também tinha sido assim para ele? Como não seria? Só que ele era homem, e um que, estava óbvio, sabia o que estava fazendo. O nervosismo substituiu um pouco da euforia enquanto ela descia as escadas da pequena casa.

Aubrey o mandou embora. Ele a tranquilizaria, com certeza, quando pudessem estar sozinhos de novo.

O sr. Cão pulou em suas pernas quando ela entrou na cozinha.

— Bom dia, sra. Bateman. Deixe-me servir o chá para a senhora. Uma pena o sr. Bateman ter sido chamado. E em plena viagem de núpcias, ainda por cima.

Aubrey sacudiu a cabeça, sem ter certeza de que tinha entendido direito.

— Chamado?

A sra. Wooten fez que sim, mas se virou para olhá-la com curiosidade.

— Ele disse que teve notícias de problemas em sua propriedade. Ele não lhe disse?

Sentindo-se como se tivesse levado um soco no estômago, mas sem querer que sentissem pena dela, Aubrey fez que sim.

— Sim, ah, sim, é claro. Vou verificar o estado da carruagem com o sr. Daniels.

Pegou o sr. Cão no colo e, quase como se estivesse em um sonho, cruzou a porta e saiu. De repente, a cozinha pequena pareceu não ter ar suficiente para ela poder respirar.

Ele apareceria vindo da parte de trás do celeiro ou andando, logo atrás dela. A sra. Wooten tinha de estar enganada.

Princeeesa...

Eu não iria embora sem dizer nada. Jamais a deixaria sem dizer adeus. Com certeza você sabe disso, não sabe?

Acreditara nele. Por que ele a deixaria agora? Depois da noite que tiveram juntos?

Tem de ser um erro. Tem de ser!

Eu não faria isso com você.

Ela andou ao redor de toda a casa, depois do celeiro, e entrou nele. Até mesmo caminhou um pouco pelo campo, indo em direção à estrada.

Ele não estava em lugar nenhum.

Olharia no celeiro de novo. A sra. Wooten tinha de estar errada.

Quando cruzou as portas imensas, dessa vez, foi recebida por sons, e seu coração se elevou até ela perceber que era o sr. Daniels, que tinha voltado com a carruagem consertada.

— O... sr. Bateman está com o senhor?

Odiou perguntar. Ele *não pode ter partido*.

O sr. Daniels olhou para cima.

— Ele comprou um cavalo na aldeia. Foi embora antes de o sol nascer. Estará pronta para partirmos em breve, sra. Bloomington? Temos uma roda nova em folha. Não devemos ter problemas com ela.

Sra. Bloomington.

Sentiu o coração parar de bater.

O sr. Daniels fez uma pausa no que estava fazendo e a olhou com severidade.

— Estará pronta para partir hoje?

E se ele voltasse para procurá-la? E se ele chegasse a Londres, e depois a Margate, e então percebesse que tinha cometido um erro? Uma parte irracional dela pensou que, se o esperasse ali, haveria esperança.

Mas ele nunca havia lhe dado qualquer razão para acreditar que se comprometeria com ela. Sacudiu a cabeça.

— Ele partiu sem se despedir.

A expressão do sr. Daniels mudou para pena.

— Deve ser melhor assim, se a senhora não se importa que eu diga. Não seria bom se chegasse a Londres, desacompanhada, tendo um cavalheiro por companhia.

Ele estava certo. Aubrey sabia que o sr. Daniels estava certo. Ele contaria a Winifred e a Milton quando chegasse a Rockford Beach? Muito provável. Com certeza, eles pensariam que ela se entregara de corpo e alma para o diabo.

E, talvez, de certa forma, foi isso mesmo que fez.

CAPÍTULO 13
Aubrey

Aubrey voltou para a casa devagar. Depois de dobrar a roupa de cama e de lavar as toalhas que usaram, ela juntou seus pertences e fez uma última inspeção.

Ele não deixara nada para trás. O quarto parecia mais vazio naquele instante do que quando haviam chegado. Tinha mesmo sido menos de vinte e quatro horas atrás?

Pegou a guia do sr. Cão e desceu até a cozinha. Depois de agradecer aos Wooten e prometer que os visitaria quando estivesse nas redondezas, finalmente atravessou o jardim e foi até o local onde o sr. Daniels aguardava, impaciente, com a carruagem.

Quando colocou o sr. Cão dentro do veículo, ele pulou no assento, farejou, desceu e pareceu confuso quando se virou para olhar para ela. Seu palpite era que ele estava procurando um certo cavalheiro com um leve sotaque francês.

— Ele se foi — Aubrey disse ao cachorro. — Somos só nós dois agora.

Acenou uma última vez pela porta e entrou para se sentar ao lado do bichinho.

Ao menos, tinha o sr. Cão.

Enquanto a carruagem se afastava do pátio, Aubrey ficou sentada ali, atordoada. Era como se Chance jamais tivesse existido, como se tudo fosse obra da sua imaginação.

Princesse.

Fechou os olhos, e memórias da noite anterior a invadiram. Ele a adorara com o próprio corpo. Ele a tinha feito se sentir mais sensual, mais linda, mais amável do que já se sentira em toda a sua vida.

Aubrey colocou os pés no banco e abraçou os joelhos. A dor da traição foi tanta que o corpo não conseguia processá-la. Estava entorpecida.

Perdida.

O sr. Cão deu um salto e lambeu o queixo dela.

— Vamos ficar bem — assegurou tanto para o cachorro quanto para si mesma. As palavras saíram sem força, no entanto. Tinham de ser verdadeiras. Já tinha suportado coisas piores, não tinha? — Vamos ficar bem — repetiu, dessa vez tentando convencer a si mesma.

À medida que os quilômetros passavam, a raiva foi se infiltrando aos poucos, substituindo o vazio dentro dela. Ele tinha prometido que não partiria sem se despedir... e, então, ele vai e faz exatamente isso! As coisas tinham mudado entre eles, não tinham? Quando fizeram amor?

É verdade que ele lhe dissera diversas vezes que se separariam em Londres, que eles tinham de dizer adeus. Mas...

Aubrey piscou. Fazer amor tinha mudado tudo, não?

Mas não tinha.

Aquele canalha autoritário, desonesto, devasso, imprestável e arrogante! Como ele se atreveu a sair de fininho de sua cama depois de tudo o que tinham vivido juntos e fugir sem nem ter a decência de se despedir?! Como ele se atreveu?

O sr. Daniels parou em uma pousada limpa, mas simples, antes do anoitecer, e ela não sentiu nem um pouco da temeridade que experimentara antes quando se registrava em um quarto. Não era uma menina tímida e inocente. Era uma mulher. Tinha até mesmo tido um amante.

No entanto, deitada numa cama estranha naquela noite, a indignação justificada desapareceu.

Ele a afastara de si em mais de uma ocasião. Não tinha ido atrás dela. *Ela* havia se despido na frente dele. O que esperava? Tinha se atirado nele de tal forma que ele não teve outra escolha que não fosse fazer amor com ela. E, então, havia sentido que não tinha outra escolha além de abandoná-la antes de chegarem a Londres. Ele deve ter temido que ela se agarrasse a ele com rogos e lágrimas.

E talvez tivesse feito isso mesmo.

Se tivesse agido como uma dama decente, como uma dama com princípios, ele não teria achado necessário fugir.

Ela se encolheu na cama desconhecida, repreendendo a si mesma, questionando coisas que tinha dito a ele. Repassando os numerosos avisos que ele lhe dera mais de uma vez.

Foi culpa dela. Só podia responsabilizar a si mesma.

No dia seguinte, à tardinha, quando a carruagem abriu caminho pelas movimentadas ruas de Londres rumo à sua casa, seu novo começo, fez o possível para reunir um pouco do antigo entusiasmo. Estava por conta própria. Não dependia de homem nenhum.

Quando o sr. Daniels parou o veículo do lado de fora da imponente casa de três andares com revestimento de tijolinhos, reuniu força suficiente para enfrentar quaisquer criados que pudessem estar na residência. Saiu da carruagem e foi para a calçada, segurando o sr. Cão com força e fitando o lugar com admiração.

O que aconteceu em seguida foi completamente inesperado.

A porta da frente se abriu e um cavalheiro elegante apareceu, seguido por dois lacaios uniformizados e depois por quatro criados, uma senhora mais velha de aparência amigável, duas criadas uniformizadas e uma mulher rechonchuda com o rosto sujo de farinha.

O cavalheiro fez uma mesura.

— Sra. Bloomington? Bem-vinda a Autumn House. Sou o sr. Carrington, o mordomo, e esta é a sra. Smith, a governanta.

Conforme ele apresentava cada criado, eles davam um passo à frente e faziam uma mesura ou uma reverência em sua direção.

Aubrey engoliu em seco. Mandou avisar que estava vindo, mas não dera uma data precisa para sua chegada. Ela conseguiu sorrir e assentir. E então os apresentou ao sr. Cão. Era como se até mesmo soubessem que ela chegaria com um cãozinho, como se um deles estivesse esperando perto da janela, aguardando sua chegada.

Enquanto a governanta levava Aubrey para dentro, o sr. Daniels e dois criados começaram a pegar seus baús. Jamais poderia ter previsto uma recepção tão calorosa e, pela primeira vez em dois dias, não se sentiu tão sozinha no mundo.

Flores recém-colhidas tinham sido postas em pedestais no saguão, e uma elegante escadaria levava a uma sacada que rodeava todo o cômodo.

A madeira brilhava, e junto do cheiro fresco das flores, um leve toque de óleo de limão pairava no ar.

— O quarto da senhora já foi preparado.

Descrente, Aubrey sacudiu a cabeça. Milton dissera que a casa da cidade estava vazia, que ela teria de arejar tudo, mobiliá-la, e que teria de contratar criados. Mas não foi o caso!

— A senhora se importaria de me mostrar as coisas? — perguntou à sra. Smith com timidez.

— Claro que não, senhora. Eu mesma ainda estou me familiarizando com o local.

— Então trabalha aqui há pouco tempo?

Aubrey tinha planejado entrar em contato com a agência de empregos. Seria possível que o coração de Milton e de Winifred tivesse amolecido e que tivessem desejado ajudá-la a preparar a casa nova?

— Na verdade, senhora, a agência trouxe todos nós ontem. Havia poeira por toda parte. Mas nos disseram para deixar tudo brilhando para recebê-la. Precisou de um exército, pode ter certeza. Trouxeram mobília nova, lençóis, pratos. Por aqui. — Elas subiram as escadas e viraram em um corredor muito bem iluminado. A sra. Smith, então, abriu uma das portas e a segurou para que Aubrey entrasse. — O quarto da senhora.

Aubrey entrou, girou, fazendo um círculo, e piscou, incapaz de aceitar que tudo aquilo era de verdade.

Uma imensa cama com dossel em tons de azul e dourado estava bem no meio do quarto, e a luz do sol entrava pelas janelas e iluminava um tapete de estilo indiano. Toda a mobília parecia, na verdade, novinha em folha. E mais flores tinham sido espalhadas por ali, deixando o quarto alegre e acolhedor.

Uma das criadas que parecia mais jovem apareceu à porta.

— Chrissy será sua criada pessoal, e uma modista virá assim que a senhora se acomodar para tirar suas medidas.

— Ah, mas...

Aubrey precisaria falar com o advogado. Não tinha certeza de que sua pensão seria suficiente para pagar todas aquelas despesas.

— Basta me informar quando estiver pronta, e mandaremos chamá-la.

Aubrey voltou a piscar, e lágrimas arderam no fundo de seus olhos. Parecia que o cunhado e a cunhada não a odiavam tanto, no fim das contas.

— Obrigada — finalmente conseguiu dizer.

Sentindo-se renovada após tomar um banho quente, comer uma boa refeição e, para sua surpresa, ter uma satisfatória noite de sono, logo no comecinho da manhã seguinte, Aubrey explorou a casa nova, ainda incapaz de superar o assombro. Tudo, desde a cozinha até a biblioteca, passando pelas duas salas de visita, estava perfeito para o que tinha em mente. Imaginou um sarau de poesia acontecendo em uma das salas enquanto discussões poderiam ser conduzidas na outra. Até mesmo um piano tinha sido posto no canto de uma delas, e a mobília parecia confortável e acolhedora.

Enquanto estava parada, de pé, na sala maior, o sr. Carrington apareceu.

— A sra. Smith me informou que deseja me fazer algumas perguntas. Como posso ajudá-la?

Aubrey fez que sim. Em nenhum momento da vida tinha imaginado que teria o próprio mordomo. E o sr. Carrington também não era um mordomo desleixado, ao que parecia. A sra. Smith disse que ele, anteriormente, havia trabalhado na residência de um duque. Estimou que a idade dele estivesse entre o fim dos quarenta anos e início dos sessenta. Ele ainda tinha uma cabeça cheia de cabelos, era robusto e estava em forma, e poderia muito bem ser considerado bonito. No geral, ele passava uma sensação de confiança.

— Eu... — começou. — Não esperava... — Apontou para os arredores. — Que tudo fosse tão bem-preparado para a minha chegada. Não posso deixar de me perguntar... Como? — Ela não estava explicando muito bem o que queria dizer.

Mas o mordomo não teve dificuldade para entender a pergunta.

— Pelo que sei, senhora, seu advogado, o sr. Burleson, está cuidando de tudo de acordo com os termos do testamento de seu finado marido. O sr. Daniels ficará mais do que feliz em levá-la para encontrá-lo. O escritório do sr. Burleson é na Bond Street. O sr. Daniels poderá levá-la hoje, caso seja a sua vontade.

— O sr. Daniels não voltará para Rockford Beach?

— Ele foi informado de que deveria permanecer a seus serviços, até onde sei.

Aubrey assentiu, pensativa, mas ficou ainda mais confusa.

— Sim, sim. Creio que eu deva me reunir com esse sr. Burleson.

Menos de uma hora depois, ela estava sentada em uma confortável poltrona de couro em frente ao homem que havia assumido o lugar do advogado que costumava administrar seus bens. O escritório tinha sido comprado, e ela, junto com alguns outros clientes, passaram a ser representados pelo cavalheiro à sua frente. Parece que tinha sido um evento recente.

Ele a assegurou de que fundos tinham sido reservados para seu sustento, assim como para a manutenção da casa, então ela não precisaria se preocupar com as despesas pelo resto da vida. E isso incluía custos como os com a criada pessoal, a modista e com entretenimento.

E sim, o sr. Daniels não trabalhava mais para Milton Bloomington, mas para ela, a menos, é claro, que ela quisesse contratar um condutor que estivesse mais familiarizado com a cidade.

Imagens de Chance sentado na carruagem invadiram seus pensamentos, dele segurando o sr. Cão. Às vezes, ao seu lado, outras no assento oposto, mas sempre eram aqueles olhos sorridentes rindo nos dela.

Memórias que torturavam o seu coração.

— Tenho uma pergunta, na verdade — falou.

— Fique à vontade para perguntar tudo o que quiser — disse o sr. Burleson, se inclinando para a frente.

— Seria possível... — Ela torceu o anel na mão. — ... comprar outra carruagem? Essa...

O sr. Burleson inclinou a cabeça.

— Acho que entendo. A senhora ficou viúva há pouco tempo, e a carruagem deve lembrá-la de seu falecido marido.

Não foi nisso que Aubrey havia pensado.

— Bem, hã, sim. Há o suficiente para a compra de outra? Podemos vender essa, é claro.

— Sem dúvida, sra. Bloomington. — Sorriu ele, com compreensão. — E quanto ao sr. Daniels?

— Nenhum problema com ele. É só a carruagem...

Sim, preferia não ser confrontada com lembranças de Chance, do sr. Bateman, segurando-a de forma reconfortante ou fazendo-a rir a cada vez que fosse dar um passeio.

— Não há qualquer empecilho. Aqui está o meu cartão. Por favor, mande me chamar se precisar de mais alguma coisa.

— O senhor tem certeza de que a carruagem não será uma despesa muito alta?

— É claro que não será. E, se precisar de alguma coisa, qualquer coisa, é só entrar em contato com o meu escritório.

Aquilo tudo era bem impressionante.

Naquela tarde, enquanto passeava pelo Hyde Park, que ficava a apenas três quarteirões da sua casa nova, maravilhou-se com o fato de que tinha praticamente tudo o que poderia ter desejado. Não, de fato, tinha tudo o que sempre desejara.

E, ainda assim, sentia-se morta por dentro.

Ao chegar a Autumn House, soube que havia visitas esperando por ela. Sim, visitas de verdade, esperando por ela na sala de visitas menor.

Chance?

Não perguntou quem era. Em vez disso, foi correndo até a porta e a abriu com impaciência.

É claro que não era ele. E o sr. Carrington dissera "visitas", não "uma visita". Duas damas mais velhas estavam sentadas no sofá de veludo que havia no meio da sala. Mantendo as costas empertigadas, as duas estavam vestidas de forma impecável. Com sua aparição repentina, as damas sorriram e começaram a se levantar. Outro visitante, um cavalheiro de aparência agradável, que parecia mais próximo de sua idade, também se levantou do lugar onde estava sentado.

— Eu... — Aubrey entrou com mais lentidão e se aproximou das duas damas. — Olá. Sou a sra. Aubrey Bloomington.

A mais baixa das duas, uma mulher com o cabelo ruivo encaracolado preso no alto da cabeça, brilhantes olhos azuis e um sorriso espontâneo, deu um passo à frente e acenou com a cabeça.

— Sou Lady Zelda, e estes são minha querida amiga, a condessa de Longthorpe, também conhecida como Lady Longthorpe, e seu filho mais novo, o sr. Jeremiah. Quando ficamos sabendo que Autumn House estava sendo aberta, sentimos o dever de passar por aqui e lhe dar as boas-vindas.

Uma lady? E uma condessa? Aubrey se afundou em uma mesura desajeitada. Nunca tinha chegado a conhecer pessoas com título.

— Senhora, condessa. — E então se virou para o cavalheiro. — Sr. Jeremiah. Sejam bem-vindos e, por favor, sentem-se.

— Minha nossa, mas a senhora não é uma jovem adorável? — a condessa disse, sorrindo, enquanto a estudava, ao que parecia. — Devo confessar que esperava alguém bem mais velha. Nossas condolências pela perda de seu marido no ano passado.

— Conheciam o sr. Bloomington? — Aubrey não pôde deixar de perguntar.

As duas mulheres se entreolharam.

— Nós o conhecemos há muito, muito tempo — respondeu Lady Zelda. — Há quase quarenta anos? — Ela se virou para a acompanhante para confirmar. Quando a outra dama fez que sim, Lady Zelda prosseguiu: — De fato. E, então, é claro, quando ouvimos que estava vindo morar aqui, quisemos ser os primeiros a lhe dar as boas-vindas. E convidá-la para ir à casa de Lady Longthorpe daqui a dois dias.

Lady Longthorpe se virou para dirigir a palavra a Aubrey.

— Espero que sua viagem tenha sido agradável. Sempre digo que as viagens que não têm muita animação são as melhores.

A viagem tinha sido agradável? Minha nossa, como poderia responder a uma pergunta como essa?

— Exceto por alguns contratempos... lamentáveis, foi bastante agradável — respondeu Aubrey, mas conseguia se referir a Chance Bateman como um "contratempo lamentável".

— É a sua primeira visita a Londres? — o cavalheiro sentado mais longe finalmente falou.

Aubrey respondeu que sim com a cabeça, ainda impressionada com a aparição dos visitantes — grata, mas surpresa.

Conversou com eles por mais cerca de dez minutos até que a condessa se levantou, junto com o filho e com Lady Zelda, anunciando que tinham outras visitas a fazer. Aubrey prometeu que iria à casa da condessa, mas se forçou a não se encolher quando o sr. Longthorpe se inclinou sobre a mão dela, com uma expressão cálida ao encontrar seus olhos.

Não que ele não fosse atraente, nem desagradável sob qualquer aspecto. Na verdade, ele era muito agradável de se olhar e parecia ser um cavalheiro bondoso.

Mas a traição do sr. Cochran Charles Bateman a deixara ferida. Depois de conhecer Chance, tinha começado a pensar na possibilidade de voltar a se casar. Mas, por amar o patife, duvidava de que algum dia conseguisse abrir seu coração de novo.

Seria viúva para sempre. O que talvez fosse melhor.

Tinha uma casa, renda, amigos. Parecia ter um futuro pela frente.

Se ao menos Chance Bateman não tivesse aparecido para arruinar tudo em sua vida, ela talvez tivesse conhecido a verdadeira felicidade.

PARTE DOIS

CAPÍTULO 14
Chance

1825 (dois anos depois)

Chance soltou a rosa vermelha sobre o monte de terra recém-mexida e recuou. Uma lápide seria posta dali a alguns meses, dando tempo para que fizessem um monumento digno de uma duquesa. Essas coisas práticas, essas coisas mundanas, requeriam tempo.

A esposa mal tinha completado vinte anos ao morrer. O tempo não tinha estado a favor dela. E, ainda assim, ela estava em paz naquele momento. A dor que tinha suportado pela maior parte da vida pôde finalmente cessar. Ninguém havia esperado que ela fosse viver muito mais tempo do que tinha vivido.

Chance se perguntou quando recomeçaria a viver. Parecia que sua vida tinha parado dois anos atrás, quando deixou a mulher que amava para se casar com uma que ele mal havia conhecido.

Não tinha sido um casamento, na verdade. Mas fez o melhor que pôde para que ela ficasse confortável.

— Acabou. Finalmente. — Uma das mãos o tocou no ombro. — Cumpriu a sua obrigação, pagou a sua dívida. A pergunta é: o que você fará agora?

Chance estava livre, mas será que estava mesmo? Era esperado que ele passasse um ano de luto. E mais um ano sozinho.

Se fosse a Londres, não haveria como evitar vê-la.

Chance deu de ombros ao olhar para o amigo.

— Não sei.

Hollis sabia de tudo. Sabia das verdadeiras circunstâncias que levaram Chance ao casamento, sabia por que tinha sido daquele jeito, e o maldito sabia sobre Aubrey.

Em um momento de fraqueza, durante uma noite de bebedeira, Chance contou tudo sobre a jovem viúva de cabelos avermelhados por quem se apaixonara no pior momento possível. Hollis sabia como tinham se conhecido, o que Chance havia sentido por ela e como a abandonara.

A memória daquela manhã sempre conseguia assombrá-lo. Ele a magoara, sabia disso, e, ainda assim, ela iria ter mais chances de ser feliz se não esperasse por ele. Ela poderia seguir adiante se o odiasse.

E, então, ele fizera a única coisa que prometera que não faria. Tinha partido sem dizer adeus.

— Ela está em Londres. Não se casou novamente. Já pensou em ir falar com ela? Já pensou em contar a verdade?

Hollis tinha o irritante hábito de simplificar demais situações complicadas.

Uma rajada de vento gelado cortou o campo, espalhando folhas mortas havia muito tempo pelo cemitério da família. Chance e Adelaide haviam enterrado a mãe ali havia pouco mais de um ano, ao lado do pai. No período de dois anos, tudo mudara. Sentia-se décadas mais velho do que o homem que tinha acompanhado Aubrey naquela viagem inesquecível. Não podia esperar que ela fosse a mesma mulher que conhecera por tão pouco tempo. Sua *princesse*...

— Se esperar um pouco mais, poderá muito bem perder sua única oportunidade. Os cavalheiros do *ton* a notaram. Ela não é só linda, mas também inteligente, encantadora... e rica. Ela vai acabar aceitando algum deles. Precisa se perguntar, meu amigo: deseja viver com o arrependimento? Deseja viver sem nunca saber o "e se"?

Chance olhou o melhor amigo de soslaio e fez uma carranca.

Não tinha se passado um único dia em que ele não pensara nela. Foram pouquíssimas as noites em que não tinha sonhado com ela. Sonhado com o sabor dela na sua língua, sonhado com o membro enterrado no calor dela.

Dois anos.

Nunca havia tido a intenção de fazer amor com ela. Havia ansiado por fazer, havia fantasiado com aquilo, mas prometera no início da viagem que não faria. Havia renovado a promessa repetidas vezes conforme foi conhecendo-a melhor.

Chance tirou o chapéu e passou a mão pelo cabelo. Tinha escolhido voltar a pé para a mansão, apesar do frio, e Hollis tinha ficado com ele.

Enquanto uma tempestade se formava, até mesmo o sobretudo fez muito pouco para impedir que os ventos cortantes que vinham do mar e sopravam pelos campos estéreis o congelassem até os ossos.

No fim das contas, tinha quebrado mais de uma promessa: a que havia feito a si mesmo, e a que havia feito a ela.

— Se ela não me odiar mais, então é provável que tenha esquecido a maior parte do que se passou.

Hollis soltou uma risadinha.

— As mulheres não esquecem esse tipo de coisa, meu amigo. Mas é a sua vida. Se estiver disposto a ficar aqui em *Palais de le Secours*, nutrindo seu maldito coração partido, bem, a decisão é sua. Mas você não tem sido o mesmo desde o seu casamento, e eu tinha esperanças de que, se confrontasse o passado, talvez voltasse a ser sua versão de antes.

— Voltará para Londres em breve?

Hollis tinha responsabilidades lá. Deveres. Familiares. Amigos... Uma vida.

— Na semana que vem.

Os dois prosseguiram com a caminhada, ambos presos aos próprios pensamentos. A viagem de *Secours* para Londres não era curta. A depender do tempo, dos cavalos, das estradas, poderia levar de duas a três semanas.

No entanto, tinha conseguido fazer a viagem em menos de uma semana em algumas ocasiões.

Ao que parecia, tinha tido sonhos demais envolvendo sua *princesse*, porque a curiosidade estava começando a levar a melhor sobre seu cavalheirismo. E se ela o perdoasse? E se ainda o amasse? Duvidava de que fosse possível, mas poderia viver consigo mesmo se nem ao menos se desse o trabalho de tentar descobrir?

Já foi cavalheiresco o suficiente, talvez fosse hora de ir atrás da única coisa que já desejou na vida.

— Como foi?

Adelaide olhou para Chance enquanto ele entrava na sala de visitas que fora a favorita da mãe. Embora a irmã usasse preto da cabeça aos pés, ela não havia comparecido ao funeral. Não esperavam que as mulheres fossem, e Chance não havia tentado convencê-la do contrário.

Adelaide tinha se tornado amiga de Hannah, a mulher que fora sua duquesa por um curto período, mas a própria irmã tinha sofrido muito nos últimos anos. Chance fez o melhor que pôde para ajudá-la a manter o equilíbrio que havia alcançado depois de toda a... feiura.

Ele encolheu os ombros. A morte nunca era bonita.

— Foi... triste.

Adelaide fez um aceno com a cabeça.

A ironia daquela situação é que a morte de Hannah foi uma tragédia, sem dúvida, mas não tanto, nem de longe, quanto sua vida tinha sido.

— Ela está em paz agora. As últimas semanas foram... — A irmã fez uma carranca e sacudiu a cabeça. — Ela sentiu muita dor. Estou aliviada com o que aconteceu. — Hannah tinha lutado para respirar. O médico fez tudo o que pôde para deixá-la confortável, mas a agonia tinha sido visível para todos. — Como você está?

Chance voltou a dar de ombros. Ele estava... entorpecido. Aliviado. Sim, ele também estava aliviado pela esposa não estar mais sofrendo. Mas também...

— Livre?

Só conseguiria admitir aquilo para Adelaide e talvez para Hollis. Os dois conheciam a verdadeira natureza, assim como as circunstâncias do seu casamento.

Não que não tenha feito Hannah ser parte da família, mas nunca tinham sido marido e mulher de verdade.

— Irá procurá-la?

Mas que inferno! Ele nunca deveria ter contado sobre Aubrey a Adelaide. Já era ruim ter dito a Hollis. Adelaide, no entanto, havia notado o anel que ele usava na mão direita. Quando ela perguntara sobre o objeto, Chance não havia estado em seu melhor momento. Tinha passado por muitos períodos como aquele durante os últimos dois anos.

Mas ele iria atrás dela, da sua *princesse*?

— Ao menos tente explicar o que aconteceu. Sei que quer me proteger, mas se a sra. Bloomington é a mulher por quem se apaixonou, confio que o meu segredo está a salvo com ela. Tem a minha permissão para contar... tudo.

Chance não se sentou. Em vez disso, atravessou a sala e olhou pela janela. Era viúvo agora. A sociedade esperaria que ele estivesse de luto... Embora costumassem dar aos homens liberdades nesse quesito que as mulheres normalmente não tinham. Não que Chance estivesse preocupado em proteger a própria reputação... Somente a de Adelaide.

— Não quero deixá-la sozinha.

O que era verdade. Embora a irmã tivesse se mantido longe de problemas desde aquela noite fatídica, Chance se preocupava com ela.

— Você não pode me vigiar para sempre — ela respondeu, de onde estava sentada. — Além do mais, não estou sozinha. Tenho Harrison por perto.

Chance revirou os olhos. De todos os homens que a irmã poderia ter escolhido para se comprometer por meio de um casamento, tinha de ter sido Harrison. Harrison Beecham, o visconde Bering.

— Está falando do visconde Bléééring?

— Lorde *Bering* não *é* "blééé". De qualquer forma, além dele, tenho as reuniões da associação das damas. Estarei ocupada — adicionou ela, e logo ficou séria. — Pode confiar em mim, Chance. Se acha que ainda a ama, e se acredita que há uma chance, quero que vá. Iria ser de grande consolo para mim. Talvez até mesmo amenize um pouco da minha culpa...

— Nunca a culpei por nada do que aconteceu — Chance interrompeu a irmã e se virou para fitá-la. Ela usava o cabelo, da mesma cor que o dele, preso em um coque simples, mas bonito. Os olhos azuis não guardavam mais segredos, estavam mais arregalados, honestos e transparentes. O vestido era simples, mas também muito bonito.

Ela havia mudado.

Estava mais forte agora.

— Tem sido um ano difícil.

Em razão da morte da mãe, primeiro, e depois da enfermidade de Hannah.

— E, ainda assim, eu não sucumbi. — A irmã mais nova lhe deu um sorriso tímido. — Não sou criança, Chance. Pode seguir com a sua vida agora.

Aos vinte e oito anos, a declaração dela era verdadeira. E, ainda assim, ela sempre seria a sua irmãzinha.

— Estou orgulhoso de você. — As palavras quase ficaram presas em sua garganta. Ela poderia facilmente ter desistido de sua vida e, ainda assim, tinha lutado para se reencontrar. Mais do que isso, ela havia se aceitado.

E Lorde Bering parecia ter seguido o mesmo caminho.

Adelaide se limitou a encará-lo.

— Irá procurá-la? — ela voltou a perguntar.

Chance travara essa batalha consigo mesmo desde o momento em que o corpo de Hannah tinha sido baixado na terra. Não tinha sido uma conduta adequada, supunha. Mas uma parte dele não se importava.

— E se ela estiver comprometida com outro homem, ou casada?

Mas ela não estava, segundo Hollis.

— E se não estiver? — rebateu Adelaide.

O coração de Chance acelerou ao pensar que talvez houvesse esperança. Entretanto, ele não respondeu. Preferiu continuar encarando a janela.

— Harrison e os pais me convidaram para jantar amanhã à noite. — Ele mal ouviu a voz de Adelaide. — Aceitei porque, apesar de estarmos de luto, eles são praticamente da família. Você tem alguma objeção?

Chance só fez que não, ainda perdido na possibilidade...

— Não achei que fosse ter. Irá comigo? Sabe que o convite sempre se estende a você.

Será que ela poderia perdoá-lo? Será que ela poderia amá-lo de novo?

— Chance? Você me ouviu? Vai comigo ao jantar na casa dos Bering?

A voz da irmã o arrancou dos pensamentos.

— Infelizmente, tenho de recusar — respondeu. — Viajarei para Londres, enfim. Tenho negócios urgentes a resolver que já adiei por tempo demais.

Ao ouvir as palavras dele, Adelaide abriu um sorriso largo.

— Bom, com certeza você tem...

CAPÍTULO 15
Chance

Dois anos e duas semanas antes
(Quatro dias depois de Chance abandonar Aubrey)

Prosser Heights, Margate
Propriedade de campo do conde de Beresford

Chance puxou a gravata em volta do pescoço. Naquela manhã, o adereço estava mais apertado do que o normal. Iria trocar uma palavrinha com o valete, Edward. O fato de ele estar se casando não significava que queria um laço de corda de verdade ao redor do pescoço. Se isso fosse o que ele realmente desejava, então...

— Tem certeza de que quer levar isso adiante? — Hollis encheu dois copos com uma bebida âmbar condimentada e entregou um a Chance. — Você poderia tentar a sorte. Seu título pode ser francês, mas você ainda *é* um duque. É bem provável que não seja condenado.

— Assassinato, Hollis. Matei um maldito visconde.

— Em um duelo. Você poderia muito bem ter morrido, em vez dele.

— Acha que os pais de Lorde Groby se importam com isso? Acha que se importam com o fato de que aquele canalha mereceu? — Chance balançou a cabeça, voltando a puxar o tecido ao redor do pescoço. — E me recuso a me arrepender. É provável que Adelaide não tenha sido a única a sofrer nas mãos dele. É provável que ela não tivesse sido a última.

— E é isso que conseguem em troca do silêncio deles. — Hollis bufou. — Que você se case com uma menina sem saúde.

— Quantos outros homens com título você acha que se interessariam em se casar com Lady Hannah? Os pais dela não estão interessados em dinheiro. De acordo com os termos do título deles, Lady Hannah pode herdá-lo, mas, se ela não tiver herdeiros, o título será suspenso. Ela é a única oportunidade que eles têm de manter a linhagem.

— Eles estão enganando a si mesmos. A menina não será capaz de ter filho algum, que dirá um saudável.

Hollis engoliu o uísque e passou a mão pelo cabelo. A frustração dele se equiparava à que Chance sentira meses atrás.

Desde então, acabou aceitando o próprio destino.

Desde então, também conheceu Aubrey. Engoliu em seco. Impossível.

— Lady Hannah será minha esposa, Hol. Não posso permitir que fale mal dela.

Sua única opção tinha sido se apresentar em Prosser Heights, casar-se com a filha do conde de Beresford e se conformar com o próprio futuro. Em troca do silêncio deles sobre a morte do filho e do comportamento de Adelaide, o prazo que Chance tinha recebido terminava no dia de seu trigésimo aniversário. Aquilo não só assegurava que Chance não faria uma viagem sem volta até a forca, mas garantiria que a reputação de Adelaide permaneceria intacta.

Beresford não macularia a reputação da própria família. Ao se casar com a filha do conde, Chance se tornaria um deles. E Adelaide também.

Hollis voltou a encher os copos. Apesar de mal serem nove da manhã, eles já tinham bebido metade do decantador.

— Sendo assim, deixe-me ser o primeiro a lhe desejar felicidades. E feliz aniversário, também. Que Deus me livre de me encontrar na mesma posição que você quando fizer trinta anos. — Ele ergueu o copo em um brinde zombeteiro. — Que Deus o ajude e o proteja, e que sua consciência lhe permita ter uma amante.

Chance resmungou, mas ergueu o copo, ainda assim. Ele não teria. Era cedo demais para pensar em estar com outra mulher que não fosse a que tinha abandonado há apenas quatro dias. Perguntou-se quando fecharia os olhos e não veria o rosto dela.

— Mas que inferno, Hollis. Não tenho escolha. Acabaria na forca, você bem sabe, mas Adelaide e minha mãe sofreriam demais. E Adelaide não é forte...

Bem naquele momento, o vigário apareceu à porta junto com o conde e a condessa de Beresford. Atrás deles, uma enfermeira empurrava a cadeira de Lady Hannah.

A menina, que mal tinha dezoito anos, parecia pouco mais velha do que uma criança. O cabelo castanho e fino tinha sido trançado e preso em uma coroa no alto da cabeça, e o couro cabeludo estava visível entre as partes. Os olhos cinzentos e sem brilho que complementavam a pele branca como papel se ergueram para olhar os dele. Ela parecia aterrorizada.

Aquilo não era culpa dela, mas obra de seus pais obstinados. Jamais descontaria sua insatisfação naquela jovem.

— E então? Estamos prontos?

O vigário tentou dar significado à ocasião com um pouco de alegria.

Chance fez que sim e, então, virou-se para a noiva.

— Lady Hannah?

Ela hesitou, mas logo assentiu.

— Muito bom, sim, muito bom. Vamos começar, então? Vossa Graça, fique de pé aqui, e a noiva... — o vigário vacilou.

A enfermeira empurrou Hannah mais para dentro da sala, posicionando a cadeira bem ao lado de Chance.

— Muito bom, muito bom... — o vigário disse, abrindo o livro de orações, e começou.

Por um instante, imaginou o que tinha acontecido com todo o ar da sala. A gravata, maldição. Ela estava praticamente estrangulando-o.

Não era a gravata.

Não conheci o amor, Chance. Não conheci o prazer físico com um homem. É tudo o que peço de você esta noite. Só por hoje, você me amaria? Ela havia sido irresistível para ele praticamente desde o momento em que se conheceram. Ele precisara juntar toda a autodisciplina possível...

Jamais o odiarei.

Desde que a deixara, a voz dela sussurrava em sua memória coisas das quais jamais se esqueceria.

Encontrará paz e felicidade na vida. Ela o pegara de surpresa com aquela declaração. *Talvez seja a magia do riso que carrega no peito.*

Magia, é? Ele rira. Quando esteve com ela, quase conseguiu acreditar naquilo. *Acho que é você quem carrega a magia,* princesse.

— Cochran Charles Bateman, duque de Chauncey, aceita Lady Hannah Marie Ormond como sua legítima esposa...

Aubrey teria sentido grande compaixão por Lady Hannah.

— Aceito — respondeu, solene.

Chance tinha feito tudo o que podia por Aubrey. Ela ficaria bem. Era forte, inteligente... linda. Visões de sua pele nua, memórias de seu sabor invadiram a mente dele.

— Aceito — a voz ansiosa de Lady Hannah interrompeu seus pensamentos.

Mal conhecia a moça e, ainda assim, ela estava se tornando sua esposa.

— Está com as alianças? — perguntou o vigário.

Chance se virou e pegou os dois anéis de ouro que Hollis lhe entregou. Ele olhou para baixo, no entanto, e percebeu que ainda usava o anel que ele e Aubrey compraram juntos. Removeu-o com tanta discrição quanto possível e o colocou na mão direita.

Não seria bom estender a mão para a nova esposa usando o anel que outra mulher havia colocado em seu dedo.

Aubrey acreditara nele, e Chance a decepcionara. Demais. Talvez pudesse expiar um pouco dos pecados com aquela pobre menina. Ele a levaria para *Secours,* longe da pressão a que os pais a tinham submetido. Sua jovem esposa, sua duquesa, iria se beneficiar da companhia da mãe e de Adelaide. Elas a apoiariam. Duvidava de que a menina tivesse tido muitos amigos. Até onde sabia, ela havia sido mantida dentro de casa, longe das pessoas, pela maior parte da vida.

Faria o melhor que pudesse para mantê-la confortável. Tinha decepcionado a mulher que amava, e compensaria um pouco daquele erro com a nova esposa.

CAPÍTULO 16
Chance

Dois anos e duas semanas DEPOIS

— Não posso simplesmente aparecer na porta dela dizendo "Oi, *princesse*, lembra-se de mim? Sinto muito por ter ido embora sem me despedir. Tive de me casar para evitar ir para a forca, mas agora estou muito livre e muito vivo. E, a propósito, sou um duque".

Chance e Hollis tinham chegado há três noites e, em vez de irem à Chauncey House, a residência ducal, na Curzon Street, acharam melhor se esconderem na residência do tio de Hollis, que ficava do outro lado da rua do parque, no Hyde Park Place.

Assim que soubessem que Chance estava em Londres, seria impossível manter a discrição. Não poderia permitir que Aubrey soubesse da sua verdadeira identidade por um estranho ou, que Deus não permitisse, por um folhetim de fofoca. Ele tinha sido bem conhecido antes de se casar com Hannah.

Ela era uma jovem inteligente e poderia juntar as peças do quebra-cabeça com facilidade. Se ficasse sabendo que Chance Bateman, o duque de Chauncey, estava na cidade, talvez ele nunca fosse capaz de convencê-la da verdade.

A abordagem teria de ser cuidadosa. Precisava que a estratégia e o momento fossem perfeitos.

— Por que não aparecer na porta dela? Os fatos não mudarão. Se ela o ama, acabará aceitando. — E lá ia Hollis novamente, simplificando demais o impossível. — Ela com certeza não o perdoará se ficar aqui escondido.

— Preciso ter certeza de que ela não está comprometida com ninguém. Preciso vê-la primeiro. Preciso ver... — a voz de Chance esvaneceu. Ver o quê? Se ela estava feliz? Se ela ainda era tão linda quanto se lembrava? Se o coração reagiria da mesma forma que reagira anos atrás?

Mas ele já sabia a resposta para a maior parte dessas perguntas. Sabia que sentiria a mesma coisa. Ele só não estava pronto. Precisava fazer aquilo no tempo dele.

— Você é um maldito tolo, isso sim. — Hollis balançou a cabeça ao pegar o chapéu. — Que seja como for, *Vossa Graça*. — O velho amigo tinha um jeito de se referir a ele como "Vossa Graça" que era como se estivesse cuspindo nos seus pés. — Tenho de fazer minhas próprias visitas, então vou deixá-lo elaborando esse seu plano muito bem pensado. — Ele parou à porta, no entanto, e se virou. — Eu o conheço há muito tempo, meu amigo, e você já mostrou que pode ser um cretino arrogante quando quer, mas uma coisa que nunca pensei que fosse ver era Chance Bateman recorrendo à covardia.

Chance fitou a porta depois de ela se fechar, logo após o amigo irritante sair.

Ele não era um covarde, pelo amor de Deus.

Uma hora mais tarde, vestindo as roupas que tinha pegado emprestadas com o jardineiro e um chapéu cobrindo o rosto, Chance foi caminhando até a rua onde Aubrey morava. Ele conhecia a casa, é claro, já que havia organizado as intervenções apressadas antes da chegada dela. Por isso, não teve nenhuma dificuldade para encontrar o imóvel.

Esperou até bem tarde, pois, se ela planejasse dar um passeio no parque, ele poderia ter um vislumbre dela. Fingindo arrancar ervas daninhas no pequeno jardim que ficava a algumas casas de distância, Chance olhou para o relógio em torno de vinte vezes, mais ou menos, antes de notar alguma atividade na porta da frente da casa dela.

Uma caleche havia parado lá — um veículo muito elegante. Provavelmente era de algum dândi. Chance se agachou e observou um criado ajudar um cavalheiro alto usando renda e sapato de salto a sair do veículo. É claro que Aubrey não ia sair com um almofadinha daqueles, não é?

O sr. Carrington, seu antigo mordomo, abriu a porta para o dândi e fez sinal para ele entrar, como se o cavalheiro fosse uma visita habitual.

Chance se levantou e se esgueirou para o outro lado da rua, ficando uma casa mais próximo. Quando a porta voltou a se abrir, sua respiração ficou presa na garganta.

Deus do céu! Ele não tinha imaginado a beleza e a magia dela. Dois anos depois e escondido como um ladrão comum, ainda sentia todo o impacto que havia sentido cada vez que a vira antes, só que mais intenso.

O cabelo dela estava preso no alto da cabeça, e o vestido que parecia sofisticado, e, tanto quanto sabia, estava na última moda.

O dândi colocou uma das mãos nas costas dela, que se virou para sorrir para ele.

Chance teria preferido levar um soco na boca do estômago, mas não conseguiu se mover, não emitiu um "ai", até o condutor da caleche brandir as rédeas e conduzir o veículo pelas ruas.

Àquela altura, ele já tinha ido para a calçada. Quando olhou para o lado, encontrou os olhos do sr. Carrington, que simulou uma saudação despreocupada. Mas que inferno! O disfarce talvez não tenha sido tão eficiente quanto pensara que seria.

E, ainda assim, Chance não tinha certeza se o dândi era algo mais do que um pretendente eventual.

Na tarde seguinte, assumiu a mesma posição, mas ela não saiu.

Na manhã subsequente, no entanto, ele foi recompensado. Usando um belo vestido azul que o lembrou do traje que havia usado naquela última noite que passaram juntos, ela saiu sozinha.

Só que não estava sozinha. Segurava com força a guia, e o bom e velho sr. Cão gingava como um pato ao seu lado.

E, apesar de ter ficado feliz por não ver Aubrey com outro cavalheiro, não gostou muito de pensar que ela ficava andando a esmo por Mayfair desacompanhada. O "filho" não ia protegê-la caso algum ladrão resolvesse atacá-la.

Resmungando consigo mesmo, seguiu-a à distância. A voz dela, doce e sonora, transportou-se pela calçada quando ela cumprimentou alguns vizinhos. Ele quase tropeçou. Quantas vezes não imaginara aquela mesma voz chamando-o em seus sonhos?

Ela seguiu adiante como se tivesse uma mola nos pés, muito feliz consigo mesma e com o dia. Parecia, conjecturou ele, que Hyde Park era seu destino.

Vê-la tão despreocupada e radiante provocou em Chance um misto de sensações. Quem era ele para interromper aquela vida idílica? Depois do que tinha feito com ela, ficaria surpreso se ela se dignasse a falar com ele.

Uma rajada de vento varreu a rua, arrancando o chapéu de sua cabeça, fazendo-o cair junto com um jornal que estava voando. Dividido entre abandonar a perseguição e voltar para a casa de Hollis ou continuar, ele parou por apenas um segundo. É claro que ela não conseguiria reconhecê-lo se ele se mantivesse escondido, não é?

Acontece que ele ainda não estava totalmente pronto para não ficar perto dela. Ele só teria de ter cuidado e se manter afastado. Seria mais fácil assim que ela virasse a esquina para entrar no parque. Ele poderia se aproximar mais dela tendo as árvores e os arbustos para se esconder.

E ela parecia muito concentrada nas travessuras do sr. Cão, que mostrava interesse em cada pássaro que via, especialmente nos patos à beira da água. Vez ou outra, ele chegava ao ponto de soltar um latido baixo, mas logo era repreendido pela dona.

Daquela posição mais próxima, Chance podia apreciar o rubor das bochechas dela, e se lembrou de ter sentido a pele macia daquela mandíbula quando havia deslizado a língua por ela. Tinha beijado aqueles lábios, inferno, tinha explorado cada canto daquela boquinha rosada.

Ficou tão absorto examinando-a que deixou de notar as damas mais velhas andando ao longo do caminho.

— Vossa Graça! Ei! Chauncey? É o senhor?

Tinha sido descuidado. Malditos fossem seus olhos!

Chance olhou ao redor em busca de algum lugar para se esconder, considerou se podia virar de costas, cobrir o rosto, mas as duas damas pareciam decididas a não deixá-lo escapar.

— E ali está a sra. Bloomington! — gritou Lady Zelda impiedosamente.

Chance tinha perdido todo o controle da situação.

— Olá! — a voz de Aubrey devolveu o cumprimento.

Ela ainda não o tinha visto quando se aproximou das duas damas, mas o sr. Cão, o traidorzinho entusiasmado, puxou a guia para chegar perto de Chance.

Àquela altura, Chance poderia escolher fugir, se quisesse, poderia se esconder, mas as palavras de Hollis o assombraram. Ele não era um covarde! Posicionou os ombros para trás, ergueu uma das mãos para acenar na direção de Lady Longewood e se arrastou pelo caminho que levava até o local onde

Lady Zelda conversava com Aubrey... que o encarava como se estivesse vendo um fantasma.

— Que adorável surpresa! — Lady Zelda ergueu a mão para Chance se curvar sobre ela. A dama e Lady Longewood conheciam a mãe dele desde a infância. — Martha, não fiquei sabendo que Chauncey estava em Londres. Você ficou? — Seu olhar se moveu de Chance para Aubrey: — E é claro, não precisamos apresentar um ao outro. Ora, isto não é uma maravilha?

Aubrey parecia ter virado uma estátua de gelo. Seu rosto estava branco como papel. Enquanto isso, o sr. Cão saltava nas pernas de Chance.

— Minhas condolências pela perda de sua esposa, Vossa Graça. — Lady Longewood não era tão efusiva quanto a acompanhante.

Aubrey sacudiu a cabeça.

— Chance? A senhora o chamou de Sua Graça? — Ela olhou para o sr. Cão, e depois o olhar saltou de volta para o rosto de Chance. — Sr. Bateman?

Naquelas duas palavras, ela foi capaz de injetar, de alguma forma, todo o ceticismo, a mágoa e a descrença que ele já a havia feito sentir.

Chance se agachou e acariciou o pelo avermelhado do sr. Cão, massageando o pelo que sobrava ao redor do pescoço do cachorro. Ele ergueu os olhos para encontrar os dela.

— Olá, *princesse.*

Ao ouvir o apelido carinhoso e familiar com o qual ele se dirigira a ela, Aubrey saiu do estado de choque.

— Lancelot, venha — ela falou com firmeza para o cachorro. O pobrezinho pareceu bastante confuso, mas fez o que ela mandou. Optando por ignorar Chance, Aubrey se virou para as duas damas mais velhas responsáveis por aquele fiasco. — Adoraria conversar, mas estou com muita pressa. Tenho... Estou atrasada para uma reunião. Sinto muito...

Ela não esperou uma resposta. Preferiu dar meia-volta e seguir na direção pela qual veio, arrastando um relutante e perplexo sr. Cão atrás de si. Mas, não, ela havia chamado o sr. Cão de "Lancelot". Em homenagem à sua égua, Guinevere, talvez? Aquele pensamento lhe deu um pingo de esperança.

Lady Zelda e Lady Longewood o fitaram, surpresas.

— Mas vejam só! O que será que aconteceu com ela? — Isso veio de Lady Zelda.

Lady Longewood, no entanto, tinha sido um pouco mais observadora.

— O senhor *conhece* a sra. Bloomington, não é? — perguntou a Chance. Era como ser repreendido por uma tia implacável. Ela fez cara feia para ele e o olhou da cabeça aos pés. — E por que está vestindo trapos?

Só que Chance não tinha tempo para as perguntas delas. Precisava ir atrás de Aubrey. Precisava começar a se explicar.

— Por favor, senhoras, não estou oficialmente em Londres ainda — falou, olhando para trás. — Agradeceria se pudessem manter a informação para si mesmas. Farei uma visita outra hora e explicarei tudo, mas por enquanto... — Ele acenou e saiu correndo antes que Aubrey se afastasse demais.

De início, pensou que ela estaria voltando para casa, mas não a viu na direção da calçada. Até mesmo apertando o passo, ela não poderia ter ido longe a ponto de ficar fora do alcance da visão dele. Chance olhou para a esquerda. Ela deveria ter entrado na trilha que dava para as árvores.

Não tinha planejado persegui-la daquele jeito, mas se viu saindo no encalço dela, mesmo assim. Tinha desejado explicar tudo de uma forma mais calma, de uma forma que a fizesse entender que ele não era o monstro que parecia ser naquele momento.

Não foi só sua identidade que havia sido exposta, mas também o fato de que ele tinha sido casado. Apesar do calor que fazia naquele dia, ele começou a suar frio.

Assim que entrou no bosque denso, fez uma pausa e engoliu em seco. Se não estivesse enganado, os sons que vinham de detrás de um pinheiro razoavelmente grande eram soluços.

Saiu da trilha e olhou para ela com emoções conflitantes. Só de vê-la, de estar perto dela, seu coração disparou. Mas, com a mesma velocidade, ele se partiu e, um segundo depois, desintegrou-se em um milhão de pedaços.

A jovem despreocupada que caminhava feliz pelo parque há apenas alguns minutos tinha desaparecido. Ele tinha feito aquilo com ela.

Aubrey estava apoiada no tronco de um grande carvalho, com os ombros tremendo.

— Aubrey — ele disse, com delicadeza.

Ele a teria puxado para os braços, se ela tivesse deixado. Mas é claro que não podia fazer isso. *Ela não permitiria.* Para ela, ele era um estranho naquele momento. Pior que isso, era uma memória ruim do passado.

Antes que pudesse dizer qualquer coisa, ela se virou com ímpeto.

— Fique longe de mim! — A voz dela ficou embargada, e lágrimas nadavam naqueles olhos cor de esmeralda.

Chance não se moveu, temendo que ela talvez fosse disparar se ele desse outro passo em sua direção.

— Queria falar com você. Precisava lhe contar... algumas coisas.

Mas ela estava balançando a cabeça.

— *Você é um duque*? Não pensou em me dizer isso? E você era *casado*? Por que está aqui? Por que voltou agora? — A confusão e a mágoa óbvias eram mais cortantes do que a lâmina de qualquer espada. — Tem noção do quanto tem sido difícil para mim esquecer você? Não percebe o quanto tem sido difícil para mim seguir em frente?

Ela ergueu uma das mãos para secar as lágrimas que já estavam escorrendo pelo rosto.

A mágoa e a confusão na voz dela o lembraram da noite em que ele perdeu o sr. Cão. Só que, dessa vez, não havia o alívio por vê-lo. Só acusações de traição.

E sofrimento.

Naquele momento, desejou ter ensaiado o que poderia dizer se ela o encontrasse por acidente. A mente frenética procurava por algo que talvez a acalmasse, que não a fizesse odiá-lo ainda mais do que já odiava. Não tendo nada em mente, optou pela verdade.

Respirando fundo, ele começou:

— Queria falar com você, mas não deste jeito. Só queria vê-la... *Precisava* vê-la. Mas, toda vez que pensava em me aproximar, o seu dândi estava a reboque. Quando a vi sozinha hoje, eu a segui desde que saiu de casa.

Os olhos dela se arregalaram, horrorizados.

— Dândi? — Ela levou a mão à boca. — Você tem me vigiado? Há quanto tempo?

— Por favor, *princesse*, ouça.

Ele deu um passo à frente e, como era de se esperar, enquanto um gemido entrecortado escapou dos lábios de Aubrey, ela fez um movimento abrupto para escapar. Ele não se conteve e a segurou pelos ombros. Queria tocá-la, mas não daquele jeito. Não para *detê-la fisicamente*.

— Não me chame assim! — magoada, ela gritou. — Você prometeu que não partiria sem se despedir! Você prometeu. E depois... depois... você me abandonou!

Mas ela não tinha muita força para empurrá-lo. Chance odiou o fato de ela estar tremendo sob o seu toque.

Mas ainda não podia soltá-la.

— Por favor. Por favor, basta me ouvir. — E, então, ele não se conteve quando olhou nos olhos dela. — Você está linda como sempre. Por favor, Aubrey, só me deixe explicar.

— Depois de dois anos? — Ela engasgou com um soluço, um soluço alto e indelicado. — É um pouco tarde, não acha? Você precisa me soltar. Se eu, algum dia, tive alguma importância para você, então, por favor, solte-me agora!

Que diabos ele estava fazendo? Apertou os ombros dela em um esforço para transmitir... o quê?

Se ao menos pudesse fazê-la entender com um toque...

— Vou soltá-la, por ora. Mas escute sem me interromper. Estarei por perto. Só precisava... vê-la. Tanta coisa aconteceu. Não podia contar antes, mas agora tudo mudou. — Ele piscou quando percebeu a verdade em suas palavras. — Tive motivos para fazer o que fiz. E preciso contá-los a você. E assim que eu terminar, *princesse*, a deixarei em paz para sempre, se for o que você desejar. Prometo.

Àquela altura, ela já tinha se soltado dele e, de repente, pareceu assustada e até mesmo um pouco aflita.

— É tarde demais! Fique longe de mim!

— Ficarei em Londres até nos falarmos. Nunca estarei muito longe. Quando estiver pronta, estarei esperando.

Iria instalar-se em Chauncey House. Ficava a poucas quadras dali. Agora que sua presença na cidade era conhecida, não havia razão para permanecer em Hyde Park Place.

— Um duque! — ela praticamente cuspiu a palavra.

— Aubrey...

Mas ela não esperou nem um segundo a mais. Pegando Lancelot no colo, se virou e disparou em direção à rua. Dessa vez, teve certeza de que ela iria para casa.

Frustrado, Chance passou a mão pelo cabelo, e só então percebeu o erro que cometera ao não ir atrás do maldito chapéu.

Ao menos o cão ainda gostava dele. Aquilo tinha de significar alguma coisa. E, então, sorriu ao pensar nisto: ela havia batizado o cãozinho de *Lancelot*.

CAPÍTULO 17
Chance

Naquela noite, Chance se deitou na cama e repassou tudo o que ela lhe dissera. Hollis tinha estado certo sobre ela definitivamente não ter se esquecido dele. As pessoas não saíam correndo e irrompendo em lágrimas se não sentissem nada pela pessoa de quem estavam fugindo. Encorajou-se lembrando a si mesmo de que o amor e o ódio são dois lados da mesma moeda.

Chance só precisava arriscar a sorte novamente. E só poderia fazer isso se... Essa era a questão.

Ela precisava se reaproximar dele. Ela precisava confiar que ele não desapareceria sem nenhuma razão.

Na manhã seguinte, assim como fez na anterior, ele se vestiu, caminhou até Mayfair e assumiu o posto na frente da casa dela. Quando Aubrey saiu, virou a cabeça para observar ao redor, localizou-o, e logo o ignorou e foi para o lado oposto daquele onde ele estava. Dessa vez, havia uma criada no seu encalço.

Primeiro, pensou em segui-la, mas reconsiderou a ideia para ela ter tempo de controlar o gênio. A rua estava estranhamente calma depois que ela havia partido, fazendo o vazio persistir com a consciência de que ela não estava por perto. Chance fez cara feia ao contemplar uma pequena trilha e um portão de ferro que ficava à direita da casa. A tranca não lhe deu trabalho algum. Teria de falar sobre isso com ela mais tarde. Se ele podia invadir, qualquer um poderia.

Tendo o cuidado de não fazer muito barulho, passou pelo portão de ferro e seguiu o caminho de pedra que levava até os fundos. Embora houvesse algumas árvores crescendo entre a casa dela e a dos vizinhos, o jardim era praticamente só terra, com alguns trechos esparsos de grama e arbustos malcuidados espalhados de forma aleatória. Dois anos atrás, ela lhe dissera que faria um jardim de flores. Ah, sim, o velho Harry Bloomington achava que flores eram um desperdício.

Chance estudou o lugar mais um pouco antes de tirar um lápis e uma folha de papel do bolso e começar a fazer um pequeno esboço.

— Vossa Graça! — O sr. Carrington tinha vindo de lá de dentro e estava de pé no último degrau. — Gostaria de entrar para tomar um... chá?

Ao mesmo tempo, Lancelot veio correndo para cumprimentá-lo, com a língua balançando do lado esquerdo da boca, mas com os olhos arregalados de empolgação.

— Se não se importar... — Chance bateu na calça para remover a poeira, deu um pouco mais de atenção a Lancelot e entrou com o cachorro de pernas curtas em seu encalço. — Estou bem curioso para saber do progresso das coisas — acrescentou.

O sr. Carrington tinha sido mordomo de seu pai e, depois que o antigo duque faleceu, tornou-se um empregado leal de Chance, que tinha dado um aumento substancial ao experiente mordomo quando pedira a ele para ir trabalhar para Aubrey Bloomington. Sabia que o sr. Carrington, um profissional competentíssimo, ficaria de olho nela. E que cuidaria não apenas da segurança, mas também da reputação da dama.

— Minhas condolências pela morte de Sua Graça — disse Carrington ao levar Chance até seu escritório pessoal.

O brandy que ele serviu aos dois vinha do seu próprio estoque.

Chance não tinha dado grandes explicações ao homem mais velho quando chegara a Londres dois anos atrás, depois de fugir de Aubrey. Só tinha dito que a sra. Bloomington precisava acreditar que todas as melhorias eram parte da herança e pedido que o mordomo se certificasse de que nenhum aproveitador tirasse vantagem dela e que ela não ficasse por conta própria por tempo demais.

O sr. Carrington não tinha lhe perguntado o motivo uma única vez. Em vez disso, sugerira algumas damas de Mayfair que poderiam ajudar a impedir que Aubrey ficasse sem ter a quem recorrer. Chance mal havia tido tempo de visitar os conhecidos da mãe antes de partir para Margate.

— Ela está se saindo bem?

Chance se atirou na cadeira de madeira que ficava na frente da mesa do mordomo. Na verdade, não foi uma pergunta, mas Chance queria ouvir alguns detalhes da vida dela agora que a vira novamente.

O mordomo franziu a testa.

— Está, Vossa Graça.

Ante a súbita demonstração de reserva do mordomo, Chance percebeu que estava pondo o cavalheiro entre a cruz e a espada. Claro que o homem não ia querer dar informação demais sobre a atual empregadora, sobre Aubrey, mas, ao mesmo tempo, era Chance quem pagava uma grande parte do salário dele.

— Não pedirei que revele nada que eu não possa descobrir por conta própria perguntando por aí. Ela está... comprometida com alguém?

Chance precisava saber. Talvez ela estivesse, e então ele poderia se afastar. Esquecer tudo o que tinham vivido.

— Ela oferece reuniões mensais. Discussões políticas, leituras de poesia, saraus de vez em quando. No ano passado, conheceu o sr. Richard Cline. Ele era, aliás, é poeta. Ela acabou desenvolvendo uma grande confiança nele. Parece muito confortável com o cavalheiro, e creio que eles farão um anúncio em breve.

O coração de Chance parou de bater.

— Ele é digno dela?

Só de pensar naquele dândi... Richard Cline... aquele dandiota, tocando nela...

O estômago revirou. Não era tarde demais. Não podia ser. Apontando para um bloco de papel, uma caneta e um tinteiro, ele perguntou:

— Posso?

Carrington fez que sim e, alguns minutos depois, Chance soprou o papel e o dobrou ao meio.

— Pode colocar no quarto dela?

Carrington cerrou os lábios com força, mas fez que sim.

— Vou me certificar de que ela receba seu bilhete, Vossa Graça.

Tudo o que Chance conseguiu fazer foi dar um aceno com a cabeça. Precisava que ela confiasse nele. Ela precisava aceitar que as intenções dele eram honradas dessa vez. Estava lá por causa dela e de mais ninguém.

Havia escrito *Terá de falar comigo se quiser se livrar de mim*, e então assinado como Chance e passado o endereço e o número da casa para ela. Não seria nada muito fora do comum se ela fosse visitá-lo na casa Chauncey. Ela era viúva, e ele era viúvo agora. Mas ela iria?

Ao menos ela poderia encontrá-lo, quando estivesse pronta.

Ele a conhecia. Ela não era de fazer joguinhos. Em todo o tempo em que estiveram juntos, nunca a tinha visto ser falsa ou fingir enfado. Ela havia sido franca sobre o que sentia. Ela havia se entregado a ele sem esperar nada em troca e acreditado que poderia viver com tal acordo.

Mesmo naquela época, Chance soubera que ela precisava de mais. Também reconhecera amor nos olhos dela, um amor que combinava com o que ele sentia, um amor que, em última instância, ele próprio vinha sendo incapaz de negar.

Ela era uma mulher que não se entregava com facilidade, mas, quando o fez, foi de corpo e alma.

Esse tinha sido o problema para ele desde o princípio. Não queria aceitar o amor dela sabendo que não seria livre para se importar com ela, para cuidar dela, *para amá-la*, como ela merecia.

Mas não era mais esse o caso.

E, se ela alguma vez o amara, acabaria falando com ele. Ela teria de falar.

— E... Carrington? — Chance disse, levantando-se e resignando-se a sentir uma paciência que não tinha.

— Pois não?

— Se achar que ela é... feliz... com esse poeta, esse dândi, você me avisará?

O digno criado assentiu solenemente.

— É claro, Vossa Graça.

Chance soltou um longo suspiro. Supunha que teria de oficializar a sua presença em Londres. Agora que ela sabia que ele estava aqui, agora que ela sabia quem ele era, ele não tinha mais razões para se esconder.

— O senhor é o novo jardineiro? — uma mulher chamou do outro lado da rua enquanto ele chegava à calçada. Chance semicerrou os olhos, já que estava conseguindo enxergar basicamente a silhueta dela, apenas. Apesar do traje solto, de cintura alta, aquela silhueta revelava um corpo voluptuoso em formato de ampulheta.

— Só um amigo — respondeu, dispensando-a e se perguntando se Aubrey o considerava um amigo àquela altura.

A vida dele seria muito mais fácil se outra mulher pudesse capturar o seu interesse, sexualmente, intelectualmente... qualquer coisa.

Para a sua infelicidade, Aubrey, a sua *princesse*, era o seu tudo.

Duvidava muito de que isso mudaria tão cedo.

Ao que parecia, os empregados de Chance ficaram sabendo de sua chegada, pois, quando entrou na casa, tudo brilhava, e criados que não tinham visto Hannah, a recém-falecida duquesa, uma única vez, haviam coberto as janelas com crepe preto. Os homens usavam uma braçadeira negra, e as mulheres prenderam uma fita negra no chapeuzinho.

Chance teria de chamar o sr. Edwards, seu valete, que estivera fumegando de raiva silenciosamente em Hyde Park Place. Desde a chegada a Londres, Chance dispensara os cuidados dele para que pudesse usar roupas da classe trabalhadora.

A temporada, no entanto, estava prestes a começar, e Chance poderia esperar a bandeja no corredor se encher de convites em breve. O sr. Edwards poderia fazer o que quisesse, então.

Pensar nisso lhe deu a oportunidade de fazer uma pausa. Era possível que ele pudesse descobrir quais convites Aubrey aceitou e certificar-se de frequentar os mesmos lugares que ela. Sob tais circunstâncias, ele pareceria um respeitável cavalheiro do *ton*. Ele voltaria a fazer parte da vida dela.

— Bem-vindo ao lar, Vossa Graça.

Levou um segundo para Chance reconhecer o jovem que tinha assumido o lugar de Carrington.

— Drake? — perguntou.

— Isso mesmo, senhor. Estávamos esperando a sua chegada.

Chance balançou a cabeça. Estava óbvio que não tinha sido tão discreto quanto imaginara. Parecia que todo o mundo estivera ciente de seu paradeiro enquanto ele andara se esgueirando por Mayfair com seu disfarce. Deu de ombros e subiu para o quarto. Hollis o mantivera acordado a maior parte das noites e, de repente, Chance teve a sensação de que não dormia há eras.

Tinha estado desesperado para convencê-la.

Mas, por enquanto, precisava ser paciente.

Na manhã seguinte, Chance fez algumas paradas antes de ir à casa de Aubrey e, em vez de esperar do lado de fora, foi direto para os fundos. Quando os produtos que tinha pedido chegaram, ele já estava trabalhando duro remexendo a terra e arrancando os arbustos mortos. Ela queria um jardim de flores, então ele lhe daria o melhor jardim de flores que o dinheiro poderia comprar.

O homem que costumava cuidar dos jardins da casa Chauncey tinha sido de grande ajuda, apontando que Chance poderia fazer uma poda lá e usar muitas das mudas para povoar o jardim da sra. Bloomington. Primeiro, ele enviaria lilases, pés de groselha e sebes. No dia seguinte, Chance plantaria flores ao redor das plantas maiores. Ele não se lembrava de todos os nomes, mas insistiu que houvesse muitas centáureas e margaridas.

Elas o faziam lembrar de Aubrey.

Também tinha encomendado uma boa quantidade de material de construção, lembrando-se de que ela mencionara uma estufa. Equiparia o lugar com uma bancada e todas as ferramentas de que ela pudesse precisar para fazer mudas e cultivar bulbos. Orquídeas, tinha ouvido dizer, precisavam de muita atenção e de um ambiente com temperatura controlada.

Ela queria flores, então ele podia muito bem dá-las a ela.

Porém, quatro semanas depois, tanto seu entusiasmo quanto sua paciência estavam chegando ao fim.

Apesar de estar remexendo o solo nos fundos da casa dela, dando início a um paraíso botânico, ela ainda não tinha nem reconhecido a presença dele. Mas o vira. Ele sabia disso porque, em mais de uma ocasião, ele a tinha flagrado espiando pela janela.

É claro, nessas ocasiões, ela nunca deixava transparecer que o vira. Ela desviava o olhar e logo soltava as cortinas.

E, embora encontrasse algum conforto por estar perto dela, estava ficando aparente que teria de tomar medidas mais proativas. Enquanto tentava planejar alguma coisa, foi presenteado com a mais fortuita das oportunidades em uma das tardes que passou no White's.[1]

---

1   O clube de cavalheiros mais antigo de Londres. Lugares como esse eram dedicados a oferecer atividades recreativas a homens da alta sociedade. Muitos abrigavam salas de jogos, ambientes para fumar e bibliotecas. (N. E.)

De início, Chance não reconheceu o homem sentado à sua frente escrevendo com fervor em um caderninho de couro. Mas, após uma segunda olhadela, não havia como se enganar. Vestido de forma mais conservadora naquela ocasião, o homem com certeza era o que tinha acesso à mulher que deveria ser dele por direito.

— Cline, não é? — Chance perguntou, inclinando-se para frente com os braços apoiados nos joelhos.

Quando o desgraçado olhou para cima, Chance foi capaz de dar uma examinada ainda melhor nele. Sem dúvida, queixo fraco, cabelo castanho e sem brilho, já começando a ralear e fadado a desaparecer completamente dali a uns três anos, e um óbvio enchimento costurado sob os ombros do casaco e provavelmente também nas panturrilhas da calça.

Que diabos estava se passando na cabeça da sua *princesse*?

— Aubrey, Aubrey, Aubrey — sussurrou ele.

— Perdão? — o dândi indagou, olhando-o com curiosidade.

Chance se inclinou para a frente.

— Chauncey — disse, estendendo uma das mãos.

O Dandiota largou os escritos e lambeu os lábios.

— Vossa Graça? É um imenso prazer conhecê-lo. Richard Cline, a seu dispor, especialista em literatura e patrono das artes. Como sabia o meu nome, que mal lhe pergunte?

Chance sorriu para si mesmo.

— O senhor escreve poesia, não é? Acredito que ouvi falar de seu trabalho durante um jogo de cartas na semana passada.

O homem que conseguira se infiltrar na vida de Aubrey sorriu, aceitando com facilidade que uma conversa daquelas não poderia ter um caráter que não fosse lisonjeiro.

— Ouviu falar dele? Vários volumes do meu trabalho publicado estão disponíveis em muitas livrarias da cidade.

Chance tinha de aproveitar uma oportunidade como aquela.

— Ah, mas é sempre melhor ouvir a poesia sendo lida pelo autor em pessoa.

O homem franziu o cenho, mas, depois de um momento, animou-se.

— Já ouviu falar da sra. Ambrosia Bloomington? Faço leituras mensais na casa dela. Elas têm feito muito sucesso, e a sua presença seria mais do que bem-vinda, tenho certeza.

Por que Richard Cline não abrigava as leituras na própria residência? Ele não era abastado o suficiente para manter uma casa em Mayfair? Até onde Chance sabia, a poesia não era lá muito lucrativa.

O duque fez uma cara feia.

— Sra. Bloomington? Foi o que disse? Faço questão de evitar socializar com velhas feiosas, se é que entende o que quero dizer — Chance explicou, mexendo as sobrancelhas para cima e para baixo.

— Ah, mas Ambrosia, quero dizer, a sra. Bloomington, não é nada disso. É uma viúva jovem e bela. Na verdade, eu e ela temos um acordo não-oficial. Vamos nos casar no fim da temporada, depois que ela conseguir a aprovação de mamãe, é claro. Estou percebendo, Vossa Graça, que o senhor esteve longe de Londres nos últimos anos. Uma festa dada por Ambrosia Bloomington é considerada incomparável.

— O senhor disse "bela"? E talvez essa patronesse das artes seja rica também?

Chance não podia acreditar que Aubrey se deixara envolver por aquela fraude em forma de dândi.

O sr. Cline franziu a testa e sacudiu a cabeça de forma categórica. Mais categórica, Chance suspeitou, do que o necessário.

— Ah, mas não tenho informações sobre isso.

Chance tinha ouvido o bastante.

— Ficarei mais do que feliz em aceitar o seu convite. Onde mora a mais incomparável das damas e quando será a próxima leitura?

— O senhor está com sorte, Vossa Graça. Será amanhã à noite. Está marcada para começar às nove. Ficaremos honrados se o senhor se juntar a nós.

Chance riu baixinho. Um convite do Dandiota em pessoa.

Estava farto de esperar. Ela teria de falar com ele na noite do dia seguinte. Ela não faria uma cena. Chance a conhecia bem demais. Ela seria gentil, mesmo se não estivesse com vontade de se portar com gentileza quando se tratava dele.

CAPÍTULO 18
Chance

O sr. Edwards, ao menos, teve a oportunidade de vestir com esmero o seu empregador mais exigente.

Chance fitou sua imagem no espelho e fez uma carranca.

Primorosamente sufocado pelo lenço da gravata atado com habilidade, fitou o bordado dourado no colete, o paletó preto sob medida e se virou para olhar o corte justo — mas, de alguma forma, elegante — da calça. Embora a camisa de linho tivesse um babado na fileira de botões, ele impôs limites quanto à renda ao redor dos pulsos.

Era capaz de Aubrey ter dificuldade para reconhecê-lo.

Ele pisou na calçada às nove e meia. Não era nada sofisticado chegar na hora. E ele também não se deu o trabalho de ir de carruagem. A caminhada da casa Chauncey não era longa. Enquanto se aproximava da residência de Aubrey, carruagens se alinhavam por várias casas dos dois lados da rua.

Ao bater à porta, foi Carrington quem atendeu. O antigo mordomo, é claro, não o mandaria embora.

— Estou aqui a convite do Dandiota — informou.

O sr. Carrington deu um leve sorriso, balançando a cabeça, mas abriu bastante a porta para que Chance entrasse.

— Na sala de visitas grande, Vossa Graça.

— Ora, obrigado, sr. Carrington — disse Chance, e entregou ao mordomo a cartola e a bengala.

O sr. Edwards tinha amarrado aquele lenço pelo menos umas sete vezes no pescoço até considerar o resultado aceitável e, depois, insistido para que ele usasse cada acessório da moda conhecido pela humanidade. Chance quase riu alto quando tateou o objeto em seu bolso: um monóculo muito caro. Era quase como se o valete soubesse da natureza da missão de Chance naquela noite.

Era bastante provável que o maldito soubesse. Parecia que toda Mayfair sabia de sua vida ultimamente.

Àquela altura, Chance já tinha ido à casa de Aubrey um punhado de vezes e passara uma boa quantidade de tempo olhando pelas janelas, mas ainda não tinha entrado enquanto ela estava na residência. Ciente de que ela poderia aparecer a qualquer momento, ele fez uma pausa para respirar fundo e acalmar o coração acelerado. Com uma das mãos no bolso do paletó, caminhou despreocupado pelo saguão de entrada, vez ou outra levando aquela lente ridícula ao olho quando alguém o encarava por tempo demais.

A melodia do pianoforte vinha da sala menor, onde um punhado de convidados ouvia a música com educação, harmonizando-a de forma agradável com o murmúrio das conversas. Margeando os limites do recinto, Chance abriu caminho até a maior das duas salas públicas, onde os gracejos aumentavam e diminuíam, pontuados por uma risada ou outra.

Quando entrou, respirou profunda e subitamente.

Princesse, deveras.

Aubrey estava parada em pé conversando com duas damas de meia-idade e um cavalheiro mais jovem, assentindo e sorrindo de forma acolhedora. O glorioso cabelo tinha sido preso em um penteado com tranças intrincadas e cachos que trilhavam um caminho até os ombros. O vestido de veludo esmeralda que ela usava tinha mangas curtas e decote baixo, revelando mais do que uma insinuação do topo dos seios com formato perfeito.

Seios que tinham gosto de raios de sol e que imploravam para serem lambidos, chupados e provocados.

Por ele. Por Chance. Somente por Chance.

Ela deve ter pressentido sua presença naquele momento, pois fez uma carranca e se virou na sua direção ao mesmo tempo em que ele controlava os pensamentos caprichosos. Os olhos cor de floresta demonstraram surpresa e também desgosto, mas Chance pensou ter visto algo mais cintilar ali antes de ela poder esconder o que quer que fosse.

Empolgação.

Prazer íntimo.

Ou talvez estivesse enganando a si mesmo.

Bem quando chegou à conclusão de que ela iria ignorá-lo novamente, ela pediu licença e foi aonde ele estava.

— Minhas recepções são apenas para convidados, Vossa Graça.

Ela ergueu o queixo, desafiando-o. Chance não ouviu as palavras que ela de fato disse, mas leu a expressão nos seus olhos. As bochechas estavam coradas e, minha nossa, corada também estava a pele pálida que ameaçava transbordar do corpete.

— O Dandiota me convidou.

— Perdão?

— O sr. Richard Cline.

Linhas verticais minúsculas apareceram na testa dela.

— Ele não me avisou.

— Ah, bem, ele disse que você ficaria mais do que feliz por ter um duque dentre os convidados. Disse que isso faria os convites para as suas reuniões serem ainda mais concorridos.

As palavras não a encorajaram a discutir mais, como Chance pensou que fariam. Em vez de tomar essa atitude, ela olhou para trás de si mesma e depois um pouco mais para cima e para trás de Chance.

— Por que você insiste em... Você não pode simplesmente me deixar em paz? É óbvio que não está interessado em ouvir poesia.

— Vocês não discutem política também? Não é uma parte do propósito das suas reuniões intelectuais?

— Mas é claro que discutimos. É claro que é. Só não vejo razão para você estar interessado em nada disso.

Ela pressionou a ponta dos dedos na testa, soltou um suspiro profundo e, então, pela primeira vez desde que ele tinha voltado para Londres, ela olhou para ele. Olhou de verdade. De fato, ela o fitou com aquele olhar vulnerável com o qual ele havia se acostumado durante a viagem que fizeram juntos dois anos antes.

— Por que não me disse quem era? Quis me fazer de boba? Foi tudo uma espécie de brincadeira para o senhor?

Chance se encolheu. Finalmente, ela estava disposta a ouvi-lo, e eles estavam bem no meio de uma sala cheia de fofoqueiros. Não estava interessado em discutir os motivos que levaram ao seu casamento, nem o que eles tinham feito, a intimidade que haviam partilhado, em um lugar onde podiam ser ouvidos. As mulheres eram muito mais vulneráveis à opinião da sociedade.

E, ainda assim, ele tinha toda a atenção dela.

Pegando-a pelo braço, levou-a em direção a um canto vazio perto da janela. Respirou fundo e... nada.

— Não sei por que...

Por que não tinha dito a verdade a ela? Maldição, estivera esperando o momento ideal chegar havia semanas e, agora que tinha a atenção dela, não fazia ideia de como responder àquela pergunta em particular.

— Você não me via como Chauncey, como um duque. Eu só... Éramos amigos, não éramos? Você teria ficado tão confortável comigo como seu companheiro de viagem se soubesse que eu era um duque? — Ele hesitou. — Foi bom ser só o sr. Bateman. Eu sabia que, quando você olhava para mim, só via o homem, só via Chance, não o duque.

— Sr. Bateman — corrigiu-o. — Você não me deu permissão para me dirigir à sua pessoa como Chance até o último dia... — Ela desviou os olhos dele e fitou a janela. — Confiei em você. Acreditei em você.

— Eu sei. Queria explicar, mas...

E, de repente, sentiu vergonha da situação em que se pusera. Vergonha não por proteger a irmã, por punir o homem que a ferira, mas por fingir que era livre. Nunca havia feito promessas para Aubrey, mas queria ter feito. E tinha agido, em mais de uma ocasião, como se fosse fazê-las. Sem saber das circunstâncias dele, ela havia tido todas as razões para acreditar que seria possível ele mudar de ideia.

E ele tinha mudado, em parte. Fizera amor com ela.

Aubrey fechou os olhos.

— Eu o *amei*, Chance.

Amei.

No passado.

Ele soubera daquilo. Tinha suposto, na época, mas nunca tinha tido certeza. Ouvir as palavras naquele momento, só que relegadas ao passado... Ele se xingou mentalmente milhares de vezes por não ter lidado com toda aquela situação de outra forma.

— Dois anos se passaram. — Ela era incapaz de esconder a dor na própria voz. — Por seis longos e solitários meses, tive esperança. Rezei. Barganhei com Deus e então convenci a mim mesma de que você voltaria para mim. *Ansiava* vê-lo. Eu o desejava, Chance. Sonhava com você. E cada vez que via um homem com a sua constituição física, um homem de cabelos acobreados e com uma altivez natural, ou que ouvia um sotaque francês, tinha certeza de que era você. Mas não era. Nunca era você, Chance. Além de ter ficado decepcionada na manhã em que me deixou, fiquei decepcionada mais umas mil vezes. Levou quase um ano para eu aceitar que você tinha me abandonado de verdade, de propósito. Se tivesse desejado ficar comigo, você não teria partido. Ou, ao menos, teria me dado alguma explicação. — Ela fechou os olhos. — Teria se despedido de mim.

Cada palavra perfurava o coração dele como uma adaga afiada.

— Sinto muitíssimo por isso, Aubrey. Não tive escolha. Eu...

— Você se casou. — Os olhos dela voltaram a se abrir. — Era essa a obrigação que precisava cumprir com tanta pressa? Ao menos era seu aniversário ou mentiu sobre isso também?

— Era meu aniversário. O pai da minha prometida me deu até o meu aniversário de trinta anos para que eu decidisse meu próprio destino. — Ele baixou a voz quando sentiu alguns olhares curiosos pousando neles. — Na época, eu não sabia se algum dia chegaria a ser livre, e não queria que me esperasse para sempre. Parti naquela manhã sabendo que você me odiaria. Se eu tivesse esperado você acordar, dizer adeus não teria facilitado as coisas.

Ela semicerrou os olhos para ele.

— O mais fácil nem sempre é o melhor.

— Ambrosia, querida. — Dandiota apareceu atrás dela, com uma abundância de renda pendendo de seus pulsos. O colete turquesa de bordado elaborado estava abotoado de um jeito que não parecia muito confortável. Mais alto por estar usando saltos, o desgraçado colocou uma das mãos na cintura estreita de Aubrey enquanto estendia a outra para apertar a de Chance. — Não sabia que conhecia Vossa Graça — ele disse, abrindo um sorriso amigável.

O aperto de mão de Dandiota era frouxo, fraco. Chance não podia acreditar que Aubrey estava mesmo gostando de ficar na companhia de um homem daqueles.

Sua *princesse* se limitou a revirar os olhos. Ela faria aquilo, já que Chance era o único que poderia notar a transgressão social.

— Eu e o *duque* nos conhecemos há alguns anos. De passagem. Não foi nada. Na verdade — acrescentou ela, implacável —, mal me lembro da ocasião.

— E, então, ela se virou para sorrir para o dândi. — Já está pronto para começar a leitura desta noite?

Tudo o que Chance pôde fazer foi sorrir do desprezo. Dois anos atrás, ela estivera deslumbrante. Naquela noite, ela estava absolutamente magnífica. Bravo por tê-lo colocado no seu devido lugar, queria aplaudi-la. Na impossibilidade de fazer isso, olhou para ela e deu uma piscadinha.

— De fato. — Aubrey fez uma carranca para Chance por sobre o ombro, mas conseguindo arrastar o dândi para longe. — Foi um prazer revê-lo, *Vossa Graça*. Aproveite o recital e sinta-se à vontade para ir embora assim que ficar entediado. Não há necessidade, veja bem, de se despedir. É difícil demais.

— Lerei um novo trabalho esta noite. É... — começou o Dandiota, mas Aubrey não o deixou terminar.

— Venha, Richard. Você não vai querer manter seus admiradores esperando.

Ela não voltou a olhar na direção de Chance. Na verdade, ela foi muito bem-sucedida na missão de evitá-lo pelo resto da noite.

Chance aproveitou a oportunidade para observá-la. Ela havia amadurecido desde a última vez que a vira, conquistado uma confiança que não tinha antes. Ela não era mais tão ingênua quanto antes, no entanto. Aubrey tinha erguido algo parecido com uma barreira, ao passo que ele ainda se lembrava da sinceridade com a qual ela agira com todo mundo que eles haviam conhecido naquela feira em Joseph's Well. Não podia deixar de se perguntar se era ele o culpado.

Engoliu em seco. Observá-la era uma tortura agridoce. Ele preferiria, sem dúvida, ser o homem que estava ao lado dela. Eles foram feitos para ficar juntos.

— Só um amigo, sim? Não sabia que jardineiros eram tão aficionados pelas artes. Com certeza, não percebi que eles possuíam tal elegância — uma voz sensual interrompeu seus pensamentos ao mesmo tempo em que ele captou uma lufada de um perfume forte. Chance arrastou o olhar para longe de Aubrey para apreciar a beleza exótica ao seu lado. Com cabelos da cor das penas de um corvo, olhos negros e lábios vermelho-rubi, a mulher que se aproximou dele parecia vagamente familiar. Quando os olhos foram mais para baixo, percebeu que ela era a vizinha que o observara com quase tanta atenção quanto ele observava Aubrey.

Chance semicerrou os olhos na direção dela.

— E a senhora é...?

— *Contessa* Philomena Reynaldi. — Ao ouvir o nome, Chance ergueu as sobrancelhas, cético. — É claro que ouviu falar do meu marido. Ele é da Espanha. Emigrou imediatamente antes das guerras.

— Temo que não, senhora.

Chance tentou recuar, mas se viu preso contra a parede, com a ávida *contessa* quase se jogando em cima dele.

— Fiquei muito feliz quando percebi que o senhor estava aqui esta noite. Tenho planejado lhe perguntar, senhor, se está disposto a tomar conta de mim assim como está fazendo com a minha vizinha.

— Tomar conta da senhora?

Chance verificou o ambiente para ter certeza de que Aubrey não tinha saído do local antes de se permitir voltar a olhar para a *contessa*.

— Meu... jardim vem sendo terrivelmente negligenciado, e eu ficaria muito agradecida se o senhor voltasse o mesmo tipo de atenção para mim... para o meu jardim, quero dizer.

— Ah, *mademoiselle* — disse Chance com um sorriso, sentindo mais pena da mulher do que qualquer outra coisa. — Sinto informar, mas só trabalho para a sra. Bloomington.

Os lábios vermelho-rubi fizeram um beicinho.

— Uma pena. — Mas, então, ela deslizou uma das mãos do ombro até o cotovelo de Chance. — Se quiser outra empregadora, a oferta permanece de pé.

Chance riu.

— Devidamente anotado.

— Lady Bambina.

Chance virou a cabeça bruscamente e viu que Aubrey tinha voltado.

— Sra. Bloomington, eu estava trocando uma palavrinha com o seu... jardineiro.

Aubrey deixou escapar uma gargalhada que pareceu uma bufada. Estaria a sua *princesse* mostrando as garras?

— Não acredite em uma palavra do que ele diz. É conhecido por camuflar a verdade de vez em quando.

— Oh...? — A condessa franziu a testa, visivelmente confusa com o mau comportamento da anfitriã.

— A leitura está prestes a começar, na outra sala.

Aubrey abriu um sorriso persuasivo, mas incitou a mulher a sair de lá. Ela não voltou para onde Chance estava até ter conseguido despachar a *contessa* Philomena Reynaldi de vez.

— Ela não chega aos seus pés, *princesse* — Chance falou perto do ouvido dela, satisfeito além da conta por ela ter sido compelida a voltar.

Aubrey franziu os lábios ao fitar o chão e, então, ergueu o queixo.

— Tenho um pedido.

— Qualquer coisa — começou Chance. — Exceto deixá-la em paz antes que ouça o que tenho a dizer.

— Não é isso. Já percebi que não há limites para a sua obstinação.

— Então, pode me pedir qualquer coisa.

Se estivessem sozinhos, ele a puxaria para os braços e a beijaria até aquela cara feia desaparecer. Em alguns dias, ele se perguntava se deveria simplesmente recorrer a essa estratégia.

Só que não seria justo...

— Você está... plantando flores para mim.

Os olhos verdes mostraram gratidão, embora relutante.

— Você não plantou nenhuma. Era um dos seus sonhos.

Ela engoliu em seco.

— Não estava com muita vontade, no início, e depois de um tempo... deixou de parecer importante.

Chance se limitou a observá-la. Aubrey ansiara por flores dois anos atrás.

— Plantei tanto perenes quanto anuais. Você poderá apreciá-las daqui a mais ou menos um ano.

Mas ela estava balançando a cabeça.

— Não é isso. — Ela mordeu o lábio. — É o Lancelot. Ele está muito interessado nelas, e eu odiaria ver o seu trabalho sendo desperdiçado só porque o meu cachorro quer cavar tudo. Além disso, não faço ideia de quais plantas causariam algum dano caso ele tentasse comê-las. Estava me perguntando se poderia construir uma cerca também. Para proteger tanto as flores quanto Lancelot de si mesmo.

Ele já estava desenhando o objeto em sua mente.

— Mas é claro. Algo mais?

Ela hesitou.

— É verdade que pretende construir uma estufa?

Ele fez que sim.

Dessa vez, ela lambeu os lábios antes de responder. A sala adjacente tinha ficado em silêncio, e Chance presumiu que a leitura estivesse prestes a começar. Não estava nem minimamente preocupado com o fato de eles estarem perdendo o começo, mas sentiu que Aubrey estava aflita para voltar para os convidados.

— Eu... Eu... Obrigada — agradeceu, por fim.

E, então, tão rápido quanto veio, voltou a desaparecer.

Chance não ficou por mais tempo. Tinha conquistado mais do que esperava. Ela não só tinha falado com ele, mas também estava feliz por causa das flores.

Com a determinação renovada, ele foi em direção à saída e seguiu rumo a Hyde Park Place, onde iria passar o resto da noite com seu detestável amigo.

Sentia quase como se houvesse algo a comemorar.

CAPÍTULO 19
Chance

— Não andei vendo sua cara feia ultimamente. — Hollis se inclinou para trás na cadeira, equilibrando-se sobre as duas pernas traseiras do móvel. — Ela já o perdoou ou você ainda está agindo como o jardineiro não remunerado dela?

Chance ignorou o sarcasmo e deixou o corpo despencar no sofá perto da lareira.

— Estou fazendo progressos, Hol.

Logo começou a contar sobre os eventos daquela noite, assim como sobre os planos que tinha para o jardim de Aubrey. Antes que pudesse terminar de listar todos os materiais que pretendia incluir na estufa, Hollis já estava balançando a cabeça e rindo.

— Por Deus, homem! Acabe com isso de uma vez. Ou ela o perdoará ou não.

Chance fez uma carranca.

— Não é como se eu a tivesse beijado numa noite e desaparecido logo depois. — Não podia dizer mais nada. Revelar toda a extensão do que tinha acontecido entre ele e Aubrey seria o cúmulo da desonra. — Minhas ações foram praticamente imperdoáveis.

— E, ainda assim, você deseja o perdão acima de qualquer outra coisa. O que o faz acreditar que o conseguirá se jamais pediu? — E então... — Ah! É exatamente isso o que teme. Mas, se ela estiver feliz, se ela seguiu em frente, não acha que é melhor fazer o mesmo? Há centenas de damas por aí mais do que dispostas a permitir as liberdades pelas quais você anseia. E uma centena de outras que ficariam felizes em aceitar substituir a duquesa recém-falecida.

— Não anseio por centenas de outras damas.

O amigo tinha o irritante hábito de expor uma linha de pensamento extremamente racional. Estava Chance apenas prolongando o inevitável?

Antes que pudesse se levantar e se servir de uma bebida, Hollis colocou outro copo em sua mão.

— Ainda não estou pronto para desistir — resmungou Chance.

Havia momentos, dias, em que duvidava da própria sanidade... E outros em que sabia que, se não fizesse o melhor que podia, se arrependeria para sempre.

Ele e Aubrey haviam tido algo especial, uma... conexão que acontecia uma vez na vida. Mesmo antes de ter feito amor com ela.

Ainda não estava pronto para desistir.

Duas semanas mais tarde, sua confiança começou a fraquejar mais uma vez. Tinha terminado de plantar o jardim — cercado para que Lancelot não o destruísse — e construído uma pequena estufa na qual sua *princesse* poderia experimentar fazer mudas e o que mais desejasse.

Naquele dia, ele havia decidido construir um pequeno banco, grande o bastante para duas pessoas, mas não tão grande a ponto de elas não se tocarem ao se sentarem e apreciarem as flores nos anos por vir.

Chance bateu o último prego e se deixou ficar ali, derrotado.

O Dandiota a levara para passear novamente e, quando partiram, ela parecia excessivamente feliz enroscada no braço daquele maldito escritor. Chance sabia que ela passara algum tempo no novo jardim, mas nunca quando ele estava por perto. Ela não havia acenado. Nem mesmo sorrido para ele.

Chance já estava em Londres há dois meses. Ele não a pressionara de forma alguma enquanto esperava que ela voltasse a confiar nele. Ele fitou a casa.

— Vamos lá, *princesse*. Você não tem nada a temer. Não vou a lugar nenhum desta vez — sussurrou.

A cortina deslizou para o lado tão rápido quanto foi colocada na posição original. Um momento depois, no entanto, a porta dos criados se abriu e Aubrey em pessoa o surpreendeu atravessando o jardim e indo até onde ele estava sentado.

Ela retorceu as mãos, fitando o chão. Chance se refastelou com a visão dela. O cabelo da cor do sol no crepúsculo estava preso em um coque na altura da nuca, num estilo simples que só atraía ainda mais atenção para os olhos, olhos da cor da floresta depois de uma chuva fria. E os lábios...

Que inferno! Ele próprio estava começando a soar como um poeta ruim.

— Está lindo. — Ela se sentou ao seu lado, no banco que ele acabara de construir. — Tudo, na verdade.

Sentindo o calor dela na lateral do corpo, ele se parabenizou por fazer o objeto menor do que havia planejado de início.

Não tinham ficado tão perto um do outro desde que ele saíra daquela cama dois anos atrás. Sabia que ainda a desejava, mas, mesmo assim, ficou surpreso com a forma como seu coração acelerou. Queria tocar a mão dela, mas Aubrey manteve as duas agarradas no colo.

— Lady Zelda e Lady Longewood não apareceram para me dar as boas-vindas a Mayfair por acaso, não é? — Ela finalmente se virou para olhar para ele, e seu rosto estava tão perto que teria sido a coisa mais fácil do mundo se inclinar e provar aqueles lábios. — Elas disseram algo lá no parque naquele dia em que descobri que você estava aqui em Londres. Elas não nos apresentaram. Sabiam que já nos conhecíamos.

Chance tinha mentido para Aubrey sobre muitas coisas desde o início. Seria sincero com ela dali em diante.

— Parti da casa dos Wooten de manhã bem cedo. Fui a pé a Joseph's Well e comprei um cavalo que tinha visto na noite anterior.

— Conseguiu recuperar Guinevere? — ela perguntou, inclinando a cabeça e dando a ele um sorriso doce.

Ele queria aquele mesmo sorriso todos os dias da sua vida.

— Consegui. Ela voltou para a Cabra Desmaiada, na verdade. A pousada em que nos conhecemos.

Ela piscou para dispersar as lágrimas, mas o sorriso aumentou.

— Fico feliz.

— Ela está comigo aqui em Londres.

Talvez pudesse atraí-la com a égua... Mas ela havia feito uma outra pergunta antes daquela.

— Pedi ao sr. Daniels para ir devagar, porque sabia que não teria muito tempo antes de você chegar.

— O sr. Daniels sabia?

— Um dos condutores na pousada me reconheceu. Comprei o silêncio do sr. Daniels naquele dia em que me viu dando dinheiro a ele. Eu não estava pronto... — Chance deu de ombros. — De qualquer forma, pedi ao meu advogado para investigar os detalhes da sua herança.

— Isso não é informação pessoal? Tal atitude está dentro da lei? — Aubrey estava franzindo a testa, e então disse: — Seu advogado por acaso é um homem chamado sr. Burleson?

Ah, sim. Sua *princesse* não era lenta de raciocínio.

— Não queria que você enfrentasse dificuldades desnecessárias quando chegasse. Sabia que estaria com o coração esmorecido.

— Devastado.

Chance se encolheu com a reação dela, mas logo fez que sim.

— Devastado... Disse a ele o que você queria fazer aqui. Providenciamos algumas... melhorias na sua casa. O sr. Carrington supervisionou todos os preparativos, e eu falei com uma das velhas amigas de minha mãe. Não tive muito mais tempo depois daquilo... Tinha de partir rumo a Margate...

Ele a tinha surpreendido. Podia ver. Quando ela finalmente falou, não o olhou.

— O sr. Carrington foi muito prestativo. Quero ficar brava com você por isso, Chance... — E, então, outra pergunta: — O dinheiro? Quem pagou por tudo? Foi-me assegurado que eu tinha o bastante...

Ela mal teria sobrevivido com o que o marido tinha reservado para manter a casa. Chance esfregou o queixo.

— Posso ter... aumentado o fundo fiduciário.

Ela enterrou o rosto nas mãos enquanto gemia e começou a balançar a cabeça. Dessa vez, ele passou um braço em volta dela. Mas só para confortá-la. Naquele momento, não podia pensar na própria reação por tê-la tão perto, por sentir o corpo dela tocando o dele.

— Pensei que tivesse conseguido tudo isso sozinha... com meus próprios recursos.

— Mas você conseguiu... Ou quase.

Maldição. Ele tinha complicado tudo para ela ao voltar.

— Não tinha sequer cogitado que poderia ser você. Pensei que talvez Milton tivesse mudado de ideia. O que isso me faz ser...? Foi algum tipo de pagamento?

— Shh... — Ele se afastou para poder olhar dentro de seus olhos horrorizados. — Não! Deus, é claro que não, Aubrey! Decidi fazer tudo isso antes da última noite, pela minha amiga. Fomos amigos de início. Só removi algumas barreiras para facilitar a sua vida. Você já tinha enfrentado muita coisa.

Usou o polegar para secar uma lágrima desobediente.

— Aubrey. — Deus, estava com vontade de chorar também. — Por favor, não deixe que isso tire a importância de tudo o que você tinha conseguido. Foi coisa pouca. Eu queria lhe dar muito mais. Você poderia ter feito tudo por si mesma, em algum momento, com ou sem a minha ajuda. Mas fiquei atormentado ao deixá-la. Sabia que estaria chateada. Precisava fazer algo por você... Qualquer coisa... — Ela não estava olhando para ele, mas parecia estar encarando o botão de cima da sua camisa. — Não me dará outra chance, *princesse*? — Ele teria ficado de joelhos se achasse que seria de alguma ajuda. — Eu lhe imploro.

— Estou feliz. Estava feliz. — A voz dela estremeceu. Aubrey parecia travar uma batalha consigo mesma. — Não posso... Levou muito tempo para parar de doer. Como poderei voltar a confiar em você? Sempre iria ficar me perguntando...

Chance afastou as mãos do corpo dela. Deus, que confusão ele tinha criado. Havia tanto que ela ainda não sabia. Estava sempre lembrando a si mesmo que fazia aquilo pelos dois, mas era verdade? Estava fazendo tudo aquilo apenas por egoísmo? Porque precisava dela na sua vida para poder se sentir completo?

Se ela achava que não podia acreditar nele naquele momento, como se sentiria quando soubesse sobre Groby?

Ela se levantou do banco, ainda relutando para encontrar o olhar dele.

— Vou... Vou entrar. — Ela envolveu o próprio corpo com os braços. — Estou com medo. Pensei que conseguiria deixar tudo isso para trás.

— Sinto muito, *princesse*.

Não sabia que raios poderia dizer além disso, mas sentiu que a estava perdendo.

Ela voltou a assentir e lhe lançou um sorriso triste e hesitante.

Muito depois de ela ter entrado, Chance ficou ali, olhando para a casa. Tinha adicionado as flores e uma estufa, e agora um banco, mas nada disso pareceu importar. Tinha estado longe por tempo demais. Tinha perdido Aubrey.

Quando foi para casa, a escuridão já havia tomado o céu completamente.

Chance cumprimentou o mordomo, que abriu a porta para ele, mas não tentou ir ao quarto. A casa era enorme, ridiculamente enorme, então caminhou pelos corredores, assombrando-os. Algumas das arandelas tinham sido acesas pelos criados, mas, na maior parte do tempo, caminhou às cegas pelos corredores vazios e escuros.

Estou feliz. Estava feliz.

A imagem dela, destroçada e perdida, corroeu sua alma. Quando ele chegara a Londres e antes de ela ter ficado sabendo que ele estava lá, ela havia parecido livre, confiante. Caminhara com orgulho pela calçada. Tinha sido feliz.

Desde que ele reaparecera em sua vida, destruíra tudo aquilo.

Como poderei voltar a confiar em você? Sempre iria ficar me perguntando...

Tinha acreditado que valeria a pena lutar por eles. Deus, tinha sido um tolo. Por dois anos, tinha se agarrado às memórias que construíram juntos... Uma época tão mais simples! Conheceram-se por apenas uma semana.

E, todo o tempo, assim como tinha pensado que desejava, ela fez o melhor que pôde para esquecê-lo, para se esquecer dos dois juntos. Ela havia lutado para construir uma vida para si e para encontrar paz e felicidade.

Havia tido esperança de que ela tivesse mantido o amor por ele vivo, mas talvez tivesse estado errado. Talvez ela o tivesse expurgado com sucesso, no fim das contas.

Ele a abandonara, pensando que seria o melhor a se fazer. Ele a havia deixado para que exatamente isto pudesse acontecer: para que ela o odiasse e seguisse em frente. E ela havia feito exatamente isso. Ele era passado para ela.

Perguntou-se se algum dia ela seria passado para ele.

Duvidava muito.

Ela sempre seria a sua *princesse.*

CAPÍTULO 20
Chance

Os pássaros cantavam, o sol brilhava e, para um dia londrino, o céu estava surpreendentemente azul. Chance não deu atenção a nada disso. Nunca havia estado tão desconfortável na própria pele. Derrota era algo com o que não estava acostumado.

Foi só quando estava a poucas casas de distância da de Aubrey que percebeu que usava o mesmo terno que tinha vestido para o funeral de Hannah.

Aquele dia, quase ainda mais do que o do enterro da esposa, parecia um funeral, uma morte.

Carregando um buquê, bateu à porta, que Carrington abriu em segundos.

— Ela está? — Chance questionou, olhando nos olhos do mordomo.

— Sim. Ela está dando uma recepção.

Foi fácil para Chance notar a preocupação do antigo mordomo.

— Está tudo bem. Não se preocupe. Serei breve.

Os lábios do sr. Carrington franziram, mas ele assentiu e fez um sinal para Chance entrar.

— Na sala de visitas menor, Vossa Graça.

A temperatura no saguão de entrada estava alta, alta demais. Chance passou os dedos por baixo do lenço atado ao redor do pescoço. Era fim de maio, e a maior parte dos membros do *ton* deixaria Londres em breve. Embora Chance temesse aquele encontro, também queria acabar com aquilo de uma vez por todas. Hollis estava certo. Já tinha prolongado a situação por tempo demais.

Seguiu os murmúrios baixos que vinham do corredor e parou na entrada. Havia quase uma dúzia de convidados lá dentro bebendo chá e conversando. Não levou muito tempo para que ele fosse notado.

— Vossa Graça — disse o Dandiota, sr. Cline, levantando-se e estendendo a mão para cumprimentá-lo.

Um investigador tinha enviado um relatório para Chance no dia anterior. Ao que parecia, Richard Cline era abastado, no fim das contas. Ele não era um vigarista. As intenções do dândi para com Aubrey eram honradas, afinal. Chance deveria ter dado a ela mais crédito pela capacidade de julgamento.

Apesar do fato de ela ter confiado nele. Muito tempo atrás.

Sem ter de vagar demais, o olhar de Chance pousou imediatamente em Aubrey. Ela estava sentada no final da sala. O sorriso animado tinha desaparecido quando os olhos encontraram os dele. Ela estava preocupada com a possibilidade de ele arruinar a sua recepção assim como arruinara a sua vida?

— Só uma palavrinha, sra. Bloomington, e vou embora. — A voz soou baixa até mesmo aos seus ouvidos. Os outros nem ao menos fingiram estar cuidando dos próprios assuntos.

— Não se juntará a nós? — A pergunta veio do sr. Cline.

Sem afastar os olhos de Aubrey, Chance balançou a cabeça.

— Estou sem tempo, obrigado. Só vim dizer adeus.

Ela precisava saber que ele estava falando sério. É claro que ela precisava perceber.

Ao ouvir as palavras, ela se levantou e pediu licença para aqueles sentados ao seu redor. Ele deveria ter previsto, ela era o centro das atenções, como era de se esperar.

— Vamos lá para fora? — ela perguntou assim que saíram e foram em direção ao saguão de entrada.

Não tinha certeza se poderia fazer aquilo se estivesse sozinho com ela em um lugar discreto. Sabia que ela era fisicamente afetada por ele. Tentaria tirar proveito disso.

— Não. Mas queria que você soubesse que estou de partida.

— Mas você acabou de chegar.

Ela não entendeu. Ou entendeu, mas não sabia como se sentia quanto àquilo.

— Estou voltando a Trequin Bay, a *Secours*, minha propriedade. Não a incomodarei mais. — Ele quase não conseguiu fazer as palavras passarem pela garganta apertada. — Sinto muito, por tudo.

E, então, ofereceu o buquê que trouxera.

Um latido curto foi seguido por uma disparada de patinhas. Chance se abaixou e usou as duas mãos para acariciar o cachorro.

— Vou sentir saudade de você também, velho amigo.

Até mesmo permitiu que Lancelot lhe desse algumas lambidas.

Seria a última vez. Tinha ficado feliz por ela ter o bichinho como companhia quando partiu da última vez.

— Sempre teremos as lembranças de Stonehenge — disse, dando um sorriso fraco para ela.

— Ouvi o senhor dizer que está nos deixando para ir para o campo? — O Dandiota os seguira.

Talvez ele não fosse tão tolo, afinal... O salafrário.

Nos deixando...

Deixando a ele e Aubrey...

Chance se levantou. Era isso. Como tinha de ser.

— Faça-a feliz.

A instrução não faria muito sentido para o homem, ou não deveria fazer, a menos que Aubrey tivesse contado a verdade a ele.

Sem esperar por uma resposta, olhou-a uma última vez. Iria memorizar as feições dela para durarem pelo resto de sua vida.

Mas para onde olhar? O cabelo glorioso? A pele macia? O corpo sensual? No fim, decidiu pelos olhos.

— *Adeus, princesse.*

Os olhos dela pareceram estar em pânico, e ela lambeu os lábios como se quisesse dizer alguma coisa. Como se quisesse impedi-lo?

— Que sua viagem seja segura, Vossa Graça — disse o Dandiota, pelos dois.

Chance olhou para Aubrey pela última vez e, vendo só pesar no rosto dela, acenou com a cabeça. E, então, recusando-se a sofrer um único segundo a mais, virou-se e seguiu em direção à porta. Sem olhar para trás, saiu e a fechou sem barulho atrás de si. Tinha pensado que se sentira vazio dois anos atrás, quando a deixara. Mas talvez, por dentro, tivesse mantido algumas cinzas acesas com esperança.

Naquele dia, não havia mais cinzas para queimar.

Estava tudo acabado.

— Vamos partir amanhã de manhã.

Chance não se importou em cumprimentar o sr. Edwards ao entrar em seus aposentos mais tarde naquele dia. Teve de resolver alguns assuntos pendentes com o sr. Burleson. Tinha dito ao advogado que as transações que fizera no que dizia respeito à propriedade dela não precisavam mais permanecer confidenciais. Ela merecia saber. Também havia encomendado vários bulbos para a estufa, que seriam entregues depois de sua partida.

Não deveria ter feito aquilo. Deveria dar a ela o término amigável que prometera, mas aquela seria a última coisa que faria.

As consequências de seus afazeres, no entanto, impossibilitaram que ele fosse embora da cidade naquele dia. Mandou avisar a Hollis que tinha desistido. Eles iriam se encontrar no White's naquela noite. Preferia não encarar os insultos sarcásticos daquele patife. Lidaria com isso em outra ocasião, pois seus sentimentos, ao menos por agora, estavam muito à flor da pele.

Dispensou o sr. Edwards e trocou de roupa sozinho, atirando o paletó na cama e arrancando o lenço da gravata.

Cada imprecação que conhecia foi disparada em seus pensamentos, direcionadas a si mesmo. Nenhuma das suas boas intenções funcionou, tudo por causa de seu próprio egoísmo.

Tinha partido sem dizer adeus para protegê-la.

Tinha se envolvido nos assuntos dela para que pudesse preparar o caminho para quando ela chegasse em Londres.

E, então, tinha estragado tudo ao esperar que ela ainda o amasse.

Cretino egoísta que era.

Fitou o anel de prata que havia usado na mão direita e, em um impulso, girou-o para tirá-lo do dedo. Em Joseph's Well, naquela noite, o tinha usado na mão esquerda. Havia trocado a posição do objeto para a outra mão no dia do seu casamento e não o removera desde então.

Impulsionando o braço, ele o atirou no canto. Um esforço muito pouco satisfatório, já que o único som que o objeto emitiu foi um tilintar agudo ao bater na parede. Uma reação tola, sabia, mas não estava acostumado a perder. Ele...

Ele tinha imaginado que poderia reconquistá-la.

Enquanto encarava a janela, os sentimentos em seu peito se alternavam entre um desespero entorpecido e uma dor excruciante. Não percebera antes que um coração partido podia, de fato, causar dor física.

Mal percebeu que tinha anoitecido quando uma batida soou à sua porta.

— Vossa Graça, a cozinheira fez o jantar e...

— Não estou com fome. — Chance sequer podia pensar em comer. — Obrigado.

— Muito bem, senhor. Mas há outra questão, Vossa Graça.

— O que é?

Maldição! Não estava no humor para lidar com ninharias que requeriam sua atenção antes da partida.

— Uma jovem chegou e deseja vê-lo. É muito incomum que uma dama decente venha sozinha, e a essa hora da noite, ainda por cima. Ela disse que se chama sra. Bloomington.

Chance se perguntou se ouvira direito. Todo o ar escapou de seus pulmões.

— Ela está aqui?

— Está, Vossa Graça. Eu a deixei na sala de visitas dourada. Não sabia se...

Mas Chance já estava indo para a porta.

— Obrigado.

Ela está aqui! A mente frenética repassava todas as possibilidades. Ela fora ali para brigar com ele por ter aparecido no meio de sua recepção? Para se certificar de que ele iria mesmo deixá-la em paz?

Ou tinha ido porque não queria que ele fosse embora? As chamas das arandelas tremularam quando ele abriu a porta da sala onde ela o esperava.

O mordomo não tinha se enganado. Ela viera. *Sua princesse.*

Sentada com o corpo rígido e os tornozelos cruzados, ela ergueu o queixo para olhá-lo nos olhos. Usava o mesmo vestido de mais cedo. Como ela havia ficado ainda mais linda do que já era em suas memórias?

— Pensei que fosse culpa minha. Pensei que você tivesse partido por causa de algo que *eu tinha feito*. Porque eu tinha me atirado em você — ela deixou as palavras escaparem sem se preocupar com as sutilezas.

Aubrey havia ido procurá-lo. E estava pronta para conversar.

Chance entrou na sala a passos lentos.

— Quero lhe contar tudo.

Ela fez que sim, os olhos parecendo enormes, quase temerosos.

Ele se sentou na cadeira de frente para a dela e fitou as mãos.

— Minha irmã... Acredito que lhe disse na época que ela poderia ser... difícil, às vezes. — Sem esperar por uma resposta, ele seguiu em frente. — Cerca de um ano antes de eu conhecer você, ela se envolveu com um visconde, Lorde Groby. Eu disse para ela ficar longe dele. Lorde Groby tinha a reputação de ser... depravado.

Chance engoliu em seco. A memória daquela noite nunca deixava de fazer a bile subir por sua garganta.

— Em mais de uma ocasião, eu a arrastei para fora de antros de ópio, e ela brigava comigo por isso. Às vezes, sentia que ela me odiava. Ela insistira em dizer que eles eram amigos. Mas não suspeitei até onde iria aquela amizade. Nunca poderia ter adivinhado. Quando descobri aonde ela havia ido naquela noite em particular, fui buscá-la, esperando que a sorte dela perdurasse e que ninguém descobrisse as suas indiscrições. Mas o que encontrei... — Não contaria tudo a Aubrey. — Foi algo que queria poder esquecer.

Sua doce irmã drogada e amarrada a uma cama. Lorde Groby e diversos outros já tinham... Ela foi à reunião por vontade própria, mas jamais poderia ter imaginado o que tinham em mente para ela. Aqueles vilões haviam desonrado a sua irmã inocente, e aquilo tinha sido imperdoável. Chance os havia afugentado de cima dela, batendo em alguns deles até ficarem irreconhecíveis.

Groby merecera morrer.

— Levei-a para casa e voltei lá mais tarde. Não podia permitir que Lorde Groby saísse incólume e, então, exigi que ele me encontrasse ao amanhecer.

— Para um duelo?

Chance fez que sim. Hollis tinha sido seu padrinho, e a única outra pessoa que levara consigo foi um médico. O padrinho de Lorde Groby havia sido um primo distante do lado da mãe, e um punhado de seus companheiros marginais assistira à cena de longe. Nenhum havia tentado impedir o espetáculo. O que Groby fizera à irmã de Chance tinha sido vil demais, diabólico demais.

Aubrey ficou olhando fixamente para ele. Por causa das lágrimas brilhantes nos olhos dela, ele soube que ela percebeu que ele encobrira muita coisa para o bem dela.

— Eu o matei, *princesse* — confessou Chance com um dar de ombros.

Ele *não* se arrependia.

Ela não se levantou nem saiu correndo da sala, mas, mesmo com a luz fraca, ele podia dizer que ela ficara pálida. E tinha levado uma das mãos à boca com o choque.

— Poderia ter usado uma máscara, mas não usei. Queria que aquele patife olhasse nos olhos da pessoa que colocaria um fim à sua vida sem valor.

— Mas isso é assassinato! — arfou Aubrey.

Chance concordou com um movimento da cabeça.

— Lorde Groby era o único herdeiro do pai de minha falecida esposa, o conde de Beresford.

Esperou-a juntar as peças na própria mente.

— Ele exigiu que se casasse em troca do silêncio. Mas você não tinha imunidade por ser um duque?

— O título do meu pai é francês. Nem mesmo duques ingleses são imunes ao crime de assassinato, especialmente o assassinato de outro nobre. Então, quando um duque francês mata um visconde inglês... — Ele deu de ombros. — Mas essa não era a minha maior preocupação. Se a notícia se espalhasse... Se a verdade viesse a público, Adelaide viraria uma pária na sociedade. E, com as fragilidades dela, eu não podia permitir que isso acontecesse. Precisava protegê-la.

— Então você estava a caminho do seu casamento com a irmã da sua vítima, quando nos conhecemos?

Chance fez que sim.

— Se eu não cumprisse o prometido até o meu trigésimo aniversário, eles mandariam me prender e também contariam a história de Adelaide para os jornais.

Aubrey piscou. Era muita informação para absorver... E ele não saiu daquele episódio parecendo muito inocente. Ele havia matado um homem, pelo amor de Deus!

— Queria que tivesse me contado. — Ela virou a cabeça e fitou a lareira apagada, com os olhos um pouco desfocados. — Você a amava?

Ahhh, houvera muitos dias em que desejou tê-la amado.

— Ela era muito jovem e muito encantadora. Mas estava doente, muito doente. O título do pai tinha uma cláusula que dizia que um filho dela poderia ser o herdeiro.

— Então você... — A garganta dela se moveu como se ela tivesse engolido em seco. — ... fez amor com ela?

Ao ouvir a vulnerabilidade na voz de Aubrey, Chance não conseguiu ficar sentado nem mais um segundo. Ele se levantou da cadeira e se apressou até estar na frente dela.

Completamente devastado, caiu de joelhos e se inclinou para frente, pressionando o rosto no colo dela e envolvendo os braços ao redor de sua cintura.

— Não toquei em ninguém depois de você. Ah, Deus, Aubrey! Só queria deixar as coisas melhores. Queria que você voltasse a confiar em mim. Não fiz nada além de pensar em você, ansiar por você, nesses últimos dois anos.

Ele enterrou o rosto nas pregas da saia. Tão graciosa, tão feminina. Segurá-la daquela forma era agridoce. Era tudo e, ainda assim, queria muito mais.

— Era meu dever levá-la para a cama. Na verdade, foi a principal razão para o pai arranjar o casamento. Mas eu não queria e, o mais importante, ela também não. Ela estava doente e sabia que estava morrendo. Uma gravidez teria acelerado ainda mais sua morte, talvez até mesmo a precipitasse. Ela fez os pais acreditarem que o nosso casamento tinha sido consumado, e depois eu a levei comigo para *Secours*. Creio que, quando finalmente chegou a hora dela, Hannah recebeu a morte de braços abertos. Ela passou a maior parte da vida sentindo muita dor.

As mãos de Aubrey pousaram na cabeça dele.

— Ela era inocente.

Os dedos dela percorreram seus cabelos, e a sensação foi um bálsamo para a sua alma. Deus, ele queria aquela mulher de novo. Na sua cama, na sua vida.

— Sinto muito por não ter lhe contado antes, mas não sabia se algum dia eu seria livre. E, quando a vi novamente, eu só... Senti saudade por tanto tempo... Diga-me o que fazer, *princesse.* Imploro que me diga, e eu farei.

Nunca se sentira tão completamente destruído.

— Senti muito a sua falta. — Um tremor a percorreu. — Só queria...

— Apenas me diga. — Ela o tocava por vontade própria. Ela o queria também, tinha certeza disso. Ele a sentiu se inclinar para frente, o rosto praticamente enterrado em seu cabelo. — Permita que eu volte a conquistar a sua confiança.

Agachado, ele se inclinou para trás, para poder ver os olhos dela, mas não a soltou. Se tivesse escolha, jamais a soltaria.

— Não quero que vá embora de Londres, mas... — ela confessou, a voz embargando com um soluço.

Odiava ter causado tanta dor e infelicidade a ela. Se ao menos ela lhe desse uma chance... Se ao menos ela desse uma chance aos dois, ele acreditaria que tudo poderia ter valido a pena.

Chance se sentou e colocou as mãos nos dois lados do rosto dela.

— Ficarei para sempre por você. Basta pedir.

Quando ela retribuiu seu olhar, acenando com a cabeça, o coração dele quase parou. Ela havia removido algumas das barreiras que construíra desde que ele tinha voltado para a sua vida. Ela era sua *princesse*, sua amiga.

— Deixe-me levá-la para passear amanhã. Poderá me contar tudo sobre as pessoas que conheceu, sobre como a sociedade aceitou Lancelot.

Aquilo arrancou um sorriso dela, embora ele tenha saído hesitante. Foi o melhor que conseguira naqueles dias. Faria melhor dali em diante.

— Como amigos? — Ela inclinou a cabeça. — Fomos amigos primeiro... antes.

Eles tinham sido mesmo. Era um começo. Não o que teria desejado, mas já era alguma coisa.

Ainda não tinha fracassado.

Cada instinto gritava para que fizesse amor com ela bem ali, naquele exato momento. Ela não resistiria. Inferno, tinha sido ela quem iniciara o ritual de fazer amor antes.

Mas ela estava diferente agora. Reservada. Cautelosa.

Ele tinha feito isso com ela.

Engoliu em seco e, em vez de permitir que seu desejo tomasse as rédeas, inclinou-se para frente, apenas o suficiente para sentir o cheiro dela, o suficiente para sentir o calor de sua bochecha na dele.

Quando virou a cabeça, foi para poder dar um beijo casto na lateral de seus lábios. Quando a tocou, sentiu e ouviu a respiração dela parar.

Sua *princesse*.

Sua!

— Até amanhã, *mon coeur*.

E, então, ele se levantou do chão, sentindo-se desolado, mas também esperançoso.

Enquanto ela se levantava, pegou-a pela mão.

— Como chegou até aqui? Diga que não veio a pé e sozinha.

Ela deu um riso trêmulo.

— O sr. Daniels me trouxe, é claro.

— Ele se provou leal? Ele vem lhe tratando bem?

Chance faria o desgraçado se arrepender se a resposta dela não fosse a que ele esperava.

— Sim.

O braço dela pareceu menor e mais frágil no dele enquanto a conduzia até a porta da frente e descia os degraus que levavam à rua. Até mesmo caminhar com ela daquele jeito parecia certo. Não só maravilhoso, como é normal, como se eles tivessem de estar fazendo isso há anos.

O sr. Daniels esperava com a porta da carruagem aberta.

— Vossa Graça — ele disse, mexendo a cabeça em sua direção.

— Cuide bem dela.

Era a segunda vez naquele dia que dava praticamente a mesma instrução; porém, desta, provocou uma sensação mil vezes melhor.

Chance se inclinou.

— Irei buscá-la ao meio-dia.

— Mas o horário usual dos passeios não começa bem mais tarde? — ela perguntou, lançando-lhe um sorriso surpreso.

— Quem disse que passearemos pelo parque?

Até parece que ele estava disposto a dividi-la com toda a sociedade naquela ocasião, sua primeira oportunidade de passar uma tarde sozinho com ela.

Aubrey tinha começado a entrar na carruagem, mas parou e se virou.

— Não trairei Richard, o sr. Cline. Ele foi bom para mim. Não o desrespeitarei.

Chance enrijeceu. Não era isso que queria ouvir.

— Terá de contar a ele em algum momento.

Aubrey, então, ergueu a mão, quase que arrependida, e a colocou na mandíbula dele.

— Seremos amigos, Chance. É tudo o que posso lhe prometer.

— Por enquanto — acrescentou ele, fazendo-a rir.

— Boa noite, sr. Bateman.

Dessa vez, ela terminou de entrar na carruagem e se sentou empertigada no assento voltado para a frente.

Chance se inclinou e deu uma piscadinha.

— Boa noite, sra. Bateman.

— Perdão? — ela perguntou, inclinando-se na direção dele com as sobrancelhas franzidas.

— Boa noite, sra. Bloomington.

DUQUE ATREVIDO

CAPÍTULO 21
Chance

— Mas pensei que fôssemos de carruagem! — Aubrey desceu um degrau e foi até a calçada, fixando o olhar, maravilhada. — É Guinevere!

Chance quase caiu para trás, tamanha sua surpresa, feliz por ver o deleite no rosto dela. Cada vez que a via, ela parecia mais linda do que da última, e naquele dia não foi diferente. Ela usava um elegante chapéu azul que mal cobria as tranças avermelhadas e sedosas que estavam presas em um coque com um estilo extremamente encantador. O vestido combinava com o chapéu, e dava apenas um vislumbre das curvas que havia ali embaixo — curvas pelas quais ele ansiava.

— Pensei que fosse gostar de vê-la novamente.

A égua, na verdade, ainda era tão magnífica quanto no dia em que se conheceram.

— Mas eu não monto. Queria comprar um cavalo e aprender, mas mudei de ideia...

A sombra que atravessou o rosto de Chance lembrou-o de que aquela decisão talvez tivesse a ver com ele, com a infelicidade que ela sentiu ao chegar em Londres.

— Guinevere é robusta o suficiente para levar nós dois. — E, então, sem quase nenhum esforço, ele saltou para a sela. Erguendo uma das mãos, sorriu para ela. — Há bastante espaço para você montar comigo.

— Eu não deveria trocar o vestido? Apesar de nunca ter montado, por acaso tenho um traje de montar.

— Não é necessário. Dê-me sua mão, *princesse*, e ponha o pé sobre a minha bota.

Seria ela tão aberta a aventuras agora quanto tinha sido dois anos atrás?

Depois de olhar de um lado para o outro ao longo da rua, ela mordeu o lábio e deu um passo à frente, colocando a mão na dele. Até mesmo com os dois usando luvas, o toque dela enviou fagulhas de vida ao seu coração.

Suspendendo a saia com a outra mão, ela sorriu e, desajeitada, colocou o pé coberto pela sapatilha sobre o dele.

Uma gargalhada escapou dela quando Chance a puxou para se sentar na frente dele com um único movimento. Finalmente a tinha onde a queria: pressionada contra ele, segura em seus braços.

— Estamos tão no alto... Tem certeza de que não somos pesados demais para ela?

Chance se inclinou para frente e deu um tapinha no pescoço de Guinevere, ao mesmo tempo que se refastelava com a proximidade de Aubrey.

— Gwennie é maior do que a maioria dos cavalos. Além do mais, você é magrinha.

— Como faço isso?

Guinevere dançou alguns passos para o lado e Aubrey enrijeceu.

— Relaxe, *princesse*. — Chance a puxou para si. — Segure as rédeas comigo. Está com medo?

Ela balançou a cabeça sem hesitar.

— Não com você.

Deus!

Aquela mulher...

— Apenas se aconchegue em mim — instruiu, e então instou Guinevere a se mexer. — Ela é sensível. Não é preciso muito esforço para ela saber o que você quer.

Cobrindo as mãos de Aubrey com as dele, mostrou a ela como segurar a tira de couro e como se comunicar com o animal. Quando saíram da rua e entraram no parque quase vazio, sua *princesse* já parecia estar mais confiante e relaxada.

— Ah, mas isso é maravilhoso. Eu me sinto...

— Livre? — Chance terminou por ela.

Ela indicou que sim, fazendo a cabeça roçar a lateral do rosto dele.

— E poderosa.

— Vou ensiná-la a montar sozinha. Encontraremos uma montaria perfeita para o seu tamanho.

Ele não parou para pensar que eles poderiam não estar juntos no futuro. Aquilo parecia certo demais. Perfeito demais.

Ela não respondeu, no entanto. Talvez devesse ter se abstido de fazer aquele comentário, sufocado a confiança. E, ainda assim, precisava que ela soubesse aonde estavam indo. Precisava que ela percebesse a extensão das suas intenções.

— Conte-me tudo — Chance falou baixinho no ouvido dela. — Quero conhecê-la novamente.

Queria conhecer *tudo* dela novamente, mas era melhor manter essa informação específica para si.

Embora não descartasse a possibilidade de estar enganado, ela estava animada por estar perto dele. As bochechas coradas e a respiração superficial não eram só porque estava montando Guinevere.

Chance amava o som da risada dela.

— Tudo?

— Quero saber sobre sua primeira festa. Quero saber quem são seus amigos. — *Você pensa em mim quando se deita à noite? Do mesmo jeito que penso em você? Seu gosto ainda é o mesmo?*

Ela fez uma pausa.

— Foi difícil no começo — ela falou baixinho. — Estava sozinha e, ainda assim, queria ficar sozinha.

Galhos suspensos apareceram no caminho quando eles entraram na trilha. Chance os afastou para que não incomodassem nem Guinevere, nem a sua *princesse*.

— O filho de Lady Longewood se tornou um bom amigo — prosseguiu ela. — Quando ele deu indicações de que queria me cortejar... não consegui aceitar. Nós nos tornamos amigos, e contei a ele um pouco do que se passou com você. É claro, ele não faz ideia de quem você era, *de quem você é*. Ele está viajando pelo continente agora. Disse que, se algum dia chegasse a conhecê-lo, lhe daria um soco.

Chance odiava o fato de ela ter tido de recorrer a outro homem, mas, ao mesmo tempo, estava feliz por ela não ter ficado completamente sozinha.

— Conheci também algumas damas da minha idade. Encontro-me na periferia da alta sociedade, e isso é mais do que poderia ter esperado em qualquer momento.

— Você se saiu muito bem sozinha. Teria sido bem-sucedida sem a minha interferência. E o sr. Cão, *Lancelot*? — Chance mudou o rumo da conversa. — Ele também se encontra na periferia da alta sociedade?

— O queridíssimo Lancelot foi mais aceito do que eu, ouso dizer.

Ela virou a cabeça para olhar de relance para Chance. Os olhos estavam animados e, por um instante, o tempo parou.

— Lady Zelda? — perguntou quando Aubrey voltou a olhar para a frente.

Ela riu. Sua encantadora *princesse* riu, fazendo entusiasmo se espalhar pelo peito dele.

— Lady Stanhope! Pode acreditar? Eu o levei para a recepção dela e, na mesma hora, ele subiu no seu colo e caiu no sono.

— De olhos abertos?

— E com a língua para fora — confirmou ela. — Fiquei mortificada no início, assim como Lorde Longewood, mas a senhora caiu de amores imediatamente. Acho que ela o roubaria de mim, se pudesse. Ela insiste para que eu o leve para visitá-la pelo menos uma vez por semana.

— Ah, mas ele ainda não foi apresentado à rainha.

Mais uma risada sonora.

— Ainda não.

Na meia hora seguinte, ao passearem pelo parque, ela o deleitou contando sobre algumas das recepções mais interessantes que havia oferecido e que vira os cunhados em Londres no verão passado, mas que eles tinham fingido que não a conheciam.

— Azar deles, então. — Eles chegaram a uma clareira, e Chance a segurou com força. — Está pronta, *princesse*? Vamos voar agora.

Ela não perguntou para quê. Limitou-se a assentir.

Confiando nele.

Chance, então, afrouxou as rédeas de Guinevere, e a égua não hesitou em sair em disparada, já que estava começando a ficar impaciente com o ritmo lento. Montar naquela criatura magnífica a toda velocidade sempre fora emocionante. Ouvir a risada de Aubrey enquanto a égua corria pela Rotten Row, com os três perfeitamente sincronizados, foi algo que Chance jamais esqueceria.

Estava sendo presenteado com uma segunda chance, uma segunda chance mágica. Segurou-a com força enquanto as árvores e a paisagem passavam voando por eles. Não a perderia novamente. Não deixaria isso acontecer.

Depois de menos de um minuto, Chance puxou as rédeas e Guinevere reduziu a velocidade para um galope lento, depois para um trote e finalizou com um passo regular antes de parar completamente.

— Vamos caminhar um pouco?

Quando ela concordou com um aceno de cabeça, Chance passou uma perna sobre o lombo da égua e, pegando Aubrey pela cintura, colocou-a no chão ao seu lado.

Os olhos dela brilhavam como duas esmeraldas gêmeas, e as bochechas estavam coradas. Ela havia gostado da experiência. Aubrey se mostrava como uma viúva calma e recatada, mas ele via a paixão dentro dela. Ela ansiava viver a vida ao máximo.

— Gwennie está pronta para descansar também — disse Chance, conduzindo o animal com uma das mãos e oferecendo o outro cotovelo à sua *princesse*.

— Ela era bonita? Ela gostava de viver em *Secours*?

Não precisava perguntar sobre quem Aubrey falava.

— Lady Hannah. Tinha acabado de fazer dezoito anos e mal pesava quarenta quilos.

— Que trágico!

Chance tinha previsto que Aubrey sentiria compaixão pela jovem com quem ele tinha sido forçado a se casar, mesmo que o episódio tenha custado a felicidade dela.

— Foi mesmo. E ela já era tísica quando nos casamos. Ela me confidenciou que, mesmo na infância, nunca tivera boa saúde. Quanto à sua segunda pergunta, creio que ela encontrou paz em *Secours*. Minha mãe e Adelaide fizeram amizade com ela, tanto quanto possível. Hannah era muito reservada. Creio que tenha sido por causa de sua criação. Ela havia sido muito protegida.

Chance quis poder ler a mente de Aubrey. Achava que ela não estava mais com raiva dele por causa do casamento, mas ela havia mergulhado num silêncio pensativo.

— Desde o dia em que nos casamos, ela foi como uma irmã para mim.

Eles tinham chegado à margem do rio.

— Queria ter trazido pão para alimentar as aves — ela surpreendeu-o ao dizer. E, então, virou-se para olhá-lo. — Estou feliz por você ter ajudado sua irmã. Acho que deve ter sido o tipo de marido perfeito para uma mulher como... a sua esposa. — A voz dela estremeceu na última palavra.

Chance soltou Guinevere para que ela pudesse pastar por alguns minutos, e, enquanto isso, ele e Aubrey simplesmente ficaram parados olhando fixamente para o outro lado da margem.

— Eu sonhava com você — ele confessou.

Aubrey soltou um som baixinho, algo entre um suspiro e um soluço, como se a confissão fosse algo que ela quisesse saber, mas também que não desejava ouvir.

— E como está a sua irmã? Ela está bem? — Ela levou a conversa para um assunto com o qual ficava mais confortável.

— Está. — Com isso, pelo menos, ele poderia estar feliz. — E está noiva de um cavalheiro que é dono da propriedade adjacente a *Secours*.

— Sua mãe deve estar feliz.

Ah, ela não soube de sua perda.

— Perdemos nossa mãe há pouco mais de um ano. Mas ela viveu o suficiente para ver Adelaide feliz. Foi muito rápido. Ela não sofreu, mas foi inesperado.

Ao ouvir isso, ela finalmente se virou para olhar nos olhos dele, e os dela demonstravam compaixão genuína.

— Sinto muito, Chance. Quando falou dela antes, percebi que você a amava.

Chance sorriu com tristeza. Ele amara a mãe.

— Eu a amava. Muito.

Perder o único progenitor que restava deixava as pessoas meio que sem raízes, como tinha acontecido com uma das mudas que levara para a casa de Aubrey antes de tê-la replantado.

— Ela sabia da natureza de seu casamento? Que você tinha sido obrigado?

— Graças a Deus, não. Ela viveu para ver Adelaide feliz. Estava em paz. Creio que a única coisa que a afligia era a saúde de Hannah. Ela a amava, mas tinha a esperança de ser *grand-mère* um dia.

— Sua esposa teve sorte, ao que parece. Teve parentes por afinidade bondosos e um marido que não a forçaria a fazer nada que comprometesse ainda mais a sua saúde. A amizade é uma base firme para um casamento. Aparentemente, o seu não foi insuportável. Para nenhum dos dois.

— Foi tão bom quanto se podia esperar que tivesse sido.

Aubrey havia tido um casamento insuportável por anos com um canalha devoto, Harrison Bloomington. Chance mataria o marido dela com as próprias mãos se o maldito já não estivesse morto.

Chance não desejava diminuir as dificuldades que ela havia enfrentado, mas não podia deixar de esclarecer as coisas muito bem.

— Casar-me com qualquer uma que não fosse você seria insuportável.

Ela soltou um lamento baixinho, mais uma vez, como se não quisesse saber como ele se sentia.

Chance a virou para que ela não pudesse desviar o olhar.

— Não estou fazendo um joguinho, Aubrey, meu amor. Não vou desistir.

Ela fechou os olhos, mas, dessa vez, deu um passo para mais perto dele e enterrou o rosto em seu peito. Aquilo foi quase mais do que ele podia aguentar.

— Venha comigo para *Secours*. Conheça Adelaide e a minha casa. *Mon Dieu*. Eu lhe imploro.

Ela estava balançando a cabeça.

— Eu... Não posso. — E, então, ela endireitou a cabeça, e seu olhar, cheio de remorso, encontrou o dele. — Vou viajar para conhecer a família de Richard quando terminar a temporada. Ele planeja anunciar nosso noivado lá.

Chance não tinha certeza se a ouvira bem. Simplesmente olhou dentro dos olhos dela e se perguntou se tinha deixado transparecer em seu rosto o horror causado pelo anúncio que ela fizera.

— Você o ama? — conseguiu dizer, por fim.

Ela deixou os braços caírem e deu um passo para trás, erguendo-os novamente para abraçar a si mesma.

— Ele vem sendo muito bom para mim. Sinto muita afeição por ele. — E, então, girando a espada no coração dele: — Sim.

Foi a vez de Chance de se afastar.

— Está noiva agora? É isso?

A declaração dela não fazia sentido e, ainda assim, deveria fazer. Ela passava bastante tempo com o salafrário. Todo o tempo em que Chance esteve trabalhando no jardim.

— Não é oficial. A mãe dele deseja me conhecer primeiro. — Ela levou um punho à boca e não o olhou nos olhos. — Sinto muito, Chance. Tentei lhe contar. Segui em frente.

Ele não tinha nada a perder. Já tinha perdido a coisa que mais lhe importava na vida.

— Eu a amo, *princesse*. Não faça isso. Não cometa esse erro. — Ele voltou a segurá-la pelos ombros. — Não nos faça pagar por isso pelo resto de nossas vidas.

Por fim, ela o fitou, e seus olhos esmeralda brilhavam por causa das lágrimas.

— Se ao menos eu soubesse antes...

Ele a puxou para perto mais uma vez, e pôde sentir a ânsia, o desejo vibrando no corpo dela. Dessa vez, não deixaria a oportunidade passar.

Aquela poderia ser a última que eles teriam.

Envolvendo Aubrey com os braços, puxou o corpo delicado dela contra o seu, rígido, e, antes mesmo de seus lábios se encontrarem, ela havia se fundido a ele.

O gosto dela era o de um sonho erótico. Quantas vezes não sonhara em segurá-la novamente, em explorar aquela boca com a língua? Ela faria os mesmos barulhinhos de prazer que tinha feito na noite que tiveram juntos? A sensação seria a mesma para os dois?

Ela fez.

A sensação foi a mesma.

Só que muito melhor, e muito pior. Deus, não podia se imaginar dizendo adeus para ela para sempre. Não de novo. Não quando chegara tão perto.

— Por favor — implorou contra os lábios dela. — Pense bem. Meu erro me torturou por dois anos. O seu nos torturará para sempre. Diga que não sente essa chama entre nós. Diga que não estamos destinados a passar o resto de nossas vidas amando um ao outro.

A cabeça dela tombou para trás, e os lábios de Chance se arrastaram pela pele macia da mandíbula, pelo pescoço.

— Estamos destinados um ao outro, *ma princesse.* Estava nas folhas de chá. O amor. Não era para ser naquela época. Nós dois teríamos de esperar. Diga-me que não foi a resposta que lhe deram. Você é minha desde o dia em que a flagrei me encarando pela janela. *Ma princesse, mon Aubrey.* Por favor, não decida ainda. Eu lhe imploro.

Ela tremia em seus braços. Com todas as suas emoções esgotadas, ele a abraçou com força, em silêncio, esperando por uma resposta.

— Eu a amo.

Ele diria repetidas vezes até que ela escutasse.

Aubrey engasgou com um soluço, e então permitiu que outro escapasse. Que Deus o ajudasse se a perdesse. Que Deus ajudasse aos dois.

E, então:

— Pensarei no assunto, Chance. Mas não posso fazer promessas — ela disse com uma voz fraca, quase um sussurro.

— Mas vai pensar um pouco mais. — Seu coração voltou a bater. — Prometa-me que vai.

Um tremor quase violento a percorreu. Chance sabia que não era só por causa da confusão. Não era só tristeza. Era paixão. Era desejo. E, que Deus o ajudasse, era amor.

— Mas preciso de tempo para pensar. Isso magoará Richard. Ele não sabe nada sobre nós.

Mas ele iria ficar sabendo. Por Deus, ele iria, e em breve! Chance girou o anel no dedo, o anel que ele tinha pegado de volta no canto do quarto. O sr. Richard Cline ficaria sabendo quando Aubrey entrasse na igreja e se tornasse a duquesa de Chauncey aos olhos de Deus e da lei.

— Esperarei até o final da temporada para você se decidir e contar a ele.

Ele não arrastaria a situação por mais tempo que o necessário. Se ela não soubesse até lá...

Dessa vez, não houve risada quando Chance montou a égua majestosa, porém gentil, e ajudou Aubrey a se acomodar na sua frente.

Apesar de toda a dor que ele havia causado aos dois, não podia mudar o passado. Mesmo se pudesse, não mudaria.

Ela apoiou a bochecha em seu peito e, nos dez minutos que levaram para chegar à casa dela, a mão de sua *princesse* não largou a sua nem por um instante sequer.

Ele fez Guinevere parar e apeou, e depois ajudou Aubrey a descer.

— Mande me chamar quando tomar a sua decisão.

Não havia nada que Chance quisesse mais do que isso. As cartas estavam na mesa. Tudo o que ele podia fazer era esperar para ver como ela escolheria jogar com as dela. Aubrey apostaria nele, sabendo que ganhariam o maior prêmio de suas vidas, ou sairia no prejuízo e se retiraria?

CAPÍTULO 22
Chance

No primeiro dia de espera, Chance não fez nada além de questionar tudo o que havia feito desde que voltara a Londres.

Deveria tê-la deixado em paz? A missão toda havia sido motivada por seu próprio egoísmo? Tinha se perguntado, de início, se não tinha exagerado seus sentimentos ao longo do tempo.

Depois de tê-la tido nos braços no dia anterior, ter sentido como se todas as cores do mundo estivessem mais brilhantes quando estava com ela, sabia que não era o caso.

Ansiava planejar a vida a dois com ela. Queria saber dos sonhos dela e ser parte deles. Mas era necessário que ela voltasse a confiar nele. O amor precisava ser mais forte que o medo.

A inquietação foi o que o motivou no segundo dia. Saiu para cavalgar e, em um impulso, fez uma visita ao Tattersalls,[2] onde descobriu que havia um cavalo perfeito para ela. Ficou desejoso de comprar a égua dócil e mandar entregá-la, junto com tudo de que Aubrey precisaria para os cuidados com o animal, mas se refreou.

Tinha prometido que a deixaria em paz para pensar.

No terceiro dia, passou a tarde com Hollis, no escritório do amigo, consumindo uma boa porcentagem do conteúdo do armário de bebidas.

Antes do final da primeira semana, ele já estava inquieto e irritado, bem diferente da sua usual versão desconcertantemente charmosa.

Ansiava pelos campos de *Secours*, mesmo se ela não fosse com ele. Assim, ao menos, ele teria algo produtivo para fazer.

Mas tê-la consigo... Levá-la aos penhascos, à praia, ensiná-la a montar, apresentá-la a Adelaide...

---

2   Local onde ocorriam leilões de cavalos. (N. E.)

Ele alternava entre sentir uma confiança otimista e uma desesperança devastadora.

Depois de esperar por dez dias sem ter qualquer notícia, não aguentou mais.

Não iria procurá-la, mas voltaria ao jardim, à estufa, especificamente. Poderia trabalhar lá. Tinha terminado a construção em si, mas não havia feito muito para colocá-la em funcionamento. A enorme mesa de trabalho continuava imaculada, e todas as ferramentas que comprara estavam penduradas na parede, novinhas e brilhantes.

A tarefa havia plantado algo dentro dele. Que ironia! Queria aprender mais sobre horticultura ao lado dela. Juntos, eles poderiam plantar e, juntos, poderiam observar as flores explodirem em cores.

Deus, ela o fazia imaginar filhos, netos, envelhecer juntos.

Dispensou todos os "e se" ao fechar o portão de ferro atrás de si.

Remexer a terra, arrancar ervas daninhas e replantar alguns dos arbustos que ele recuperara poderia fazê-lo se sentir confortável consigo mesmo novamente.

Estava quase acabando. Aquela espera interminável chegaria ao fim dali a três dias.

Contara com o trabalho braçal, mas não com o calor e a umidade que se assentaram sobre toda Londres mais cedo do que de costume. Mesmo antes do sol do meio-dia, ele já tinha arrancado a camisa. O suor escorria pelo rosto, mas ele não se permitiu parar para descansar. Trabalhar daquele jeito fazia com que se sentisse melhor do que qualquer outra coisa que tivesse tentado desde a última vez que a vira.

A dor, o desconforto. Essas sensações davam a ele algo em que se concentrar além de Aubrey.

Ele ergueu um saco de estopa cheio de terra do chão para os ombros, carregou-o até a construção pequena e abafada, e o jogou no chão com mais força do que o necessário.

— Espero que você não estivesse pensando em mim enquanto fez isso.

Chance ficou parado por um momento antes de se virar para encará-la.

As olheiras no rosto dela e a rigidez ao redor da boca o fizeram se perguntar se ela estava experimentando um pouco da angústia que ele estava enfrentando. Mas ela não deveria passar por aquilo! Não era ela quem estava esperando.

Mas, então, o olhar de Aubrey deixou o rosto dele e caminhou pelo peito, parando no cós da calça. Ela lambeu os lábios, e manchas de rubor gêmeas apareceram nas bochechas delicadas. Ele conhecia aquela expressão.

Ele a tinha visto antes.

Ela estava com o cabelo preso em um coque frouxo e usava um vestido simples, mas que revelava um pouco da pele macia do decote.

— Como vai?

Ansiara por ela, e agora ela estava ali. Uma gota de suor apareceu no lábio superior da sua *princesse*.

— Sinto falta de vê-lo. — Os olhos não o deixaram. Ela envolveu a frente do corpo com os braços. — As flores estão lindas. Os arbustos... tudo. — E então: — Não consigo parar de pensar em você.

Foi todo o encorajamento de que Chance precisava para cruzar o espaço que os separava e ficar a centímetros dela.

— Aubrey... — O nome dela soou estrangulado.

Deus, ela poderia muito bem tê-lo estrangulado naquelas últimas semanas.

— Já tomou uma decisão?

A temporada não tinha acabado ainda, mas é claro que ela saberia. Saberia se o amava ou não. Saberia dos próprios sentimentos.

— Estou com medo — ela disse, mas também lambeu os lábios.

— Está com medo do quê, *princesse*?

Tirou uma das mãos de onde ela estava agarrando o próprio braço, conduziu-a até a bancada e a ergueu, de forma que ela ficou sentada de frente para ele.

— Disto. — Ela passou um dedo por seu peito, enviando relâmpagos de desejo direto para a virilha dele. — Eu o amei, Chance, e foi maravilhoso. Mas, depois, a dor foi igualmente intensa... Até mesmo pior.

Chance abriu caminho entre as pregas do vestido, parando entre suas pernas.

— Nunca tivemos uma chance.

Ela concordou com a cabeça.

— Merecemos uma chance. — Ele deu um beijo ao longo da pele macia da mandíbula, e ela inclinou a cabeça para que os lábios dele fossem mais para baixo. — Deixe-me amá-la, *princesse*. Dê uma chance a nós.

Ele puxou a manga para baixo. Ah, e a outra. Os lábios trilhavam um caminho pelas curvas dos ombros macios, pelos braços. Ela não o impediu.

Com outro puxão, os seios se libertaram.

— Chance — ela gritou quando os lábios dele se abriram sobre uma ponta rosa-escura.

Foi como se ela tivesse entrado em transe. Como se tivera lutado contra algo dentro de si, e finalmente se rendido.

Aquela mulher era tudo o que ele sempre quisera. Ela havia invadido sua alma.

— Deixe-me amá-la — murmurou.

Os seios cabiam perfeitamente em suas mãos. Ele apertou um e usou a boca para puxar o outro. A carne excepcionalmente feminina se enrugou e enrijeceu.

Deus, ele amava a sensação das mãos dela em seu cabelo. Em seguida, desceram para agarrar seus braços, puxando-o para cima, de modo que ele pudesse beijá-la adequadamente.

Ela não disse uma palavra. Só fez aqueles barulhinhos de choramingo e soltou gemidos.

— Deixe-me fazê-la sentir prazer — falou, encostando na pele de Aubrey.

Amava o som dos gemidos dela. Fazia-o lembrar de uma noite, muito tempo atrás. Chance ergueu a barra do vestido até o tecido estufar ao redor de sua cintura, sobre a bancada.

Incapaz de se conter, ele se ajoelhou diante dela, e pressionou a boca na pele logo acima dos joelhos, por dentro das coxas.

Ela estremeceu, mas o agarrou pelos ombros.

— Deixe... — Ele suspirou ao fazer os lábios viajarem até o centro dela. — Para sempre.

— Sim — ela arfou.

Ela havia passado a maior parte da vida sem conhecer o prazer.

Chance afastou bastante as pernas dela ao mesmo tempo que a puxou para a beirada. Àquela altura, ela já arqueava a coluna, a cabeça pendendo para trás, e apertava a bancada com força.

Quando ele voltou a mergulhar a cabeça, descobriu o paraíso. Carne da cor das rosas, inchada de desejo. Pressionou um beijo ali primeiro, e ela pulsou sob seus lábios. Todo o corpo dela pulsava, latejava, exigia.

E Chance não poderia negar nada a ela.

Saboreou o fato de as coxas macias envolverem o seu rosto. Manteve uma das mãos no traseiro dela e a outra na parte baixa de seu ventre.

A umidade dela o rodeou. Tanto o sal da transpiração em suas pernas quanto o sabor doce de seu desejo. Ele se afogaria nela. Passou os lábios ao longo da abertura e, então, mergulhou. Queria-a contorcendo-se sob o seu toque. Queria-a louca por ele. Abaixou a mão e usou o polegar para excitá-la ainda mais. Parecia um sonho. Saboreá-la, estar tão completamente envolto por ela. Alternava entre alcançar o interior dela com os dedos e fazer amor com a boca.

Os músculos dela sofreram um espasmo ao mesmo tempo em que as pernas se apertaram em torno do pescoço de Chance. Os quadris dela fizeram um movimento brusco involuntário, ela suspirou e, depois que alguns tremores rasgaram seu corpo, desmoronou, exausta.

Saciada.

Quando ela ergueu um pé até a beirada da mesa, revelando coxa, tornozelo e panturrilha brancos como creme, o algodão cinza-esverdeado em tom pastel de seu vestido enrugou no abdômen. Chance se perguntou se alguma vez conhecera uma mulher mais sensual do que sua *princesse*.

E ela nem sabia disso.

Ela ergueu um braço para cobrir a testa, os olhos. A garganta se moveu enquanto ela engolia em seco.

Não permitiria que ela voltasse atrás, rumo às suas dúvidas, de novo. Com um movimento rápido, Chance se ergueu sobre a mesa.

Ela moveu o braço, e os olhos se arregalaram.

— Aguentará a nós dois?

Chance deslizou até estar deitado ao lado dela.

— Não previ esse uso em particular, mas sim. Eu me tornei um exímio artesão nesta primavera.

Ele apoiou um cotovelo na mesa, segurando a cabeça para que pudesse encará-la.

Ela havia se virado e retribuído o olhar, e então o surpreendeu ao erguer a mão e tocá-lo nos lábios. Arrastou a ponta do dedo ao longo da umidade que restara do seu banquete.

— Eu não... — Ela fechou os olhos. — Nem perto disso. Com Richard.

Chance odiava o fato de ela estar lutando contra a indecisão.

— Isso não acontece com frequência. Esse... O que eu e você temos.

Ela fez que sim.

— Você o ama. Mas não está apaixonada por ele. Não pode estar. Não se entregaria a mim se estivesse.

Ela fez que sim de novo e fechou os olhos com força.

— Não suporto sequer pensar em magoá-lo. Ele é um bom homem. Foi muito bom para mim. Quando você não estava aqui...

— Você o magoará mais se casar com ele amando outro homem.

Novamente, ele a observou engolir em seco.

— Você veio aqui para me contar sua decisão?

O coração acelerou ao fazer a pergunta pela segunda vez.

— Preciso falar com ele.

Por que diabos ela precisava ser tão prudente?

— Que inferno! — disse, pousando o punho na mesa e interrompendo o silêncio ao redor deles.

— Sinto muito. Não posso simplesmente mudar todo o rumo da minha vida em questão de meses sem considerar tudo o que aconteceu.

Ela se sentou, e uma lágrima solitária escapou do canto do seu olho.

— Eu sei. Maldição! Eu sei.

Ele tinha tido tanta paciência! Ela não percebia o que estava fazendo com ele? Por quanto tempo o faria pagar por aquele erro? Mais uma semana? Até o fim do verão?

O resto da vida dele?

Ele se afastou dela.

— Se não tiver notícias suas em três dias, partirei para *Secours* sem você.

Não podia mais fazer aquilo. Não podia olhar para ela. Quando ela tocou em seu braço, ele se encolheu.

— Sinto muito, Chance. Sinto muito mesmo. — Ela soou tão atormentada quanto ele se sentia. Então, por quê?

Ele não se mexeu até o som dos passos dela ter desaparecido. Quando finalmente dignou-se a se virar, fez uma pausa e, com um movimento violento, tombou a mesa com um chute.

Três dias.

Um latido baixo veio da porta. Lancelot não gostou da comoção. O cachorro rebolou pela estufa, indo direto até a mesa virada. Ali, ele ergueu uma pata e se aliviou no trabalho de Chance.

Bem, se isso não fosse um indicativo de toda aquela situação, ele não sabia o que seria.

— Eu o vejo mais tarde, meu caro — disse, inclinando-se e afagando a cabeça do cachorro.

Lancelot latiu.

— Eu também. — Chance balançou a cabeça com pesar. — Eu também.

DUQUE ATREVIDO

CAPÍTULO 23
Chance

Depois de vagar pela casa por dois dias, Chance não se aguentou de ansiedade nem mais um segundo sequer. A estufa precisava de uns toques finais, e ele também tinha de consertar a mesa que havia jogado pelos ares.

Dera tudo de si. Se ela escolhesse se comprometer com um sujeito com pouca determinação e muita frescura, então, seria escolha dela. Não poderia forçá-la a fazer o que não queria. Não a forçaria a confiar nele.

Como alguém poderia superar os erros catastróficos como os que ele tinha cometido com a sua *princesse*? Se tivesse dito quem era desde o início, as coisas teriam terminado de outro jeito? Se tivesse explicado a situação de Adelaide...

Mas não tinha sido possível. O segredo era de Adelaide. Ele não tinha o direito.

O fato era que tinha dado a Aubrey uma boa razão para desconfiar dele. Inferno, havia mentido para ela, mesmo sendo por omissão, desde o segundo em que se conheceram.

Mas todo o resto tinha sido verdadeiro. Ele tinha sido mais autêntico com ela do que com qualquer outra mulher. Tinha sido uma pessoa de verdade com Aubrey.

A história deles tinha sido de verdade.

Chance fechou o portão de ferro atrás de si e foi até os fundos da casa. O lugar parecia vazio, quieto.

Não se demorou para consertar a mesa e logo foi organizar as ferramentas e limpar parte dos materiais que não foram usados. Enquanto pensava onde poderia guardar o resto da madeira, um latido soou de dentro da casa, e depois outro mais alto veio junto com o abrir e o fechar de uma porta.

— Maldito vira-lata!

O sr. Richard Cline carregava Lancelot, segurando-o bem longe do corpo, fazendo as patinhas do pobrezinho ficarem penduradas de forma precária.

— Cline!

Que diabos o Dandiota estava fazendo com o coitadinho?

O sujeito parou, com cara de culpa, e ergueu o olhar quando percebeu que não estava sozinho.

Chance tirara a camisa há mais de uma hora. O cabelo devia estar todo arrepiado, e havia manchas de lama nos joelhos da calça. Era provável que sua aparência não pudesse coexistir de forma lógica com a do duque que o sr. Cline tinha conhecido antes.

— Vossa Graça?

Chance avançou e, sem pedir permissão, tomou o amado cãozinho de Aubrey do maldito poeta.

— Esse estorvo está lhe causando problemas?

— Hã... Não. Ele fez um pouco de bagunça lá dentro e precisa ser punido. Ele é um pouco mimado, mas isso está prestes a chegar ao fim.

Chance fechou a cara. Não tinha perguntado ao Dandiota. A pergunta fora para Lancelot. O cachorro apoiou a cabeça no peito de Chance.

Mas calma lá! Por que o fato de Lancelot ser mimado estava prestes a chegar ao fim?

— Por que o senhor disse isso?

O Dandiota examinou as mãos de Chance como se tivessem sido maculadas.

— Eu e Ambrosia, hã, a sra. Bloomington, iremos à propriedade de meu pai amanhã de manhã. Ela não levará o cão. Minha mãe não permitiria um vira-lata na casa. O lugar dele é no estábulo.

— Conversou com ela nos últimos dias? — Chance teve de perguntar.

— Com a minha mãe? — Cline indagou, erguendo as sobrancelhas. — Não, mas recebi uma carta na semana passada...

— Não com a sua mãe. — "Seu tolo", Chance quis acrescentar. — Com a sra. Bloomington.

— Sim. Hoje de manhã. Ela está lá dentro, arrumando a bagagem. — Ele balançou a cabeça. — Mulheres... Creio que precisarei de uma carruagem extra para acomodar tudo o que ela quer levar.

Afoito, Lancelot lambeu o rosto de Chance. Ao que parecia, estava grato por ter sido salvo do... prometido de Aubrey.

Hoje de manhã. Ela está lá dentro, arrumando a bagagem.

— Mas diga, o que o traz aqui, Vossa Graça? — Cline olhou para ele e, pela primeira vez, pareceu um pouco desconfiado. — Ambrosia mencionou que está interessado em horticultura. Muito generoso de sua parte ajudá-la com tudo isso. Mesmo que ela não vá precisar da estrutura por muito mais tempo.

— E por quê?

— Ela não vai precisar de nada disso. É uma despesa desnecessária. Ela será mais feliz no campo. — E, então, completou: — Como minha esposa.

— É oficial, então?

Não era o que ele esperava. Apesar de todas as reservas dela, Chance havia acreditado que o amor que sentiam um pelo outro superaria tudo. Havia acreditado que não fracassaria em convencê-la.

Quantas vezes ela havia tentado explicar que ele não era nada além de uma parte de seu passado? E ele não ouvira. Confundira a paixão dela com amor.

Ela nem sequer havia tido a coragem de contar a ele.

Chance moveu o olhar para longe do homem enquanto ele recontava, com entusiasmo, os detalhes que tinha providenciado para a viagem com Aubrey. Chance não ouvia nada, não via nada.

— Preciso voltar lá para dentro. — O Dandiota estendeu os braços. — E levar essa pequena besta comigo.

Chance esfregou o queixo na cabeça de Lancelot e entregou o cachorro de Aubrey para Richard Cline. Supôs que deveria entregar Aubrey para ele também.

Tinha perdido.

— Passar bem, Vossa Graça.

Cline fitou Chance de um jeito estranho, mas ele não deu importância.

Tinha perdido.

Conseguiu acenar com a cabeça.

— Boa viagem.

Tinha perdido.

Não fazia ideia de quanto tempo ficou lá, parado, depois de Cline ter entrado com Lancelot. Finalmente engoliu em seco e piscou. Teria de descobrir uma forma de viver o resto da vida sem ela.

Pressionou um punho no peito. O resto de seus anos pareceram sombrios e vazios só de pensar que ela não estaria por perto. Tinha se permitido ter esperança. Tinha acreditado que venceria. Tinha acreditado que o amor venceria.

Balançou a cabeça. Antes que pudesse imaginar o resto da sua vida sem a sua *princesse*, precisaria sobreviver àquele dia. À próxima hora. Ao próximo minuto.

Chance se moveu em transe, terminando as tarefas que decidira cumprir. Completando seu trabalho.

Pondo um fim em seu tempo ali. Pondo um fim a tudo.

Hollis lhe entregou outra bebida.

— Você fez o melhor que pôde, meu amigo. Por Deus, você fez mais do que o que pôde. Não posso me imaginar agindo de forma tão tola por qualquer mulher. Ela não o merece.

Chance fitou o líquido âmbar em seu copo. Duvidava de que o álcool conseguisse aliviar a sua dor. Duvidava de que qualquer coisa conseguisse.

— Mandei Edwards partir antes. Irei com Guinevere daqui a um dia, mais ou menos.

Chance não tinha decidido quando ele próprio viajaria para *Secours*. Partiria de Londres logo. Quando estivesse pronto. Naquele momento, cada passo parecia ser dado em areia movediça. Uma névoa tinha tomado o ar, e Chance teve dificuldade para se concentrar.

— O que você precisa é *montar* logo de novo.

Chance se virou e olhou para Hollis, fazendo uma carranca.

— Irei em breve. Guinevere está no seu estábulo neste momento.

— Bom Deus, não é disso que estou falando. Ela destruiu seus miolos totalmente? — Hollis puxou a corda do sino, e o mordomo apareceu na mesma hora. — Peça para trazerem a carruagem. Eu e Sua Graça vamos passar a noite aproveitando as delícias que ela tem a oferecer.

Chance estava balançando a cabeça, mas Hollis o ignorou.

— Eu me recuso a aceitar um "não" como resposta. Você precisa, meu velho amigo, é espalhar suas sementes em um belo de um pedaço de terra diferente daquele no qual você estava trabalhando, se é que você me compreende. Vamos à casa de Madame Carlotta, sim? Para embebedar você até cair. E, depois, poderá lamber as feridas com uma dama da noite.

Chance não estava interessado, mas também não estava com vontade de discutir. Como aquilo importava, afinal de contas? Ele tinha perdido.

Maldição! Não ficava com uma mulher há mais de dois anos. Procuraria uma jovem rechonchuda, uma morena ou uma loura, lembrou a si mesmo. Nada mais de harpias de cabelos avermelhados.

Uma hora depois, recostado em um divã de veludo vermelho, estava com uma de cada tipo no colo. Bonitas, supôs, ao derramar o líquido âmbar goela abaixo. Àquela altura, não importava mais o que consumia. Tudo tinha o mesmo gosto.

Seria o mesmo com as mulheres?

— Qual de nós prefere, senhor? Ou prefere levar as duas para um dos quartos? — a morena bonita perguntou, fazendo um biquinho.

Ao mesmo tempo, beijos molhados desenhavam uma trilha ao longo da outra orelha, e depois da mandíbula.

Qual ele preferia? Não importava. Que inferno! Como resposta, ele deu de ombros.

— Ah, vamos cuidar bem do senhor. É mesmo um duque? O senhor é bonito demais para ser um duque.

A loira riu enquanto passava a mão pelo cós da sua calça e seguia para baixo, até se acomodar sobre seu órgão. O membro saltou. Gostou daquilo. Ao que parecia, Aubrey não o emasculara completamente, no fim das contas.

Chance virou a cabeça e aceitou o beijo da mulher de cabelo escuro. O gosto dela era de alguma especiaria que não reconheceu. Não era... desagradável... necessariamente, mas com certeza não era o sabor que ele nutrira a esperança de sentir.

A loira tinha gosto de fumaça e vinho. Chance interrompeu o beijo e fechou os olhos. As duas moças não pareceram notar sua falta de entusiasmo.

— Pobrezinho, sua esposa não deve usar a boca no senhor, ou lhe dar prazer do mesmo jeito que podemos dar.

— Esposa? — Chance mal murmurou.

Os membros estavam praticamente dormentes, e o cômodo parecia girar ao seu redor.

Uma delas o segurou pela mão.

— Este anel aqui significa que é casado, não?

Chance abriu os olhos e fitou a mão. O anel que Aubrey pensou ter pagado para ele em Joseph's Well.

O anel...

Algo naquele anel o perturbou.

Foi então que percebeu. Ele se moveu para a frente, ainda sentado e, sem muita delicadeza, empurrou as moças para longe de si.

— Ora! Qual é o seu problema? Quer ir lá para cima?

Mas Chance não iria lá para cima naquela noite. Não com a loira, nem com a morena, e com certeza não com uma de cada tipo.

Aubrey estava usando *o seu anel* quando ele fez amor com ela na bancada da estufa. Na mão esquerda.

Tinha Cline mentido para ele?

Ela ainda amava Chance. Ela não teria permitido que ele fizesse amor com ela como tinha feito se estivesse apaixonada por outro homem.

— Hollis! — chamou, acenando para o amigo que não mostrava relutância ou discriminação quanto a com quem terminaria a noite. — Estou indo. Preciso ir...

Mas, embora o mundo tivesse estado girando devagar antes, de repente, ele deu um salto e então se inclinou de um lado para o lado.

Aonde ele precisava ir? O cômodo parecia estar desaparecendo. Quem ele precisava ver?

Caiu de volta no divã, e a última coisa de que se lembrava foi de uma mulher de cabelo dourado — ou seria avermelhado? — embalando seu rosto entre os seios e sentando sobre ele, posicionando as pernas nas laterais de seu corpo...

— Aubrey, *princesse*...

A consciência desapareceu enquanto Chance escorregava para dentro do abismo.

240   DUQUE ATREVIDO

Facas estocavam sua cabeça. Chance fechou os olhos com força e gemeu.

O que foi um erro. O som reverberou pelo seu cérebro.

Uma risada familiar soou à distância.

— Você é um lamentável espécime da nobreza da Inglaterra, *Vossa Graça*.

Maldito Hollis! Chance conseguiu abrir um olho pela metade. O brilho intenso do sol entrava pelas janelas altas que constituíam uma parede do escritório em Hyde Park Place.

Maldito Hollis! De pé, ali, todo engomado, como se estivesse indo ao próprio casamento.

Casamento.

A palavra alfinetou sua memória. Ele não era mais casado. Era viúvo.

Este anel aqui significa que é casado, não?

Algo que uma das mulheres tinha dito na noite anterior. Chance se abaixou e esfregou o polegar ao longo do metal desgastado do anel que usara por pouco mais de dois anos.

Usara-o na mão direita na maior parte do tempo. Quando o pegara depois de tê-lo jogado longe, colocara-o na mão esquerda.

Chance se sentou ereto.

Aubrey estivera usando o dela na mão esquerda.

Na mão esquerda! No anelar.

Isso queria dizer alguma coisa? Tinha de dizer! É claro que, se ela pretendesse se casar com Cline, tiraria o anel, o anel de Chance, não?

— Preciso ir — disse a si mesmo.

Algo não encaixava. Sua *princesse* não se prenderia a uma pessoa que não amava Lancelot. Não que ele fosse o mais encantador dos bichinhos de estimação, exceto aos olhos de Aubrey, mas porque... ele era basicamente filho dela. Aubrey não desistiria do cachorro.

— Preciso ir à casa dela.

Chance ficou de pé e o mundo girou, o estômago embrulhou e, se Hollis não estivesse com uma bacia enorme à mão, Chance teria se envergonhado terrivelmente.

Maldita bebida.

— Inferno! — reagiu, cuspindo na tigela ao acabar, e se deixou cair no sofá de novo. — Que dia é hoje?

E onde diabos estavam os lencinhos quando um homem precisava de um?

— Suponho que eles já estejam na estrada a essa altura. Já passa de meio-dia. — Hollis colocou um quadrado de linho na mão de Chance. — Você não pode ir a lugar nenhum desse jeito.

Mas ele iria. Voltou a ficar de pé, mais devagar dessa vez, e limpou a boca. É claro que ela não tinha ido embora com ele. E que Deus o ajudasse se tivesse.

— Preciso ir ver como está Lancelot.

— Quem é esse tal de Lancelot?

A repulsa e a confusão na voz do amigo foram quase o suficiente para fazer Chance rir.

— O cachorro dela.

A porta da casa de Aubrey não abriu imediatamente. Depois do que pareceu uma vida, no entanto, um criado desconhecido espiou lá fora.

— A senhora não está em casa.

Quando o homem começou a fechar a porta, Chance esticou o pé para impedir que isso acontecesse.

— Sabe para onde ela foi?

— Ela partiu de manhã, bem cedo, mas não tenho autorização para informar o paradeiro dela a estranhos. — O homem olhou enfaticamente para o pé de Chance. — Agora, se o senhor fizer a gentileza de...

— Ela levou o cachorro? Isso, com certeza, você pode me responder.

— O cachorro, senhor?

— Lancelot. Pelo vermelho, perninhas curtas. — O criado franziu a testa. — Dorme com a língua para fora e os olhos abertos.

— Ah... O cão. Sim, senhor, o cão foi junto.

Aquela linha de questionamento não estava levando a lugar algum.

— Onde está Carrington? Ele está ocupado?

— Ah, não, senhor, ele está de folga até a senhora voltar.

Os ombros de Chance se curvaram.

O Dandiota pode ter sido otimista ao esperar que ela não fosse levar o cão para a casa da mãe dele, mas, ao que parecia, o homem não reparara na teimosia de Aubrey Bloomington.

— Com licença, senhor.

Chance tirou o pé, e a porta se fechou.

Quantas vezes teria que dizer a si mesmo que estava tudo acabado? Quantas vezes teria de se convencer de que seus esforços foram inúteis? E, então, encontrado esperança em algum sinal ou gesto insignificante...

Ao menos, aparentemente, ele acreditaria que estava tudo terminado. Irritado consigo mesmo por ter se agarrado à esperança, voltou para a casa Chauncey e pegou a bolsa que Edwards preparara para ele. Bem quando estava prestes a sair pela porta dos fundos para ir ao estábulo, a governanta saiu da casa correndo para falar com ele.

— Vossa Graça, Vossa Graça! Pensei que já tivesse partido para *Secours*!

Chance parou, mas não teve energia para se virar.

— Estou de partida neste momento, sra. Nichols.

— Uma dama veio procurá-lo. Eu disse que o senhor já tinha ido.

Uma dama?

Ele se virou. Seria possível? Ao dizer aquilo, a governanta ganhou toda a sua atenção.

— Ela falou como se chamava?

— Sra. Bloomington, Vossa Graça.

Mas o que isso queria dizer? Mudava alguma coisa?

— O que ela falou?

A mulher franziu as sobrancelhas.

— Perguntou para onde o senhor tinha ido, e eu disse que tinha ido a *Secours*. — Ela hesitou. — Pensei que já tivesse deixado a cidade, Vossa Graça. O sr. Edwards partiu há quase dois dias, e o senhor foi embora... e a sua égua também. Perdão, Vossa Graça.

Chance respirou fundo, estremecendo.

Talvez ela tivesse vindo, afinal, para dar uma resposta em pessoa. Ao menos ela o estimava o bastante para fazer isso, pensou com cinismo.

Ela havia ido se despedir.

Porque despedidas eram importantes. O que ela deve ter pensado ao saber que ele já tinha partido? Chance balançou a cabeça.

Não importava.

Nada daquilo importava.

— Tudo bem, sra. Nichols. Não tinha como a senhora saber que minha partida para *Secours* havia atrasado.

Ele se virou e seguiu até o estábulo, subitamente ansiando pelo isolamento que experimentaria na viagem de volta para casa.

— Há algo que deseja que eu diga caso ela volte, Vossa Graça?

Chance parou novamente. Havia algo mais a ser dito entre os dois?

— Diga a ela que… — Ele fez uma pausa. Ela não voltaria. Ela havia tomado sua decisão. — Diga que desejo que ela seja feliz.

E, com essas palavras, ele se afastou do amor.

Selou Guinevere, prendeu a bolsa e direcionou a égua para o caminho de casa.

CAPÍTULO 24
Chance

Dois dias depois, ao cair da noite, Chance chegou a um dos vilarejos onde costumava ficar quando viajava entre a propriedade em Trequin Bay e Londres. A viagem não tinha sido lá muito rápida desta vez, mas ele não procurava registrar nenhum novo recorde. Por não estar disposto a trocar o cavalo, parava por um tempo maior do que o normal para que Guinevere pudesse descansar.

Na primeira noite, havia dormido sob as estrelas. Naquela noite, no entanto, ansiava por uma cama quente e talvez um banho.

Era melhor comer alguma coisa também, apesar de ter perdido o apetite.

Ao contrário do que tinha acontecido durante a viagem que ele e Aubrey fizeram juntos, havia muitos quartos prontos para serem reservados. Chance pagou o estalajadeiro, pegou a chave e voltou lá para fora para cuidar de Guinevere. Ela o estivera carregando por um longo tempo no auge do verão e merecia uma boa escovada.

Ele poderia muito bem cuidar da única dama que o amava de verdade.

— Posso fazer isso em seu lugar, senhor. — Um garotinho o olhou com avidez. — Em troca de uma moeda.

— Cuido da minha própria montaria, mas você ganhará a moeda se for pegar um balde de água e uma cerveja para mim.

Chance mostrou um tostão e, com um aceno afoito, o menino, que não parecia ter mais do que oito ou nove anos, saiu correndo e sumiu nos fundos do estábulo. Quando voltou, Chance já tinha pendurado a sela no portão da baia e encontrado uma escova.

— Aqui está, senhor. E obrigado! O senhor se importa se eu ficar aqui olhando? — O pirralhinho loiro subiu em uma das baias e o observou, empolgado. — Seu cavalo é muito grande. Maior do que o normal. E sei que é uma menina. Não sou ignorante, sabe? Nossa, vi a coisa mais estranha do mundo atrás da pousada: um cachorro, mas uma dama o estava carregando no colo. Ela disse que ele estava dormindo, mesmo os olhos dele estando abertos, e a língua, pendurada para fora. — O menino fez uma careta, colocando a língua para fora e deitando a cabeça para o lado. — E o cachorro era um menino, com certeza. Sei disso também. Como falei, não sou ignorante. Mas essa dama, ela era muito linda, sabe? E tinha cheiro de flor. Aposto que ela é grã-fina. Aposto mesmo. E...

— Um segundo — Chance interrompeu o monólogo do menino. — Você disse que viu uma dama com um cachorro. Ele tinha pelo avermelhado e patas curtas?

— O senhor viu o cachorrinho também? — a criança perguntou, com um sorriso que lhe tomou metade do rosto.

Chance engoliu em seco e jogou a escova para o menino.

— Já fez isso antes? — O garoto fez que sim. — Faça o melhor que puder! Volto logo. Mas fique bem aqui, e não tire os olhos dela.

— Certo, senhor! Pode contar comigo!

Chance mal ouviu a resposta esganiçada e animada do menino, porque já estava a meio caminho dos fundos da pousada.

A visão que teve não podia ser verdadeira.

Segurando uma guia, Aubrey seguia Lancelot enquanto ele vagava em círculos ao redor do curto trecho de grama. Chance se deteve e ficou parado ali, olhando para ela, perguntando a si mesmo se tinha perdido toda a sanidade.

O sol poente lançava luz no cabelo dela, fazendo-o brilhar, e a brisa estava forte o bastante para que o vestido se agarrasse às curvas femininas, lembrando-o de segredos que tinha feito de tudo para esquecer.

Chance não se moveu um centímetro. Só ficou ali, observando-a persuadir o bichinho a cuidar de suas necessidades fisiológicas. Por que ela estava ali?

Foi Lancelot quem o viu primeiro. Em um único movimento, ele arrancou a guia da mão da dona e disparou em direção a Chance, com as orelhas batendo ao longo da cabeça e a língua pendurada para fora da boca.

— Olá, amigão.

Agachando-se, Chance deixou o cachorro lamber seu queixo e suas orelhas por um segundo, mas não tirou os olhos de sua *princesse*.

Ela congelou. Seu choque espelhou o que ele sentira um momento antes.

— Chance?

Uma das mãos voou para cobrir a boca. O verde vibrante daqueles olhos cintilou.

— O que está fazendo aqui? Cline está com você?

Mas que inferno! Nunca havia parado para perguntar a ela onde, exatamente, era a propriedade de Cline. Deus devia ter um magnífico senso de humor se o feliz casal estivesse viajando na mesma rota que ele.

Mas ela balançou a cabeça.

— Não. Não. Estou sozinha. Exceto pela minha criada, Kelly, e o sr. Daniels e também a nossa escolta, é claro. — Ela piscou várias vezes seguidas e, então, inclinou a cabeça para o lado. — Vim procurá-lo. Precisava lhe perguntar uma coisa.

Chance sentiu um solavanco no coração, mas já tinha sido otimista vezes demais, só para ver sua esperança ser partida em mil pedacinhos. Ele fez um gesto na direção de uns caixotes nos quais poderiam se sentar, e levou Lancelot junto.

Ao chegar, no entanto, Chance não conseguiu se convencer a sentar. Precisava se proteger, proteger as próprias emoções. Já tinha perdido a guerra, ou era isso o que pensava. Não tinha certeza de quantas vezes mais poderia reviver a experiência.

Aubrey se sentou empertigada, apoiou as mãos no colo e olhou para ele.

— Você... — Ela lambeu os lábios. — ... não está mais apaixonado por mim?

Mas o que...?

Chance fechou a expressão.

— Por que diabos você pensaria uma coisa dessas? Não fiz nada além de tentar mostrar a você, provar a você, que vou amá-la para sempre. Como ainda pode ter dúvidas?

O coração queria cantar, mas o resto dele estava com raiva dela. Com raiva por ela não ter aprendido a confiar nele de novo.

— Fui à casa Chauncey. — Ao falar, os olhos dela imploraram por compreensão. — Fui lhe dizer que tinha tomado uma decisão, que queria passar a vida ao seu lado... que o amava... Só a você. Não havia uma escolha a ser feita, Chance. Nunca houve. Sempre foi você. Só precisava voltar a reunir minha coragem. Mas, quando consegui, você já tinha ido. E foi culpa minha dessa vez... Eu esperei demais... Você tinha o direito de partir sem dizer adeus.

O bordel. A noite que passara em Hyde Park Place e aquela perambulação infernal. Ele deu um passo à frente e caiu sobre um joelho, sem se importar com o fato de que a calça ficaria manchada e com a possibilidade de estar encostando em excremento.

— Ouça, *princesse*.

Aubrey fez que sim e prendeu as mãos dele entre as dela.

— Só parti de Londres ontem. Meu valete e a carruagem com a bagagem foram para *Secours* na frente, *sem mim*. Quando estava terminando meu trabalho na estufa, Cline anunciou cheio de orgulho, para *mim*, que você tinha aceitado ir com ele. Mas, ainda assim, esperei. Nunca a deixaria de novo sem dizer adeus. Aprendi muito bem minha lição, *princesse*. Acabei de reservar um quarto nessa pousada. Você chegou antes de mim. Entende?

Enfim, ela o estava escutando, e parecia que todas as paredes que ela erguera tinham finalmente ruído. Ela levou as mãos de Chance à boca e deu um beijo em um dos nós dos dedos dele.

— Pensei que eu tivesse esperado demais... Pensei que o tivesse perdido para sempre.

Nos olhos dela, acreditou ter visto o amor e a vulnerabilidade que ele sentira desde que voltara a Londres para implorar pelo perdão dela.

Chance franziu a testa.

— Só me diga uma coisa. Por que está aqui, nessa pousada, hoje?

Tinha um palpite, mas precisava ouvir o motivo dos lábios dela.

— Vim atrás de você. Estava a caminho de *Secours*, para implorar, rogar, fazer o que quer que fosse para compensar a minha... desconfiança... nesse verão. Sinto muito por ter esperado tanto tempo. Eu só... Então, quando pensei que você tivesse ido embora, tudo ficou claro como a luz do dia. Você é o meu amor. Você é a minha vida.

Chance mal podia acreditar nos próprios ouvidos.

— Você rejeitou o Dandiota?

— Meu caro sr. Bateman. — Ela sorriu e colocou uma das mãos ao longo da bochecha e do maxilar dele. — Eu jamais poderia ter me casado com ele. Desde o momento em que o vi no parque, só consegui pensar em você. Não seria correto de minha parte. Deveria ter dito a ele no mesmo instante. Só estava com muito medo. Mas, agora, sei que nada do que aconteceu foi culpa sua. Você não poderia ter feito nada diferente. Se fizesse, não seria o homem que é.

Uma lágrima escapou dos olhos dela e escorreu pela curva da bochecha antes de pousar na mão dele.

— Como soube que eu estava aqui?

Os olhos de Aubrey se arregalaram quando o pensamento lhe ocorreu.

— Puro destino, meu amor. E sorte, e sina, ou o que quer que tenha nos colocado juntos no passado. Meu coração parou de bater quando acreditei que você tinha decidido ficar com outro homem. Eu estava morto por dentro. Pensei que tinha fracassado na missão de reconquistar sua confiança. Só estava a caminho de casa, indo cuidar das minhas feridas.

— Ela estava certa. — A voz de Aubrey falhou quando Chance ergueu as duas mãos para segurar o rosto dela.

— Quem estava certa, meu amor?

— A vidente que leu as folhas de chá. Ela me disse que eu teria o meu amor por pouco tempo, mas que então ficaria sem ele... E, no fim, ela me disse que eu teria o meu amor de volta. Vivemos aquela única noite, e passei muito tempo sem saber para onde você tinha ido, o que tinha feito, nem sequer se estava vivo. No fim, disse ela, eu teria o que queria. Você me perdoa, não perdoa? Por duvidar de você?

— Perdoo. — Ela estava ali, em seus braços, e Chance não pôde se segurar nem um segundo a mais. Capturou os lábios dela com os dele. — Perdoo.

Sussurros carinhosos flutuaram pelo ar. Parecia que os dois tinham posto todo o carinho e o amor que sentiam naquele único beijo.

— Você aceita se casar comigo, meu amor?

Ainda não podia acreditar que aquilo estava acontecendo de verdade.

Mas ela parecia de verdade. O gosto dela era de verdade. E as palavras que ouviu não podiam ser um engano.

— Ah, aceito, sr. Bateman. Aceito!

EPÍLOGO
Aubrey

Manhã seguinte

Aubrey se espreguiçou satisfeita e logo se aconchegou ainda mais no colchão. A memória da paixão, da ternura e da intimidade sem igual flutuou por sua mente.

Não tinha sido um sonho. Quando fora à casa dele na cidade alguns dias atrás e tinha sido informada de que *Sua Graça* partira para sua propriedade no campo, temera tê-lo perdido para sempre.

E ela não podia.

Não podia perdê-lo de novo.

Um sorriso de extrema satisfação esticou ainda mais os seus lábios.

Fora *ele* que havia encontrado a *ela*! Quando ele tinha aparecido perambulando nos fundos da pousada, com o cabelo um pouco desgrenhado e os olhos azuis em chamas, foi como se o universo tivesse parado para lhe dar a chance de abraçar o que o destino lhe prometera tempos atrás.

Ele a amava. Eles iriam se casar. Ele tinha feito amor com ela do jeito mais esplêndido possível durante boa parte da noite.

O sorriso ficou ainda maior. E *ela* também tinha feito amor com *ele*. Tocado-o de forma íntima. Colocado-o na boca e realizado os atos mais obscenos.

Sem abrir os olhos, estendeu a mão para tocá-lo.

Talvez pudesse fazer aquilo de novo naquela manhã.

A mão não conseguiu localizar o calor que buscava e acabou pousando nos lençóis frios.

Esticou o braço ainda mais e, alarmada, abriu os olhos. O medo tomou conta do seu coração em um piscar de olhos, e ela se perguntou se algum dia voltaria a respirar.

O desgraçado tinha ido embora! *Isso não estava acontecendo.*

O sol atravessava as janelas do quarto. Do quarto muito vazio.

Ela o mataria. Perseguiria aquele homem até os confins da Terra e o estrangularia com as próprias mãos. Jogou as cobertas de lado e, não se importando com a própria nudez, foi correndo até a janela para olhar o pátio.

— Creio que, nesta manhã, você esteja usando o meu traje favorito, *princesse.*

O coração quase parou quando ela se virou para ver o mais atrevido dos duques fechando a porta do aposento, parecendo muito satisfeito consigo mesmo.

Ele estava completamente vestido e trazia uma bandeja cheia de diversas iguarias para o café da manhã, de acordo com o que ela podia dizer pelo aroma que entrara junto com ele no quarto.

O coração se acalmou de novo, mas ela se forçou a respirar fundo antes de as batidas voltarem ao normal.

— Pensei... A cama estava vazia... Você não estava... — E, então, ela irrompeu em lágrimas.

Num piscar de olhos, braços fortes e quentes a envolveram em um abraço protetor na segurança daquele corpo masculino.

— *Mon amour. Mon coeur. Plus jamais. Jamais. Oh, ma princesse.*

Nunca mais, ele prometeu. Ela fez que sim no peito dele.

— Confio em seu amor por mim. De verdade. É só que estou tão feliz e pensei... — ela disse e tomou fôlego, dominada pela emoção do momento.

— Eu sei. Ah, meu amor. Meu propósito, pelo resto da vida, é ter certeza de que você nunca mais volte a ficar triste. Não se eu puder impedir. Estamos destinados a ficar juntos, e não permitirei que nada nos separe. Jamais. Lembra, meu coração? É o destino. Madame Nadya prometeu. Suportamos o tempo que ficamos separados e, agora, estamos juntos de novo. Para sempre.

Aubrey piscou, tentando espantar as lágrimas, e se afastou para encará-lo.

— Para sempre.

Ele levou os lábios aos dela e selou a promessa com o mais carinhoso, amoroso, sofrido e devotado dos beijos, fazendo os joelhos de Aubrey virarem geleia e o coração se encher com mais amor do que ela imaginava ser possível.

Quando os lábios se separaram com um suspiro, Aubrey ficou surpresa ao ver Chance piscar com força. Uma lágrima solitária escapou para escorrer pela bochecha bronzeada e sumir na sombra da barba por fazer.

Aubrey tocou o canto do olho dele.

— Você me perdoa? — As palavras saíram dele junto com um som estrangulado. — Eu sinto...

Aubrey o deteve com outro beijo. Um suave, dado para absolvê-lo para sempre.

— Não há nada a perdoar. É como você disse. Estávamos cumprindo o nosso destino.

Observou a garganta dele se mover, como se estivesse engolindo em seco. Em hipótese alguma, ela teria imaginado a felicidade que descobriu nos braços daquele homem. O olhar dele estudou cada um de seus olhos, e ele soltou um suspiro, parecendo pôr um fim à tristeza de ambos.

— E temos muito mais destino a cumprir.

Aquele sorriso dele veio aos poucos. Aquele que ela vira pela primeira vez quando ele a tinha flagrado observando-o pela janela. O gesto prometia algo maravilhoso e talvez algo levemente escandaloso, e ela mal podia esperar para ouvir o que ele tinha planejado para aquele dia.

— Tinha trazido algo para você comer, mas me vejo tentado pela delícia que está em meus braços.

— Estou faminta.

Ela não se moveu. Sempre estaria faminta por ele. Mesmo assim, o aroma de deleites culinários magníficos intrigou suas papilas gustativas. Talvez pudesse encontrar uma forma de reunir o prazer oferecido pelos dois...

— Coma, *princesse*. — Os braços permaneceram ao seu redor. — Temos uma longa viagem pela frente.

— Juntos. — Ela assentiu. — Iremos à sua casa?

— Sim. — O sorriso dele ficou mais largo. — Mas, primeiro, vamos para o norte, para Gretna Green. Está pronta para outra aventura?

Era exatamente o que ela queria. Tornar-se a sra. Chance Bateman. De verdade, dessa vez.

— Uma aventura? — Ela ergueu as sobrancelhas. — Sempre.

A vida com Chance Bateman jamais seria tediosa. Aquele homem transformava tudo em uma aventura: a comida, um simples passeio, uma cavalgada, até mesmo o plantio de uma flor.

E o amor.

Ela abaixou a mão para abrir os botões da calça dele.

Não faria nada diferente.

Entre em nosso site e viaje no nosso mundo literário.
Lá você vai encontrar todos os nossos
títulos, autores, lançamentos e novidades.
Acesse www.editoracharme.com.br

Você pode adquirir os nossos livros na loja virtual:
loja.editoracharme.com.br

Além do site, você pode nos encontrar em nossas redes sociais.

https://www.facebook.com/editoracharme

https://twitter.com/editoracharme

http://instagram.com/editoracharme

@editoracharme